Inken Weiand
Das Glück macht manchmal einen Umweg

Inken Weiand

Das Glück macht manchmal einen Umweg

Roman

Bibliografische Information der Deutschen Nationalbibliothek
Die Deutsche Nationalbibliothek verzeichnet diese Publikation in der
Deutschen Nationalbibliografie; detaillierte bibliografische Daten sind im
Internet über http://dnb.d-nb.de abrufbar.

ISBN 978-3-8429-2302-7

Bestell-Nr. 512 2302
© 2011 mediaKern GmbH, Schuttern
Umschlagbild: © Liv Friis-larsen/Fotolia
Umschlaggestaltung: Ch. Karádi
Lektorat: Dr. Ulrich Parlow
Satz: Ch. Karádi
Druck und Bindung: CPI – Ebner & Spiegel, Ulm
Printed in Germany 2011

www.media-kern.de

1

Es ist Sonntagmorgen. Ein regengrauer Sonntagmorgen, feucht und kühl. Pfützen stehen auf den Straßen, und wenn ein Auto hindurchfährt, dann durchnässt ein Wasserschwall die vereinzelten Fußgänger.

Otto-Karl geht zur Kirche. Sein Weg führt durch die verregneten Straßen. Natürlich hat er wieder vergessen, einen Schirm mitzunehmen; vom milden Regen wird er durchweicht, mit jedem Schritt etwas mehr. Otto-Karl geht schnellen Schritts, die Schultern etwas hochgezogen, wie man es nun einmal tut, wenn einen fröstelt.

Er sieht nicht nach rechts und nach links, er sieht auf den Boden, auf dem glänzend graue Wasserlachen stehen, in denen sich der Himmel spiegelt, gebrochen durch die Regentropfen, die in die Pfützen fallen. Und so schrickt Otto-Karl richtig zusammen, als Frau Schilling ihn grüßt. Frau Schilling aus der Kirchengemeinde, die mit ihren drei Kindern die Straße entlangkommt.

Otto-Karl merkt, wie er zusammenzuckt, als er so unvermittelt angesprochen wird. Er blickt verlegen auf.

Er sieht in Frau Schillings freundliches Gesicht. Er sieht auch schon ganz nah die Kirche mit den warm beleuchteten Fenstern, mit der einladend geöffneten Tür. Hell und heimelig steht die Kirche offen an diesem trüb-grauen Sonntagmorgen. Elli, die Frau des Pastors, steht lächelnd im Eingang und grüßt. Der Küster Bernd wünscht einen guten Morgen und teilt die Gesangbücher aus, Peter grüßt und auch Wilhelm.

Otto-Karl bleibt einen Moment stehen und nimmt den Anblick in sich auf. Ihm wird trotz Regen und Nässe warm ums Herz. So muss Gemeinde sein. Ein Stück Heimat und Geborgenheit soll sie geben in dieser manchmal gar nicht anheimelnden Welt. Voller Dankbarkeit tritt er ein. Er wechselt ein paar Worte mit Bernd über das Wetter, das Bernds Rheuma fördert. Dann setzt er sich schon einmal, um sich innerlich einzustimmen auf den Gottesdienst. Auf seinen Stammplatz setzt er sich, hinten links.

Zehn Minuten später hat sich die Gemeinde versammelt. Einer nach dem anderen trudelt ein, schüttelt den Regenschirm aus und stellt ihn in den Gang des Gemeindehauses, setzt sich auf einen Platz. Die meisten sitzen übrigens hinten. Warum sitzen eigentlich immer alle hinten? Das wird man wohl nie herausfinden!

Die Einleitungsmusik ist vorüber; Mike, der Pfarrer, spricht jetzt. Otto-Karl sitzt da, kämpft ganz unvermittelt mit dieser leichten Müdigkeit, die ihn morgens oft überkommt, und versucht doch, dem zu folgen, was Mike vorne auf der Kanzel erzählt. Schließlich sitzt man nicht im Gottesdienst, um zu schlafen!

Hat Mike nicht soeben gerade zu ihm hingeschaut? Otto-Karl setzt sich etwas aufrechter. Sein Rücken schmerzt.

Klar, das liegt am Übergewicht. Das hat sein Hausarzt ihm schon zehn, nein eher hundert Mal gesagt. Das Übergewicht ist schuld an den Rückenschmerzen. Am niedrigen Blutdruck übrigens auch. Obwohl man ja sonst immer hört, dass Übergewicht hohen Blutdruck verursache und dass niedriger Blutdruck gut sei. »Freuen Sie sich!«, pflegen die Ärzte zu sagen. »Dann bekommen Sie keinen Herzinfarkt!«

Sehr schön. Sicherlich ist es sehr schön, keinen Herzinfarkt zu bekommen. Aber es hätte auch etwas für sich, morgens richtig wach zu werden. Zum Beispiel für die Arbeit. Aber eben auch für den Gottesdienst.

Der Pfarrer sagt einen Kanon an. Einen neuen Kanon. Der Organist kommt nach vorne. Er schlurft quer durch den Kirchenraum. Irgendwie schlurft er ständig, was immer einen etwas müden Eindruck hinterlässt. Vielleicht hat er ja auch einen zu niedrigen Blutdruck. Vielleicht ist er aber auch in Wirklichkeit hellwach, obwohl es anders aussieht. Man kann es nicht wissen.

Endlich steht der Organist vorne. Er singt den Kanon vor. Mit sicherer Stimme gibt er die Melodie vor. Otto-Karl singt gerne, er kann schon beim zweiten Mal mitsingen. Nach und nach fällt auch der Rest der Gemeinde ein.

Es ist einer dieser modernen Kanons, die sich reiben beim Kanonsingen. Das ist Geschmacksache. Otto-Karl selber singt eigentlich lieber die alten Lieder. Aber der Text des Kanons, der bleibt ihm im Gedächtnis haften: »Auf Gott allein will hoffen ich …«

Nach dem Kanon ist wieder der Pfarrer an der Reihe. Mit der Predigt. Otto-Karl setzt sich aufrecht, damit er konzentriert ist und der Predigt folgen kann.

Und Mike spricht. Über alles Mögliche. Er beginnt bei Matthäus, beim Gleichnis von dem Brot und dem Stein und der Schlange …

Dann macht er einen Schwenk zu den Wundern im Allgemeinen. Wunder, das ist ein Thema, welches Mike fasziniert.

Er spickt das Ganze mit ausgewählten Bibelzitaten, mit einem lyrischen Gedicht über eine Ameise, die darum bittet, groß zu werden wie ein Elefant. Und schließlich kommt die

– für Otto-Karl nicht sehr überraschende – Schlussfolgerung, dass Gott uns das gibt, was wir brauchen.

Ja klar, denkt Otto-Karl. Wenn wir es auch manchmal nicht haben wollen. Geschwollene Füße zum Beispiel.

Aber gleich darauf schämt er sich. Geschwollene Füße – es gibt wirklich Schlimmeres. Und er selber hat nun wahrhaftig keinen Grund, sich zu beklagen! Es geht ihm doch gut! Er hat eine Arbeitsstelle, die ihn ausfüllt und ihn ernährt. Er hat liebe Verwandte – seine Eltern sowie seine Schwester nebst Familie. Er hat eine Gemeinde, in die er hineinpasst. Er ist von akzeptabler Gesundheit. Es geht ihm wirklich gut.

Er sollte nicht meckern, sondern dem Pastor lauschen.

Der hat soeben seine Predigt beendet. Es folgt die meditative Musik. Die mag Otto-Karl besonders. Man kann die Predigt in sich nachklingen lassen, hat Ruhe und hört gleichzeitig noch gute Orgelmusik.

Doch Mike steht schon wieder auf.

Otto-Karl seufzt. Diesmal war die Orgelmusik ihm einfach nicht lang genug.

Der Pfarrer lädt zum Gebet ein. Er ermutigt die Gemeindeglieder, Gott um das zu bitten, wovon sie selber genau in diesem Augenblick meinen, dass sie es am nötigsten brauchen.

Nicht, dass Otto-Karl solche Gottesdienstelemente liebt. Er betet lieber, was ihm selber gerade wichtig und dringendes Anliegen ist – nicht, was ihm die Inspiration des Pfarrers, des Gruppenleiters oder von sonst wem vorgibt. Aber er geht ja nicht in die Kirche, um zu meckern und alles besser zu wissen, also wird er mitmachen.

Otto-Karl schließt die Augen. Er betet. »Gott«, betet er, »gib mir eine Frau. Die Frau fürs Leben.«

Kaum hat er die Worte gesprochen, erschrickt er über sich selber. Warum hat er das jetzt gebetet? Ist er nicht glücklich und zufrieden mit seinem ruhigen Junggesellenleben? Hat er nicht allen Grund, dankbar zu sein?

Es folgt wieder meditative Musik. Der Pfarrer hält Fürbitte. Es folgen die Abkündigungen. Dann noch ein Lied, das Vaterunser, der Segen. Man lauscht noch der Orgel, dann strömt alles hinüber in den Nebenraum. Otto-Karl sieht sich um. Nun ja, es strömt, wer eben »alles« ist.

Otto-Karl, wie immer etwas langsam, zählt die Gemeindeglieder, die sich heute in die Kirche verirrt haben. Siebzehn … nein, achtzehn. Erbärmlich ist das eigentlich, wenn man überlegt, aus wie vielen Mitgliedern die Gemeinde insgesamt besteht. Und nicht wenige gehen direkt nach dem Gottesdienst nach Hause statt zum Kirchenkaffee.

Ach ja, denkt sich Otto-Karl. Frau Mehlich hat zu Hause einen Mann und zwei Kinder, die vermutlich auf ein dreigängiges Sonntagsmenü warten. Und die anderen …

Otto-Karl schlendert in den Gemeinderaum hinüber. Dort stehen schon drei Tische gedeckt. Bernd ist hoffnungsloser Optimist. Jeden Sonntag deckt er drei Tische. Und jeden Sonntag brauchen sie nur einen Tisch. Mehr als zehn Personen bleiben nie zum Kirchenkaffee.

Er sieht sich um, ob noch etwas zu tun sei. Der Organist spricht mit dem Pfarrer. Vermutlich über die Lieder für den Gottesdienst nächste Woche. Frau Schilling füllt Plätzchen auf einen Teller. Frau Schilling bringt immer Plätzchen mit. Dann sitzt sie da beim Kirchenkaffee, ihre gesammelte Kinderschar isst Plätzchen, und Frau Schilling unterhält sich. Und wenn die Plätzchen aufgebraucht sind, steht sie auf mitsamt den drei Kindern und geht nach Hause.

Frau Hedderich sitzt schon. Frau Hedderich ist eine alte Dame von fast achtzig Jahren. Wahrscheinlich ist sie viel allein zu Hause. Jedenfalls kommt sie zu jeder Gemeindeveranstaltung. Unter anderem zum Kirchenkaffee. Jetzt eben sitzt sie da und lauscht Peters Ausführungen.

Peter ist ein Schlaukopf, das ist er. Er weiß zu jedem Thema etwas zu sagen. Und eben jetzt erklärt er Frau Hedderich genau, was seine Meinung zum soeben beendeten Gottesdienst im Allgemeinen und zur Predigt und dem abschließenden Gebet im Besonderen ist.

Und Frau Hedderich sitzt da und hört zu und nickt hin und wieder mit dem Kopf.

Nun aber sieht sie auf und lächelt Otto-Karl zu. »Setzen Sie sich doch. Hier ist noch ein Platz frei«, meint sie und weist neben sich.

Er setzt sich, obwohl er genau weiß, dass er jetzt ebenfalls in den Genuss von Peters Ausführungen kommt.

Und während er sich eine Tasse Kaffee eingießt, sorgfältig einen Löffel Zucker einrührt und sich dann streckt, um an einen der Kekse zu kommen, hört er mit halbem Ohr zu.

»Es gibt eine sichere Methode«, erklärt Peter. »Es gibt genau eine sichere Methode.« Er macht eine wirkungsvolle Pause.

Sowohl Frau Hedderich als auch Otto-Karl schweigen gespannt.

»Der Senfkornglaube«, erklärt Peter. »Der Senfkornglaube. Jesus selber sagt in Matthäus 17, dass, wer nur Glauben so groß wie ein Senfkorn hat, Berge versetzen kann. Wer also wirklich vollmächtig im Gebet sein will, muss den Senfkornglauben haben.«

Wilhelm ergreift das Wort. Wilhelm, der sich gerade erst

dazugesetzt hat und vermutlich nur die letzte Bemerkung verstanden hat – wenn überhaupt. »Ich bin genau derselben Überzeugung«, verkündet er. »Wir müssen es tun. Und genau das haben wir schon getan. Man muss Effizienz zeigen. Und das tun wir auch in jeder Beziehung. Deshalb machen wir ja auch solche Veranstaltungen wie diese hier.«

Frau Hedderich nickt freundlich. Otto-Karl hält Ausschau nach den Plätzchen.

Peter fährt unbeirrt mit seinen Erläuterungen fort. »Es geht hier nicht um den Kleinglauben«, erklärt er. »Es geht hier also nicht um das, was in unseren Gemeinden die verbreitete Glaubensform ist – und es nach Jesu Aussage auch schon bei den Jüngern war. Nein, es geht um den Senfkornglauben.«

Wilhelm schlägt energisch mit der Faust auf den Tisch. »Genau das sage ich schon die ganze Zeit!«, bekräftigt er. »Wir müssen es in Angriff nehmen. Und wir nehmen es ja auch schon in Angriff. Aber hier ist selbstverständlich auch die Gemeinde gefragt. Von der Gemeinde muss das Feedback kommen, der Input und der Output. Und wir werden es tun. Ich bin der festen Überzeugung, dass genau das unser Weg ist.«

Otto-Karl kratzt sich etwas verwirrt am Kopf. Hat er da etwas falsch verstanden? Oder hat Wilhelm gerade tatsächlich erklärt, dass der Weg der Gemeinde der des Kleinglaubens ist? Er reckt sich nach vorne, kommt fast an den Plätzchenteller heran. Kai, der Kleinste von Frau Schilling, schiebt ihm mit verschwörerischem Grinsen den Teller näher. »Aber die Waffeln will ich selber haben«, erklärt er Otto-Karl.

Otto-Karl zieht eine Grimasse. »Ich mag auch am liebsten Waffeln«, murmelt er.

Der Kleine nickt gnädig. »Aber nur eine.« Und mit seinen verschmierten Fingerchen – was machen die eigentlich im Kindergottesdienst mit den Kindern, dass die mit grün-rot verschmierten Fingern da herauskommen? – reicht er Otto-Karl eine Schokoladenwaffel.

Während Otto-Karl diese verzehrt, doziert Wilhelm weiter: Die Gemeinde sei bereit für Umwälzungen und es sei auch nötig, solche zu vollziehen.

»Mir ist langweilig«, erklärt Lina, Kais ältere Schwester.

»Mir ist auch langweilig«, echot Kai.

Frau Schilling sieht beunruhigt aus. Auch Otto-Karl wundert sich. Wie kann den Kindern schon langweilig sein? Die Kekse sind doch noch gar nicht aufgegessen. Vielleicht sind die Kinder so schnell unruhig, weil sie keinen Vater haben? Das soll ja gar nicht gut für Kinder sein.

Otto-Karl rutscht näher zu den Kindern hinüber. »Mir ist auch langweilig«, flüstert er.

Da lachen die Kinder.

»Aber was tun wir dagegen?«, fragt Otto-Karl und kratzt sich am Kopf.

»Wir könnten verstecken spielen«, schlägt Lina vor.

Otto-Karl schüttelt den Kopf. »Das ist unfair. Ich bin viel größer als ihr. Mich findet man viel leichter.«

Kai nickt verständnisvoll. Er überlegt. »Wir könnten singen.«

Grinsend meint Otto-Karl: »Dann würden wir jedenfalls die ganze Veranstaltung hier aufmischen. Was wolltest du denn singen?«

»Wir haben im Kindergottesdienst über Isaak gesprochen und wie er zu seiner Frau gekommen ist. Und dazu haben wir ein Lied gelernt.«

»Und wie ist Isaak zu seiner Frau gekommen?«, erkundigt sich Otto-Karl interessiert. Dass heute aber auch in jeder Ecke über dieses Thema gesprochen werden muss!

Lina schaltet sich wieder ein. »Die wohnten ganz weit weg. Und da ist ein Diener hingegangen und sollte eine Frau für Isaak suchen.«

»Ein Diener?«, wundert sich Otto-Karl.

»Ja. Und der wusste nicht, wie er jetzt an die richtige Frau kommen sollte.«

»Kann ich mir vorstellen.«

»Und dann hat er einfach gebetet«, fährt Lina fröhlich fort.

Berta, die älteste der drei Geschwister, stimmt zu: »Genau. Er hat gebetet, dass Gott ihm die richtige Frau zeigen soll. Die soll ihm Wasser geben in einem Krug. Und dann kam genau so eine, die das tat. Und dann hat er sie einfach mitgenommen als Frau für Isaak.« Sie nickt zufrieden.

Im Hintergrund erklärt Wilhelm mit entschlossener Stimme: »Wir werden es in Angriff nehmen. Und wir haben es schon in Angriff genommen! Das Einzige, was uns fehlt, ist der Output der Gemeinde!«

2

Wie immer hat sich die Runde irgendwann aufgelöst. Meistens ist Otto-Karl einer der Letzten, die nach dem Gottesdienst nach Hause gehen. Er hilft noch, das Geschirr in die Spülmaschine zu räumen. Er wischt die Tische ab und stellt sie für die Gruppe am nächsten Montag auf. Schließlich warten auf ihn keine Familie, kein Partner und überhaupt keine dringende Veranstaltung am Nachmittag.

Manchmal ergibt sich noch ein Gespräch mit jemandem, der sich ebenfalls im Gemeindehaus betätigt. Aber meistens geht Otto-Karl nach dem Räumen nach Hause, in die Ruhe und den Frieden seiner Junggesellenwohnung.

Das heißt: Eigentlich ist es gar keine Wohnung. Es ist ein Einzimmerappartement, das er im Dachgeschoss eines etwas heruntergekommenen Mehrfamilienhauses bewohnt. Im Sommer hat er oft gut und gerne vierzig Grad in seiner Wohnung – wenn nicht mehr. Im Winter muss er morgens die Dachfenster abwischen, damit das Kondenswasser nicht auf den Boden tropft. Und an einer Wand befindet sich ein großer schwärzlicher Fleck, den er in regelmäßigen Abständen mit Antischimmelspray behandelt.

Mehrfach hat er sich beim Vermieter beschwert, dann hat er es aufgegeben. Hundertmal schon hat er sich vorgenommen, nach einer anderen Wohnung zu suchen, aber irgendwie hat er nie die Energie dafür aufgebracht.

Und so sitzt er weiter in seiner Dachbude, wie er seine Unterkunft liebevoll nennt. Besonders aufgeräumt ist sie übrigens auch nicht gerade. Otto-Karl baut nämlich Modelle.

Und Modelle brauchen Platz. Die fertigen und noch mehr die im Bau befindlichen. Auf dem Esstisch steht eine Wassermühle, die sich in letzterem Stadium befindet. Auf dem Schreib- und Computertisch liegt die Anleitung nebst einigen noch vorzubehandelnden Einzelteilen.

Otto-Karl isst normalerweise auf dem Sofa.

Heute schiebt er sich eine tiefgekühlte Lasagne in die Mikrowelle. Besonders gesund ist das nicht, das weiß er. Und besonders gut schmecken tut es auch nicht. Aber es stillt den Hunger.

Er nimmt das erhitzte Fertiggericht, stellt es auf einen Teller, holt sich einen Löffel und wandert mit beidem zum Sofa. Dort liegt eine Zeitschrift. Und während er darin liest, löffelt er das zähe Zeug aus der Alupackung.

In der Zeitschrift steht nur Blödsinn. Ärgerlich legt er sie beiseite. So aber, ohne jegliche Ablenkung, schmeckt die Fabriklasagne noch schlimmer.

Seine Gedanken wandern zurück zum heutigen Gottesdienst. Zu seinem Gebet. »Eigentlich wahr«, denkt er. »Eigentlich brauche ich eine Frau. Aber andererseits … wie kann ich Gott damit behelligen? Gott wird wohl Wesentlicheres zu tun haben.«

Peters Ausführungen über den Senfkornglauben fallen ihm ein. Wenn er selber jetzt Senfkornglauben hätte … käme dann gleich eine heiratswillige Dame um die Ecke spaziert?

Er stellt sich vor, wie es schellt und eine ausgesprochen hübsche junge Dame ihm etwas verlegen erklärt, nun ja, sie habe den Ruf des Herrn empfangen, einen gewissen Otto-Karl Meurer zu heiraten, und ob er ihr vielleicht sagen könne, wo sie den finden könne.

So konkret ist diese Vorstellung, dass er einen Moment lang wirklich darauf wartet, dass es schellt.

Es schellt aber nicht.

Er löffelt die Lasagne zu Ende. Er wirft die Einwegschale weg, legt den Löffel ins Spülbecken. Jetzt braucht er einen Kaffee.

Die Kanne ist noch nicht gespült und der benutzte Filter steckt noch in der Kaffeemaschine. Er reinigt die Maschine flüchtig und setzt Kaffee auf.

Dann denkt er wieder nach. Über den Senfkornglauben.

»Wenn ich den hätte«, so überlegt er, »diesen Senfkornglauben, dann könnte ich jetzt beten, um eine Frau zum Beispiel, eine Frau, die Gott mir zugedacht hat, und dann würde ich eine finden. Dann wäre das vermutlich die sichere Methode, von der Peter gesprochen hat. Aber ob das bei mir funktioniert? Ob ich diesen Senfkornglauben habe, ist doch mehr als fraglich. Ich brauche es wohl gar nicht erst zu probieren.«

Gedankenpause.

»Andererseits kann es ja nicht schaden, es zu versuchen. Ich werde Gott also noch einmal ganz ernstlich bitten.«

»Guter Gott«, betet er, »du weißt, was ich brauche. Einen Kaffee zum Beispiel. Aber was ich mir wirklich ganz tief in meinem Inneren wünsche, das ist eine Frau. Eine Frau, mit der ich durchs Leben gehen kann, Seite an Seite. Du kannst mir eine geben, wenn du willst. Bitte tue es. Bitte.«

Otto-Karl sieht auf die Kaffeemaschine. Das Wasser ist mittlerweile durchgelaufen, ja. Aber nichts von dem erwarteten Koffeingetränk ist in der Kanne zu entdecken. Stattdessen befindet sich dort eine klare Flüssigkeit.

Er nähert sich vorsichtig der Kaffeemaschine. Er starrt sie

an. Klares Wasser. Wie er allerdings schnell merkt, ziemlich heißes Wasser.

Sollte Gott ein Wunder getan haben? Will Gott ihm sagen, dass er eine Frau genauso wenig brauche wie einen Kaffee? Oder dass er ihm keine Frau geben werde, wie er ihm ganz offensichtlich keinen Kaffee gibt?

Er muss sich setzen. Was für eine unerfreuliche Vorstellung! Wahrscheinlich will Gott ihm zu verstehen geben, dass er sich zuerst nach dem klaren Evangelium ausstrecken soll, bevor er den Kaffee der Ehefrau bekommt – oder so ähnlich.

Vorsichtig nähert sich Otto-Karl der wunderbaren Kaffeemaschine wieder. Bevor er sie ausschaltet, sieht er noch in den Filter. Der Filter ist leer.

Und da wird ihm etwas klar. Ja, ihm wird klar, was ihm die Kaffeemaschine sagen will, wenn sie denn überhaupt etwas sagen kann: Er braucht den Senfkornglauben. Die Kaffeemaschine braucht Pulver, und Otto-Karl braucht Glauben.

Was aber kann er dafür tun? Beten, nichts als beten. Und genau das nimmt sich Otto-Karl vor: von nun an viel zu beten.

3

Ja, Otto-Karl betet viel in der nächsten Zeit. Nicht, dass er sonst nicht beten würde. Nein, aber er betet eben deutlich mehr als sonst.

Nicht nur den halben Sonntagnachmittag über – was ihm seltsamerweise richtig guttut. Nein, auch in den nächsten Tagen immer wieder. Er betet um Weisung, um Führung, um den Senfkornglauben und – um eine Frau. Wenn Gott denn eine für ihn vorgesehen hat. Was Otto-Karl stark hofft.

Ja, er betet viel. Geschehen jedoch tut: überhaupt nichts. Wenn man es denn »überhaupt nichts« nennen kann, dass Bernd, der Küster, krank wird und deshalb überall rundgerufen wird, wer ihn vertreten könne. Wenn man es denn als »überhaupt nichts« bezeichnen kann, dass bei einem Starkregen der Keller des Pfarrhauses überflutet wird.

Abends kommt Otto-Karl aus dem Büro nach Hause. Ob Gott wohl die Sekretärin für ihn vorgesehen hat? Die hat er heute mehrfach getroffen. Das könnte ein Zeichen sein. Obwohl er sie eigentlich jeden Werktag andauernd trifft.

Der Anrufbeantworter gibt diese seltsamen Piepsgeräusche von sich, die zeigen, dass er Anrufe aufgenommen hat.

Er hört die Anrufe ab. Zunächst Mike, der Pfarrer, der fragt, ob Otto-Karl vielleicht kommen und den Keller mit leer räumen könne.

Dann der Pfarrer, der fragt, ob Otto-Karl eine Schmutzwasserpumpe bedienen könne.

Dann der Pfarrer, der fragt, ob Otto-Karl vielleicht die Stühle für den Chor stellen könne.

Als Otto-Karl zum fünften Mal die Stimme des Pfarrers erschallen hört, drückt er den Ausschaltknopf.

Er zieht sich die Jacke über, greift im Vorbeigehen noch eine Packung Butterkekse und geht. Mit dem Fahrrad fährt er zum Gemeindehaus. Und dort herrscht gelinde gesagt das reinste Durcheinander.

Einige freiwillige Helfer – vermutlich auch nicht freiwilliger als er – sind soeben dabei, den Inhalt des Pfarrhauskellers in der Garage aufzustapeln. Im Keller selber stehen zwei andere Freiwillige in Gummistiefeln und bedienen die Pumpe. (Warum braucht man dazu eigentlich zwei Leute?)

Otto-Karl ist der Pumpenbedienung nicht kundig, außerdem sind keine Gummistiefel mehr da. Und so stapelt er zunächst einmal mit den anderen Gartenstühle, Koffer und Umzugskisten in der Garage. Umzugskisten, Körbe, Fahrräder, Luftpumpen, Stühle. Irgendwann ist die Garage voll. Der Regen hat mittlerweile auch nachgelassen. Der Rest des Kellerinhalts wird auf die Terrasse und den Keller des Gemeindehauses verteilt und wo nötig mit Planen abgedeckt.

Danach stellt Otto-Karl Stühle. Für den Chor, der im Gemeindesaal gleich stattfinden wird. Etwas nass und durchgefroren ist Otto-Karl ja, aber das hindert ihn nicht daran, Stühle zu stellen.

Irgendwann kommt Elli, die Pfarrersfrau, und lädt alle Helfer zu einem Teller Suppe ein.

Otto-Karl isst also Suppe, Gulaschsuppe aus der Dose, als habe er nie etwas so Delikates genossen. Und es kommt ihm tatsächlich so vor, durchfroren und hungrig, wie er inzwischen ist.

Ein paar Aufräumarbeiten stehen noch an. Die meisten Helfer gehen nach Hause. Natürlich gerade die, welche Familie haben. Und das ist für Otto-Karl in Ordnung so. Haben nicht Weib und Kinder lange genug auf die Väter gewartet?

Er schnappt sich Putzeimer und Lappen, um im Gemeindesaal den Schmutz wegzuwischen.

Wie er nun gerade im besten Wischen ist, kommt Herr Mewes, der Chorleiter, dazu. Entschuldigend meint Otto-Karl, er werde sich auch beeilen und ganz gewiss versuchen, leise zu sein, aber Herr Mewes sagt, Otto-Karls Anwesenheit sei überhaupt kein Problem, er mache ja keinen Lärm.

Und so kommt es, dass Otto-Karl zum ersten Mal in seinem Leben an einer Chorprobe teilnimmt, im Hintergrund den Fußboden wischend. Er putzt fröhlich vor sich hin, der Chor macht komische Verrenkungen mit noch komischeren Lauten, vom Chorleiter als Einsingübungen bezeichnet.

Danach probt der Chor einen Choral. Otto-Karl kennt das Lied und er summt leise die Melodie mit. Er hat eine ziemlich helle Stimme und so macht es ihm keine Probleme, den Sopran mitzusummen.

Einmal bemerkt er, wie Herr Mewes zu ihm herübersieht, da verstummt er beschämt. Bestimmt hat er doch gestört.

Nach der Probe, Otto-Karl wäscht gerade den Lappen im Waschbecken in der Küche aus, um danach endlich nach Hause zu gehen, kommt Herr Mewes herein. Er sieht sich um, als suche er jemanden, entdeckt endlich Otto-Karl in der Putzecke und kommt dann auf ihn zu.

»Sie haben vorhin den Sopran mitgesungen«, erklärt er.

Unsicher sieht Otto-Karl ihn an. »Entschuldigen Sie bitte«, murmelt er.

»Kannten Sie das Lied?«

Otto-Karl nickt.

»Nun, das ist eigentlich auch gleichgültig. Jedenfalls müssen Sie unbedingt in den Chor kommen. Wir proben jeden Dienstag, Sie wissen wohl schon, zu welcher Zeit. Sie müssen uns unbedingt verstärken. Einen so hellen Tenor, wie Sie ihn haben, hat man ganz selten. Wir können Sie hervorragend gebrauchen. Sie kommen doch, oder?«

Und ehe Otto-Karl es sich versieht, hat er auch schon zugesagt.

4

Und Otto-Karl betet weiter. Er betet weiter um eine Frau. Auch wenn er gerade nicht betet, kreisen seine Gedanken um das Thema. Tatsächlich ist er mittlerweile so weit, dass jedes Mal, wenn sich in der Straßenbahn eine Frau neben ihn setzt, er sich fragt, ob sie ihm wohl gleich einen Krug Wasser reichen werde, um ihn zu erlaben und damit zu zeigen, dass sie für ihn bestimmt ist.

Bis jetzt allerdings hat noch keine Frau Anstalten gemacht, Krüge mit Wasser herumzureichen. Keinen Krug mit Wasser, keine Flasche Saft, noch nicht einmal einen Kaugummi bekommt er von einer Frau angeboten.

Ja, man muss ehrlich sein: Die todsichere Methode, sie funktioniert nicht. Zumindest bei ihm nicht. Sein Gebet wird nicht einmal ansatzweise erhört.

Die einzige sichtbare Veränderung besteht darin, dass er am nächsten Dienstagabend nicht allein zu Hause sitzt, sondern mit Herzklopfen und einer gewaltigen Portion Nervosität zum Gemeindehaus geht, in dem die Kirchenchorprobe stattfinden soll.

Etwas verloren steht er dann im Eingangsbereich des Gemeindehauses herum. Natürlich kennt er die ganzen Leute hier – zumindest die meisten. Aber sie scheinen alle anzunehmen, dass er den Fußboden aufwischen will oder die Toiletten putzen oder so. Jedenfalls lächeln ihm einige zu, grüßen wohl auch kurz, aber das war es dann auch. Man plaudert, über irgendwelche Chorangelegenheiten vermutlich, und lässt ihn in der Ecke stehen.

Gerade ist er in seinen Überlegungen so weit gekommen, dass er meint, er könne ja auch einfach wieder nach Hause gehen, vermissen werde ihn ohnehin keiner – da spricht ihn doch noch jemand an.

Frau Schilling ist es. »Hallo, Herr Meurer«, grüßt sie ihn freundlich. »Was stehen Sie denn so verloren hier herum?«

Otto-Karl wird rot. »Ja … nun … also …«, stottert er. »Der Chorleiter, also Herr Mewes, der meinte, ich sollte mal versuchen, im Tenor zu singen, wissen Sie. Und da dachte ich …«

»Oh, ein neuer Chorsänger!«, lacht Frau Schilling. »Und dazu noch ein besonders wertvoller!«

Verwundert sieht Otto-Karl sie an. Auf den Gedanken, besonders wertvoll zu sein, ist er bis jetzt noch nie gekommen. »Wie meinen Sie das?«

»Nun ja. Tenöre sind Mangelware bei uns. Ich glaube allerdings, das geht anderen Chören ähnlich. Natürlich braucht man Männer in dieser Stimmlage, ob sie nun selten sind oder nicht. Und wenn nun Herr Mewes Sie als Tenor an Land gezogen hat, dann sind Sie somit besonders wertvoll.«

Doch bevor Otto-Karl diesen neuen Gedanken verarbeiten kann, erscheint Herr Mewes. Brav wie eine Herde Lämmer wandeln nun alle in den Gemeindesaal und verteilen sich auf die aufgestellten Stühle. Anscheinend weiß jeder, wo er sitzen muss. Jeder außer Otto-Karl.

Wieder ist es Frau Schilling, die ihm hilft. Sie bittet lächelnd den dicken Herrn Paul, sich um Otto-Karl zu kümmern. »Das ist nur recht und billig«, meint sie. »Denn er wird dich demnächst im Tenor unterstützen.«

Da grinst Herr Paul breit und meint: »Das ist natürlich

etwas anderes. Jemanden, der mich im Tenor unterstützt, den trage ich auf Händen. Setzen Sie sich hier neben mich. Darf ich Ihnen einen Hustenbonbon anbieten?«

Otto-Karl entspannt sich etwas, während Herr Paul ihm erklärt, wie wichtig Tenöre sind: Erstens seien sie selten; zweitens sängen sie die schwierigste Stimme, die dennoch drittens sehr deutlich zu hören sei. Sagt Herr Paul.

Otto-Karl wird etwas mulmig bei dem Gedanken, dass seine Stimme deutlich zu hören sein könnte.

Dann aber hat er keine Zeit mehr, sich Gedanken zu machen, denn nun beginnt die Chorprobe. Und die merkwürdigen Übungen, die Otto-Karl letztens aus der Entfernung bestaunen durfte, die macht er nun selber mit. Er macht sich ganz lang und singt dabei »Iiih«. Er beugt sich tief herunter und macht dabei »Uuuh«. Er hampelt wie ein Hampelmann und singt gänzlich sinnlose Sätze in den verschiedensten Tonlagen. Er ist froh, dass ihn außer seinen Mitsängern niemand dabei beobachten kann.

Endlich fangen sie an, ein richtiges Lied zu proben. Es ist ein modernes Lied, eine Bearbeitung mit vier Stimmen.

Ihm wird richtig mulmig, als er bemerkt, dass er das Lied gar nicht kennt. Aber Herr Mewes geht jede Stimme einzeln durch. Immer wieder muss der Sopran den ersten Teil seines Parts wiederholen. Nie ist Herr Mewes zufrieden.

Verzweifelt starrt Otto-Karl auf seine Noten. Er kann sich vage erinnern, in der Schule einmal so etwas durchgenommen zu haben. Aber das ist wahrhaftig lange her. Zu lange! Worauf hat er sich da nur eingelassen?

Doch als dann der Tenor an die Reihe kommt, ist es gar nicht so schlimm. Herr Mewes spielt die Stelle erst auf dem Klavier vor und Otto-Karl braucht nur nachzusingen.

Mit der Zeit macht es ihm richtig Spaß. Wenn er eine Stelle ein paarmal fehlerfrei gesungen hat, braucht er die Noten ohnehin nur noch als Gedächtnisstütze. Es wird ein netter Abend.

Erst spät liegt Otto-Karl heute im Bett. Immer und immer wieder gehen ihm die Erlebnisse bei der Probe im Kopf herum. Wie er anfangs so unsicher war. Wie die anderen ihn für seine helle Stimme bewunderten. Komisch eigentlich, dass alle ihn so toll fanden! Soundso viele haben ihn hinterher beredet, unbedingt im Chor zu bleiben und weiterzumachen.

Er schmunzelt noch im Einschlafen vor sich hin. Eigentlich muss es nett sein, zu einer solchen Gruppe zu gehören. Vielleicht macht er wirklich weiter.

5

Am nächsten Samstag besucht Otto-Karl seine Schwester Kläre. Kläre hat einen Mann und vier Kinder, und das ist für Otto-Karl gerade die richtige Menge an Trubel.

Schon vorher besorgt er Geschenke für jedes einzelne Familienmitglied – vielleicht freuen sich die Kinder deshalb immer so offensichtlich über seinen Besuch. Jedenfalls kann er, als er mit seinem kleinen Wagen vorfährt, bereits die beiden Jüngsten sehen, wie sie am Küchenfenster stehen und nach ihm Ausschau halten. Als Otto-Karl geparkt hat, öffnet sich sofort die Haustür und der Kinderpulk stürmt hinaus auf ihn zu. Otto-Karl kann nur noch die Arme aufreißen, um möglichst viele der Kinder aufzufangen und dadurch vor einem bösen Sturz zu bewahren. Gerade die beiden Jüngsten sind ganz verrückt nach ihm. Sie klammern sich an ihm fest und skandieren lautstark seinen Namen.

Otto-Karl grinst. So ein Empfang wird sicherlich nicht jedem zuteil. Endlich aber versucht er sich loszumachen. »Meint ihr nicht, wir sollten ins Haus gehen?«, fragt er.

Der Vorschlag überzeugt die Kinder. Und kaum hat er sein Auto abgeschlossen, da wird er schon von acht kleinen Händen ins Haus gezerrt.

In der Eingangstür steht seine Schwester mit teigigen Händen. »Ich backe noch gerade«, meint sie entschuldigend.

Otto-Karls Schwager Claudio lacht und scheucht Otto-Karl samt seiner Anhängerschaft ins Haus, um energisch die Tür hinter ihnen zu schließen.

Nachdem Otto-Karl seine kleinen Geschenke losgeworden ist, muss er erst einmal eine Tasse Kaffee trinken. Das gehört zum Ritual. Immer wenn er seine Schwester besucht, trinkt er zuerst mit ihr in der Küche eine Tasse Kaffee. Er sitzt am Küchentisch, sieht ihr zu, wie sie werkelt, und schlürft wohlig seinen Kaffee. Dabei unterhält er sich mit ihr über dieses und jenes.

Heute erzählt Kläre über Probleme mit Lukas im Kindergarten. »Seitdem er in den Kindergarten geht, ist er ein kleiner Schläger geworden«, meint sie traurig. »Ich habe keine Ahnung mehr, was ich dagegen tun soll. Ich sage ihm, in unserer Familie wird nicht geprügelt. Er nickt brav und haut danach seine Schwester. Ich sage, er soll im Kindergarten nicht schlagen, sondern der Erzieherin Bescheid sagen. Die Erzieherin sagt, sie bringt den Kindern bei, sich durchzusetzen. Er ist manchmal nicht einfach, Kinder zu erziehen.«

Otto-Karl nickt. Sicher ist das Leben mit Kindern manchmal nicht einfach. Sicher. Und doch … Was würde er darum geben, diese Probleme zu haben! Eine Familie zu haben! Eine Frau und Kinder!

Später trifft die ganze Familie wieder zusammen. Es gibt Waffeln mit Vanilleeis und Kirschen. Otto-Karl zeigt den Kindern, wie er ganz gleichmäßig zuerst das Vanilleeis auf der Waffel verteilt und dann einzeln die Kirschen darauf drapiert. Sofort tun die Kleinen es ihm nach.

Er sieht aus den Augenwinkeln, wie Kläre ihrem Mann zublinzelt. Wie schön! Die beiden verstehen sich.

Der Nachmittag gehört dann den Kindern. Otto-Karl spielt mit ihnen Verstecken, und als er nicht mehr kann, liest er ihnen Bücher vor. Abwechselnd suchen sich die Kinder ein Buch aus.

Irgendwann tut Otto-Karl so, als sei er derart entkräftet,

dass er auf dem Sofa einschläft. Lachend rütteln die Kinder ihn wach, ziehen ihn hoch und laufen los, um noch eine Tasse Kaffee für ihren Onkel zu besorgen. Er seufzt theatralisch auf, als er den Kaffee bekommt: »Ihr habt mir das Leben gerettet!«

Die Kinder lachen. Dann geht das Spiel weiter. Er zieht mit seinen Nichten und Neffen ins Kinderzimmer um, wo er aus Hunderten, vielleicht Tausenden von Bausteinen eine Burg erbaut. Mit Zinnen und Erkern, mit Bergfried und zum Ergötzen der Kinder mit einem Plumpsklo.

»Boah, Otto-Karl!« Die Kinder sehen ihn bewundernd an.

Irgendwann überlässt er die Kinder ihrem Spiel und geht leise die Treppe hinunter. In der Küche sitzen Schwester und Schwager in trauter Zweisamkeit. Fast hat Otto-Karl ein schlechtes Gewissen, dass er sie stört.

Der Schwager grinst verlegen, während er seine Hand von Kläres Haar zurückzieht. »Wir haben so selten Zeit alleine füreinander.«

»Soll ich wieder hochgehen?«, fragt Otto-Karl.

Aber das wollen die beiden auch wieder nicht. Da bietet ihnen Otto-Karl an, bei Gelegenheit einmal abends Babysitter zu spielen. Damit sie wieder einmal etwas zusammen unternehmen können.

Sein Vorschlag wird mit sichtlicher Freude aufgenommen. Sofort fangen die beiden an, Pläne zu schmieden. Sollen sie ins Kino gehen? Oder vielleicht besser einfach nur zu zweit schön essen?

Otto-Karl schmunzelt. Heute werde sie sich wohl nicht mehr einig werden.

Auf dem Heimweg denkt er nach. Seine Schwester hat das, was er sich wünscht. Partner und Kinder. Ob sie glücklich damit ist? Es sieht so aus. Ob sie dankbar ist? Bestimmt.

Dennoch wird er das unbestimmte Gefühl nicht los, dass die Schwester gar nicht zu schätzen weiß, was sie hat.

Und, so überlegt er, ist das nicht oft so? Nehmen wir nicht das, was wir haben, nur zu gerne als selbstverständlich an, während wir, wenn uns etwas mangelt, gleich klagen und räsonieren?

Als er abends nach Hause kommt, blinkt und piepst der Anrufbeantworter. Elli hat aufs Band gesprochen. Elli, die Gattin des Pastors. Sie ladt alle freiwilligen Helferinnen und Helfer der Überschwemmungsgeschichte zu einem fröhlichen Beisammensein ins Pfarrhaus ein. Am Sonntagnachmittag.

Otto-Karl schluckt. Er hat sich auf einen ruhigen Sonntag gefreut, mit Modellbau und Beten.

Andererseits ist es ja nett von Elli, die Einladung auszusprechen. Die Hilfe nicht für selbstverständlich zu nehmen. Und Modellbau machen kann man auch später. Oder sogar jetzt noch. Die Wassermühle hat es jedenfalls nicht eilig.

Er schaltet den Strahler ein, den er extra zu diesem Zwecke installiert hat, und setzt sich an die Teile der Wassermühle. Mit einem Messer entgratet er jedes einzelne Teil. Gerade bei den kleinen und schmalen Teilen ist das die reinste Geduldsarbeit.

Er denkt an die Burg, die er für die Kinder gebaut hat, und lächelt. Das war auch eine ziemliche Arbeit und vermutlich haben seine Nichten und Neffen die Burg jetzt schon wieder in ihre Einzelteile auseinandergenommen.

Kinder leben im Jetzt. Sie nehmen die Dinge, wie sie gerade sind, anstatt sich groß über die Zukunft Gedanken zu machen.

Teil um Teil entgratet er und legt es dann beiseite. Die

Kunststoffreste sammelt er auf einer alten Untertasse. Grat um Grat, Teil um Teil.

Spät erst findet er ins Bett. Er ist wieder ein Stück weiter mit der Modellmühle, deren Einzelteile nun friedlich auf die weitere Verarbeitung warten.

Morgen wird er auf die Feier gehen. Das ist sein letzter Gedanke, bevor er einschläft.

6

Selbige Feier übrigens entpuppt sich als größer, als Otto-Karl sich das vorgestellt hat. Denn Elli, die liebe Elli, hat die Familien der Helfenden gleich mit eingeladen und noch das eine oder andere einsame Gemeindemitglied dazu. So trifft Otto-Karl zu seiner Verwunderung Frau Hedderich auf der Feier, die mit Sicherheit nicht zur Helferschar gehört hat.

Überhaupt herrschte bei der Hilfsaktion zwar ein Durcheinander, aber nicht so eine Menschenansammlung wie heute.

Immerhin gibt es Kaffee und Kuchen, und das ist etwas, wofür Otto-Karl zu haben ist.

Er schnappt sich einen Teller, beschickt ihn direkt mit zwei Stücken Cremetorte, füllt sich einen großen Pott mit Kaffee – denn wie weit kommt man schon mit einer kleinen Tasse? – und sucht sich einen gemütlichen Platz etwas abseits des Trubels. Er setzt sich, isst genussvoll seine Torte und beobachtet dabei die Menschen, wie sie ausgelassen durcheinanderwimmeln.

Einige Grüppchen haben sich gebildet. Peter führt wie immer das große Wort, gleich fünf Zuhörer haben sich um ihn versammelt und lauschen ihm mit offenen Mündern, wie er gestenreich seine Ausführungen macht. Vielleicht erklärt er den staunenden Menschen soeben eine absolut sichere Methode?

Miranda ist der Mittelpunkt einer anderen Gruppe. Miranda ist die Nichte von Frau Mehlich und gerade erwachsen geworden, dabei mit großen, ausdrucksvollen Kinderaugen.

Umgeben von einem Kreis junger männlicher Zuhörer, berichtet sie fröhlich kichernd, wie sie beim Einkaufen ihre Bankkarte verloren hat. Ihr Publikum zumindest ist gebannt, während Otto-Karl sich allen Ernstes fragt, wie man ein solches Ereignis lachend statt entsetzt erzählen kann.

So jedenfalls hat Otto-Karl an seinem Tischchen genügend zu beobachten und zu schmunzeln. Mit einem Mal setzt sich Wilhelms Sohn Tobias zu ihm. Er setzt sich auf dieselbe lebhafte Art, mit der er sich immer bewegt.

Früher ist Tobias ihm immer nur am Rande aufgefallen, aber jetzt ist Otto-Karl ja im Chor, wo Tobias im Bass singt, mithin etwas weniger wertvoll als ein Tenor, aber das stört ihn vermutlich nicht besonders.

Nun ja, Tobias setzt sich also zu Otto-Karl, dass der Tisch bebt, und dröhnt mit seiner Bassstimme: »Und, Junge, was sitzt du hier so alleine herum?«

Otto-Karl überlegt, ob er ehrlich antworten soll, und entscheidet sich schließlich dafür: »Ich habe ganz gerne mal meine Ruhe.«

Tobias lacht: »Das würde ich jetzt natürlich auch sagen. Im Übrigen hast du natürlich recht. Ich habe auch ganz gern mal meine Ruhe.« Er überlegt. »Wenngleich mir die Ruhe auch manchmal zu viel werden kann.«

Otto-Karl muss unwillkürlich nicken. Ja, das geht ihm auch so. Das geht wahrscheinlich allen Junggesellen manchmal so.

Tobias schlägt mit der Faust auf den Tisch. »Aber das ändert sich jetzt! Jetzt muss eine Freundin her, koste es, was es wolle!«

Otto-Karl nickt wieder. »Es gibt da eine sichere Methode«, meint er.

»Und die wäre?« Tobias lacht laut und dröhnend.

»Der Senfkornglaube«, murmelt Otto-Karl.

Tobias lacht noch mehr. »Du bist ja ein komischer Vogel. Die sichere Methode sind Komplimente. Damit landest du bei jeder Frau.« Er lacht immer noch. Dann holt er sich etwas zu trinken und leert in einem Zug sein Glas. Er sieht Otto-Karl bedeutungsvoll an, bevor er in Richtung Miranda losstiefelt. Und Otto-Karl hat nun Gelegenheit, genau zu beobachten, wie Tobias' Methode funktioniert.

Tobias mischt sich zunächst unter Mirandas Zuhörer. Er lauscht ihr, ostentativ gepackt von ihrer Erzählkunst. Als ihre Erzählung beendet ist, stellt er ihr interessiert eine Frage. Und binnen Kurzem sind die beiden in ein Zweiergespräch verwickelt.

Gespannt beobachtet Otto-Karl, wie Miranda sich immer wieder die Haare zurückstreicht, wie Tobias scheinbar aus Versehen ihre Hand berührt beim Sprechen. Mann! Wie der das hinbekommt!

Die Methode ist nichts für ihn, stellt Otto-Karl resignierend fest. Die Methode ist nichts für ihn, ob sie nun funktionieren mag oder nicht. Dafür ist er zu schüchtern.

Endlich wendet Otto-Karl den Blick ab von Tobias und dessen mehr oder weniger erfolgreichen Annäherungsversuchen.

Ein Großteil der Gäste haben sich inzwischen nach draußen auf die Wiese des Pfarrhauses verzogen. Frau Hedderich sitzt einzeln an einem Tisch. Otto-Karl erhebt sich schwerfällig. »Darf ich Ihnen eine Tasse Kaffee mitbringen?«

Den Rest der Feier über unterhält sich Otto-Karl mit der alten Dame. Doch, es wird ein netter Nachmittag und er fühlt sich ausgeglichen und zufrieden, als er schließlich nach Hause geht.

7

Am nächsten Tag jedoch holt Otto-Karl die alltägliche Er-
nüchterung wieder ein. Morgens gibt es das übliche einsame
Frühstück. Damit es ihm überhaupt halbwegs schmeckt,
liest er während des Essens die Zeitung.

Merkwürdig, dass ihn das Alleinsein im Moment so stört!
Er lebt doch schon seit Jahren auf diese Art. Er hat seinen
geregelten Tageslauf, seine Ruhe, seinen Frieden. Wenn er
ein bisschen Gesellschaft braucht, geht er in die Gemeinde
zu irgendeiner Veranstaltung. Manchmal besucht er seine
Schwester. Mit den vier Kindern und dem Mann. Bei der
ist immer etwas los.

Oder er besucht seine Eltern. Das macht er sogar ziemlich
regelmäßig, trotz der langen Fahrt. Dann helfen er und sein
Vater der Mutter in den Rollstuhl, verlassen das Haus und
fahren mit ihr durch die Gegend bis zu einem Café oder
Restaurant, je nach Tageszeit und Wetter. Dort sitzen sie,
trinken Kaffee oder essen eine Kleinigkeit. Sprechen oder
schweigen miteinander. Und dann bringt Otto-Karl die Eltern wieder zurück, lässt sich von der Mutter noch mit einer
Tasse Instantkaffee bewirten (darauf besteht sie) und fährt
wieder nach Hause. Dort fällt er hundemüde ins Bett und
weiß, dass er zwei Menschen eine Freude gemacht hat.

Abends sitzt er oft in seiner Wohnung und bastelt an seinen Modellen. Sorgfältig schleift er die Einzelteile ab, bemalt
sie, versieht sie mit Details. Später fügt er sie zusammen, fixiert sie, während der Kleber trocknet. Eine Geduldsarbeit
ist das, doch welch eine Genugtuung, wenn man nach Mo-

naten endlich das fertige Modell in Händen hält! Nur im Moment, da hat er einfach nicht die innere Ruhe dazu.

Ja, es geht alles seinen gewohnten guten Gang, klar. Nur Otto-Karl selber ist verändert. Wie aufgestört. Wie kann es sonst sein, dass er sich beobachtet beim Frühstücken und Zeitunglesen und sich dabei quält mit Selbstgesprächen wie: »Lies du ruhig Zeitung beim Essen. Du hast ja keinen Menschen zum Reden.«

Wie kann es sonst sein, dass er auf dem Heimweg von der Arbeit Zeit verschwendet, mit Absicht langsam geht, bewusst das Risiko eingeht, den Anschlussbus zu verpassen, noch in dieses oder jenes Schaufenster starrt, welches ihn eigentlich gar nicht interessiert? Und sich dabei selber beobachtet und mit zusammengebissenen Zähnen knurrt: »Trödel du ruhig! Zu Haus wartet ohnehin niemand auf dich!«

Eine merkwürdige Unruhe, ein Gefühl der Leere hat sich Otto-Karls bemächtigt, von dem er selber nicht richtig weiß, wie er es deuten soll. Und wenn er abends dasitzt und in der Bibel liest, dann fällt ihm die todsichere Methode wieder ein. Hat er wirklich so wenig Glauben? Vielleicht noch nicht einmal Kleinglauben? Winzigstglauben?

Und dann betet Otto-Karl: »Bitte, Gott, gib mir doch eine Frau. Eine, mit der ich mein Leben teilen kann.«

Aber mit Erschrecken stellt er fest, dass er selber gar nicht mehr an die Erfüllung der Bitte glaubt.

Und sein Erschrecken wird immer größer. Das Erschrecken vor sich selber, dem eigenen mangelnden Vertrauen. Die Angst wächst in ihm, zu wenig Glauben zu haben. Keinen Senfkornglauben. Nicht gut genug zu sein – für sich selber, für Gott, für die nicht vorhandene Frau.

Und es stimmt ja auch. Was hat Otto-Karl einer Frau denn schon zu bieten, wenn er einmal ehrlich ist? Nichts. Okay, er hat eine ganz gute Arbeitsstelle, verdient nicht wirklich schlecht. Davon könnte man zur Not auch eine ganze Familie ernähren. Wenn die Frau sparsam wäre, könnte man sogar nicht nur zur Not die Familie ernähren, sondern locker. Otto-Karl ist kinderlieb, das ist er. Kinder hat er schon immer gemocht und sich auch immer welche gewünscht. Einen ganzen Stall voll am besten. Aber das wird ja wohl nun nichts werden. Ohne Frau bekommt man nun einmal keine Kinder, klar.

Was könnte er einer Frau noch bieten? Er ist ein ruhiger Typ. Er würde nie seine Frau schlagen oder anschreien oder was man sonst noch so von Leuten hört. Oder gerade jetzt wieder in der Zeitung liest.

Aber darüber hinaus? Nichts hat er zu bieten. Nichts. Er ist nicht hässlich, aber er sieht auch nicht direkt hinreißend aus, und ein bisschen Sport würde ihm bei seinem leichten Übergewicht sicher nicht schaden. Im Job hat er keine echte Karriere gemacht. Studiert hat er auch nicht. Gut, er hat ein paar Bücher gelesen, aber über irgendwelche neuen kulturellen oder intellektuell wesentlichen Ereignisse vermag er nichts zu sagen. Er hat kein vorzeigbares Auto, kann nicht tanzen und nicht einmal Wasserhähne reparieren, zumindest nicht mit links. Nichts kann er eigentlich, wenn er es sich so überlegt.

Schön dumm wäre eine Frau, die ihn nähme! Und warum sollte sie ihn auch haben wollen?

Und Gott? Wieso sollte Gott ihn wollen? Otto-Karl glaubt eben einfach zu wenig! Das wird ja jetzt gerade wieder klar. Wenn er genug glauben würde, dann hätte er schon lange eine Frau gefunden. Wenn er nur diesen Senfkorn-glauben hätte. Hat er aber nicht. Denn sonst hätte er ja schon ...

Mit solch selbst zerfleischenden Gedanken verbringt Otto-Karl seine Abende. Außer dem Chorabend. Aber der Chor, der findet nur einmal in der Woche statt. Immer dienstags. Bleiben also sechs einsame Abende in der Woche.

8

An solch einem Abend gibt sich Otto-Karl wieder einmal seiner Verzweiflung hin. Warum nur schickt ihm Gott keine Frau über den Weg? Noch schlimmer: Warum schickt ihm Gott nur falsche Frauen?

Frau Schnabel zum Beispiel. Die dicke Frau Schnabel mit den Lockenwicklern, die unter ihm wohnt und immer etwas zu schimpfen hat. Warum muss sie ihm ständig begegnen? Ist das nicht wie Spott und Hohn? Warum gibt Gott ihm nicht endlich die Frau fürs Leben? Sollte sein Glaube wirklich zu klein sein?

Hat er nicht gebetet, Tag und Nacht? Hat er nicht Gott bestürmt und überhaupt alles an Glauben zusammengenommen, was er eben hat?

»Warum tust du das?«, betet Otto-Karl. »Warum? Gib mir doch endlich eine Frau!«

Aber er bekommt keine Antwort.

Missmutig setzt sich Otto-Karl vor die Teile seiner Wassermühle. Aber er klebt nicht, er malt nicht, er dreht sie nur in seinen Händen.

Wenn man jetzt jemanden hätte. Jemanden, der mit einem spricht. Jemanden, der einem sagen kann, was los ist. Der einem weiterhilft. Dann …

Peter fällt ihm ein. Vielleicht sollte er einmal Peter anrufen. Oder ihn besuchen. Ja, das wird er tun. Er wird Peter besuchen. Vielleicht hat Peter eine Antwort für ihn.

Kurz entschlossen packt er eine Flasche Wein ein, geht die paar Straßenecken zu Peters Wohnung und klingelt.

»Wenn du willst, Gott, dass ich jetzt mit Peter rede, dann lass ihn daheim sein«, betet er.

Und tatsächlich ist Peter daheim. Mehr als das: Er hat auch noch Besuch. Zu dritt sitzen sie da, Peter, Wilhelm und Bernd, und unterhalten sich vermutlich gerade. Aber sie heißen Otto-Karl und seine Weinflasche herzlich willkommen, das tun sie.

Während Peter vier Gläser holt, erkundigt er sich freundlich: »Hat dein Besuch einen speziellen Anlass, Mitbruder? Oder gelüstete es dich einfach nur nach etwas vernünftiger Unterhaltung?«

Otto-Karl lässt sich auf einen der Sessel fallen. »Ich habe ein Problem«, seufzt er.

»Probleme sind zum Lösen da«, erklärt Peter energisch. »Und für die meisten Probleme gibt es eine Methode. Eine sichere Methode.«

»Wir werden es tun!«, ruft Wilhelm aus. »Und ich bin mir sicher, es fehlt nur noch der Output!«

»Worin besteht eigentlich dein Problem?«, erkundigt sich Bernd, nachdem er sich geräuschvoll die Nase geputzt hat.

Alle schweigen. Alle sehen auf Otto-Karl. Der windet sich unbehaglich auf seinem Sessel. »Was ist, wenn Gott einfach nicht antwortet? Oder wenn man die Antwort Gottes auf die eigenen Gebete nicht hört?« Hilfe suchend blickt er zu Peter.

Der nickt nachdenklich. »Ja«, sagt er, »das gibt es. Den Fall gibt es, dass man betet und betet, um Weisung oder was weiß ich bittet und das Gefühl hat, keine Antwort zu bekommen.«

Er sieht Otto-Karl an. Väterlich. »Aber in Wahrheit antwortet Gott natürlich. Gott antwortet immer. Die innere

Haltung ist es, die den Menschen blockiert. Gott antwortet. Nur ist man selber in dem Moment nicht in der Lage, die Antwort zu vernehmen. Zu identifizieren.« Peter kneift die Augen etwas zusammen. »Zum Glück gibt es da eine sichere Methode.«

»Oh«, macht Otto-Karl. »Und die wäre?«

»Wir müssen es endlich anpacken!«, erklärt Wilhelm. »Und ich bin sicher, wir sind auf einem guten Weg.«

Otto-Karl sieht Peter an. Wo bleibt denn nun seine Methode?

»Man muss sich selber bereit machen«, erklärt Peter. »Man muss sich selber frei machen von anderen Gedanken, seine Gedanken ganz auf Gott lenken. Zum Beispiel durch das Hören christlicher Musik.« Er tritt an seinen CD-Schrank, sucht kurz und drückt Otto-Karl dann eine CD in die Hand. »Höre diese Musik, Mitbruder, dann werden deine Gedanken innerlich auf Gott gelenkt werden.«

Anschließend sitzen alle noch eine Weile zusammen und plaudern, bis Otto-Karl nach Hause geht. Immerhin hat er den Abend nicht alleine zugebracht. Er hat sich mit netten Menschen getroffen, die Anteil an seinem Schicksal nehmen. Das hat ihm gutgetan.

Und was noch besser ist: Er hat eine sichere Methode erklärt bekommen. Eine sichere Methode, eine Frau zu finden, nämlich seinen Blick ganz auf Gott zu lenken.

Ein Blick auf die Uhr sagt ihm, dass es für heute Abend zu spät ist, um sich mit Hilfe der Musik innerlich auf Gott auszurichten. Aber morgen ist auch noch ein Tag.

Er stellt den Wecker auf eine Stunde früher als sonst.

9

Als Otto-Karl am nächsten Morgen nur halb ausgeschlafen wach geklingelt wird, braucht er eine ganze Weile, um zu verstehen, warum sein Wecker heute so früh aktiv geworden ist. Dann fällt ihm alles wieder ein. Die Musik, die ihn innerlich auf Gott lenken soll! Er will doch die Musik hören! Die neue, sichere Methode anwenden!

Er steht auf, schaltet den CD-Player an, legt die Silberscheibe ein. Ein Rauschen ertönt.

Zunächst denkt er, er habe aus Versehen das Radio angeschaltet und der Sender sei ungenau eingestellt oder der Empfang einfach schlecht. Dann überlegt er, ob die CD vielleicht defekt sei. Aber als plötzlich eine überhohe Frauenstimme beginnt, zu diesem Hintergrundrauschen zu jubilieren, wird ihm klar, dass er tatsächlich die Musik hört, welche ihn innerlich zu Gott führen soll.

»Du bist im Sturm!«, jubelt die Stimme. Und nach Sturm hören sich die Hintergrundgeräusche wahrhaftig an.

Otto-Karl beginnt, sich zu bekleiden. Und er findet es gar nicht so bedauerlich, als der Rasierapparat die Musik übertönt.

Als er fertig ist, könnte er sich endlich ganz der CD widmen, kocht dann aber lieber zunächst einen Kaffee. Mit dieser Nervenstärkung wird sich die Musik besser ertragen lassen.

Doch es hilft alles nichts. Die Musik entspricht einfach nicht seinem Geschmack. Was hat Peter gesagt? Die Musik lenke innerlich auf Gott? Für Otto-Karl stellt sie eher einen

Vorgeschmack auf die ewigen Höllenqualen dar. Da sind ja die Kinderkassetten erträglicher, mit denen sich seine Nichten und Neffen die Zeit zu vertreiben pflegen!

Mit schlechtem Gewissen schaltet Otto-Karl den CD-Player aus.

Was soll er nur tun? Ist er innerlich nicht bereit genug? Nicht bereit genug, sich innerlich auf Gott auszurichten? Scheitert auch diese Methode bei ihm?

Seufzend macht sich Otto-Karl auf den Weg zur Arbeit. Seufzend arbeitet er.

Übrigens ist auch die Arbeit im Moment nicht dazu angetan, seine Laune zu heben. Ein Fehler ist aufgetreten, ein Fehler in einem wesentlichen Programm. Der muss behoben werden, so viel ist klar. Leider ist nicht ganz klar, wer dafür zuständig ist.

Eine Krisensitzung wird anberaumt, ja. Und dann sitzen sie alle zusammen, und der Abteilungsleiter erklärt, der Fehler müsse behoben werden. Was aber alle schon vorher wussten.

Der Abteilungsleiter fragt, ob jemand einen Vorschlag habe. Und alle sitzen da und sehen mit einem Mal unheimlich nachdenklich aus, starren tiefsinnig auf den Tisch oder in eine Zimmerecke, damit ihr Blick bloß nicht dem des Abteilungsleiters begegne.

Natürlich macht keiner einen Vorschlag. Selbst wenn jemand einen hätte, würde er sich hüten, ihn öffentlich auszusprechen – denn die ganze Sache ist sicher mit einer Menge Arbeit verbunden.

Außerdem ist sich zumindest Otto-Karl unsicher, ob der Vorschlag, den er machen würde, wenn er denn einen hätte, richtig wäre. Geeignet, den Systemfehler zu finden. Was zum

Beispiel, wenn auf seinen Vorschlag hin die ganze Abteilung drei Tage vergebliche Arbeit hätte? Oder womöglich zwei Wochen? Da schweigt er doch lieber und sieht interessiert auf die Tischoberfläche.

Auch die andern sitzen schweigend. Otto-Karl muss hüsteln, was natürlich ein Fehler ist, denn der Abteilungsleiter wertet sein Hüsteln als Wortmeldung und nun muss Otto-Karl seinen Vorschlag vorbringen, ob er will oder nicht.

Verwirrt kratzt er sich am Kopf. »Ich denke nicht, dass es eine sichere Methode gibt«, beginnt er, »aber wir sollten« Und dann erklärt er seinen Plan.

10

Auf dem Heimweg ist Otto-Karl immer noch ziemlich unglücklich über seine mangelnde Bereitschaft für Gott und außerdem erschöpft von der Arbeit – auch wenn er heute einen guten Job gemacht hat und der Abteilungsleiter ihm das auch gesagt hat. Trotzdem macht er sich abends auf zur Chorprobe. Aber er bekommt nur die Hälfte mit von dem, was vor sich geht.

Noch nicht einmal Frau Schilling ist da, die hat immer so etwas Herzliches, das hätte ihm jetzt gutgetan. Ob sie etwas gegen ihn hat? Und deshalb nicht gekommen ist?

Elli, die Pfarrersfrau, kommt auf ihn zu. »Ist dir nicht gut?«, fragt sie besorgt.

Er schüttelt den Kopf. »Es ist nichts«, sagt er.

»Vielleicht hast du dir einen Infekt eingefangen«, meint Elli. »Im Moment geht auch so einiges um. Die Große von Christina Schilling hat Fieber, deshalb konnte Christina heute ja nicht kommen.«

Otto-Karl horcht auf. »Berta hat Fieber?«

Elli nickt. »Wie gesagt, einige sind ja zurzeit nicht ganz gesund. Geht es dir wirklich gut?«

Otto-Karl atmet tief durch. Er nickt. »Ja, es ist nichts.«

Die Chorprobe beginnt. Erst das Einsingen, dann das, was aktuell eingeübt wird. Otto-Karl merkt, dass ihm das Singen guttut. Ja, das tut es tatsächlich. Der Kopf wird freier, die Gedanken richten sich auf die Musik, weg vom eigenen Kummer.

Allerdings wird die Konzentration immer wieder gestört

durch Chormitglieder, die einfach nicht aufhören können, miteinander zu schwatzen. Da muss eine Altistin ihrer Nachbarin unbedingt sagen, wo sie den schicken Schal gekauft hat. Eine andere gibt den letzten Ausspruch ihres Enkels zum Besten. Ihre Nachbarinnen kichern entzückt.

Nun ist Otto-Karl, wie er sich eingestehen muss, selber nicht ganz frei von dieser Schwäche. Wenn ihm eine witzige Bemerkung einfällt zu dem, was gerade bei der Probe vorgeht, dann bringt er die auch mit gedämpfter Stimme vor und damit seine Nachbarn, zumindest Herrn Paul, zum Lachen.

Die anderen schwatzen viel mehr, das stimmt. Aber Otto-Karl tut es auch.

Und wie er nun dasitzt und zuhört, wie der Alt gerade Anweisungen zum Atmen bekommt, während zwei Altstimmen noch irgendetwas Privates bereden, da sagt der Chorleiter einen Satz. »Wer selber redet, kann nicht zuhören«, sagt Herr Mewes.

Natürlich hat er recht, das ist Otto-Karl klar und den Damen vermutlich auch. Dennoch geht die Bemerkung Otto-Karl nicht aus dem Kopf. Wer selber redet, kann nicht zuhören. Logisch. Wenn ich rede, kann ich nicht zuhören. Wenn ich im Gespräch immer der bin, der spricht, höre ich keine Antwort. Und wenn ich im Gebet immer der bin, der spricht, dann höre ich Gott nicht. Wie soll ich meine Gedanken auf Gott lenken, mich bereit machen für Gott, wenn ich immerzu selber rede? Wenn meine Gedanken so voll sind mit anderem?

Otto-Karl erschrickt richtig. Indem er selber die ganze Zeit gefleht und gebetet hat, hat er gar nicht mehr auf Gott gehört. Selten spricht Gott mit Posaunenklang und Trompetenschall. Meistens ist es eine leise Stimme, mit der er spricht. Man muss zuhören wollen, um sie zu vernehmen. Das ist auch eine Art Bereitsein.

Vielleicht ist genau das sein Problem. Vielleicht hat Peter das gemeint. Vielleicht ist genau dies die sichere Methode.

Jetzt ist nicht der richtige Moment dafür, klar. Jetzt ist erst einmal Chorprobe. Dennoch bittet Otto-Karl seinen Herrn noch ganz kurz um Verzeihung, bevor er sich strafft und die Tenorstimme des Chorals singt. Auf »Dü-dü-dü«.

Chorleiter sind seltsame Wesen.

Eine Stunde später und kaum zu Hause angekommen, sinkt Otto-Karl auf die Knie. Ja, er bittet Gott, ihm sein einseitiges Reden zu verzeihen. Und er bittet Gott, ihn zum Hören bereit zu machen und ihn seinen Willen wissen zu lassen.

Nein, an diesem Abend hört Otto-Karl Gottes Stimme nicht mehr. Vielleicht ist er einfach zu müde dazu. Was ja auch kein Wunder wäre nach so einem langen Tag.

11

Am nächsten Morgen bittet Otto-Karl, nachdem er seine Bibellese gehalten hat, Gott wieder, ihn seinen Willen wissen zu lassen. Dann macht er sich auf zur Arbeit, mit der Bahn.

Die Sache mit der Frau für Isaak fällt ihm wieder ein. Mit dem Knecht und den Kamelen und dem Wasser und dem Gebet. Das wird er noch mal nachlesen, nimmt er sich vor. Wenn er Zeit hat.

Erst auf dem Heimweg kommt ihm der Gedanke, dass er Peter am Sonntag ja nach Gebetserhörungen hätte fragen können. Also nach dem Erfolg seiner todsicheren Methode mit dem Senfkornglauben. Obwohl, so vermutet Otto-Karl, Peter ihm und seinem Kleinglauben wohl die Verantwortung für eine Nicht-Erhörung zugeschoben hätte. Sicher wird Peter ihn demnächst nach seinen Erfahrungen mit der ausgeliehenen Musik-CD fragen. Und erklären, dass es für Karl-Otto, wenn ihn diese Musik nicht auf Gott gewiesen haben sollte, gar keine Chance mehr gebe. Für diese Schlussfolgerung allerdings braucht Otto-Karl keinen Peter. Das befürchtet er ohnehin schon die ganze Zeit über.

Immerhin schlägt Otto-Karl zu Hause die Bibelstelle nach. Die Stelle mit Abraham und dem Knecht und Isaak und der Frau.

Eigentlich komisch, denkt Otto-Karl. Die ganze Situation ist doch äußerst merkwürdig. Abraham beschließt, dass sein Sohn heiraten soll. Und statt ihn selber suchen zu lassen, schickt er einen Knecht. Mit relativ genauen Vorgaben. Ob er wohl vorher Gott um Rat gefragt hat?

Isaaks Rolle ist ebenfalls ungewöhnlich. Viel zu sagen hat er anscheinend nicht, was die Auswahl seiner eigenen Ehefrau angeht.

Und dann der Knecht, Elieser heißt er. Der ist wirklich arm dran. Er wird losgeschickt, um eine Frau zu suchen, und hat vermutlich keine Ahnung, nach welchen Kriterien er auswählen soll. Und wenn er die »Falsche« bringt, erwartet ihn eine Menge Ärger. So viel ist klar.

Und als es ernst wird, steht Elieser da und weiß nicht, was er tun soll. Das kann Otto-Karl nun wirklich gut nachvollziehen. Das würde wohl jedem so ergehen. Man stelle sich vor: Otto-Karl würde zum Beispiel von Wilhelm losgeschickt werden, um eine Frau für Peter zu suchen. Und Otto-Karl säße dann in der Bahn und müsste sich entscheiden. Hätte keine Ahnung, was er tun sollte. Grauenvoll!

Und was tut Abrahams Knecht in der Situation? Er betet. Hervorragend. Das tut Otto-Karl auch schon die ganze Zeit. Aber es geht weiter bei Elieser: Er wird aktiv. Er tut etwas, was ihn in der Sache vorwärtsbringt. Auch wenn es nur die unspektakuläre Tatsache ist, sich an einen Brunnen zu setzen und zu warten.

»Das ist es!«, denkt Otto-Karl plötzlich. »Das ist es! Man darf nicht nur beten, man muss auch das Seinige tun! Ich muss handeln, damit mir die Frau, die Gott für mich vorgesehen hat, über den Weg läuft!«

Als er die Sache jedoch weiter bedenkt, bekommt sein vorsichtig aufkeimender Optimismus gleich einen Dämpfer. Denn wie soll er das machen? So viele Brunnen sind hierzulande nicht vorzufinden, an denen man nach Mädchen oder Frauen suchen könnte.

»Aber unter Leute gehen, das müsste ich schon.« Immerhin ein erster Entschluss. Er blättert in der Zeitung. Da ist die jährliche Kirmes angekündigt. Nicht, dass er besonders neugierig auf Kirmes wäre. Vom Karussellfahren wird ihm schwindelig, die meisten Süßigkeiten mag er nicht und überhaupt ist dort alles viel zu laut und zu grell für ihn.

Trotzdem, das wird ihm jetzt klar, sollte er auf diese Kirmes gehen. Er sollte sich hinstellen und die Menschen beobachten und abwarten, ob ihm nicht jemand – eine ganz bestimmte Jemand – über den Weg geschickt wird.

Ja, genau das wird er tun. Und dann, dann muss doch etwas geschehen!

12

Als der Kirmesfreitag gekommen ist, da ist sich Otto-Karl plötzlich gar nicht mehr so sicher, ob er wirklich gehen soll. Leise Zweifel sind ihm schon im Laufe der Woche gekommen. Und außerdem: Eine Kirmes ist laut und teuer und macht keinen Spaß.

Aber andererseits muss er sich doch aufmachen und tätig werden, anstatt nur rumzusitzen und sich zu bemitleiden. Sonst darf er sich nicht beschweren, wenn Gott ihm keine Hilfe schickt, das ist ihm inzwischen klar geworden.

Übrigens regnet es leise, nicht gerade einladendes Wetter für einen Kirmesbesuch. Eigentlich wäre es doch wirklich bequemer, auf einen anderen Tag zu warten. Auf einen, an dem die Sonne scheint.

Andererseits braucht er dringend neuen Kaffee. Und Kaffee kann er direkt in der Stadt kaufen. Wenn er denn geht.

So sieht er sich schließlich doch noch auf dem Weg in die Stadt. Und in der Stadt findet die Kirmes statt.

Die Kirmes ist laut und bunt. Otto-Karl kommt sich sofort wie ein Fremdkörper vor, als er sich in das Gewühl hineinbegibt. Dabei vermutet er mit Recht, dass der Freitagabend noch nicht einmal die Zeit ist, in der hier am meisten los ist.

Über allem dreht sich das Riesenrad, bei dem Otto-Karl schon vom Zusehen schwindelig wird. Schnell senkt er den Kopf wieder. Überhaupt gibt es hier Fahrgeschäfte, deren Existenz er sich niemals hätte träumen lassen. Die sich in drei Richtungen gleichzeitig drehen.

Darin kreischende Jugendliche, Mädchen, die sich an ihren männlichen Begleitern festkrallen, und andere Personen, die am Ende bleich aus den Gondeln herauswanken.

Einen Moment lang überlegt Otto-Karl, ob Gott wohl will, dass er sich mit irgendeinem Frauenzimmer in dieses Karussell setzt, um zu testen, ob sie ihm wohl in die Arme sinke.

Aber dann fällt ihm ein, dass er viel wahrscheinlicher zu den Bleichgesichtern gehören würde, und verwirft die Überlegung rasch.

Die anderen Angebote sind auch nicht viel besser, vielleicht mit Ausnahme des Autoskooters. Aber irgendwie wäre es wirklich albern, sich alleine in einen Skooter zu setzen!

Dann locken da noch diverse Gewinnspiele. Aber Otto-Karl kann weder mit einem Luftgewehr schießen noch den Lukas hauen. Und diese esoterisch angehauchten Glücksversprechen sind erst recht nicht sein Ding.

Bleiben noch die Stände mit kulinarischen Angeboten und die Buden, die vor allem alkoholische Getränke ausschenken. Er überlegt einen Moment, ehe er weitergeht. Da schlägt ihm schon der intensive Geruch von Bratfisch entgegen. Otto-Karl muss gegen eine leichte Übelkeit kämpfen, lässt auch diesen Stand links liegen, bleibt eine Weile sinnend vor einem Wagen stehen, in dem Süßigkeiten von Popcorn bis Zuckerwatte verkauft werden, reißt sich schließlich zusammen.

Hier will er der Frau seines Lebens begegnen und nicht einer Popcorntüte.

Otto-Karl lehnt sich an eine Wand und beginnt, die Menschen zu beobachten.

Ein paar Meter entfernt geht eine rassige junge Dame, allerdings in Begleitung eines braungebrannten jungen Mannes. Fehlanzeige!

Auf der anderen Seite stehen zwei kichernde weibliche Teenager, aber aus dem Alter ist Otto-Karl zweifellos heraus.

Er steht da und starrt in die Menge, die langsam an ihm vorüberzieht. Ein Betrunkener nähert sich ihm mit unsicheren Schritten. »Na, ist sie nicht gekommen?«, lallt er und wankt lachend weiter.

Otto-Karl starrt ihm nach und braucht einige Sekunden, um zu verstehen. Unwillkürlich muss er schlucken. Ja, wie schön wäre es, wenn er jemanden hätte, mit dem er sich verabreden könnte!

Da taucht aus der Menschenmenge eine bekannte Gestalt auf. Tobias ist es, Tobias aus dem Chor. Er hat Otto-Karl offensichtlich auch gesehen, denn er winkt ihm leutselig zu. Der will die Hand heben, um zurückzuwinken, doch mitten in der Bewegung erstarrt er. Tobias ist nicht allein. Er hält Miranda im Arm. Miranda, die Nichte von Frau Mehlich aus der Gemeinde.

Miranda lächelt ihm ebenfalls zu. Und Otto-Karl beißt die Zähne zusammen und winkt doch noch zurück. Dann wendet er sich eine Weile zur Seite, als sei er gerade sehr beschäftigt. Als er sich wieder umdreht, sind die beiden in der Menge verschwunden.

Otto-Karl steht herum wie ein vergessener Putzeimer und stiert in die Gegend. Er ist so frustriert, dass er gar nicht mehr wahrnimmt, was um ihn herum vor sich geht. Als eine grell geschminkte Person dicht neben ihm Aufstellung nimmt und ihn fragt, ob er Lust hätte, da ergreift er die Flucht.

Ein Desaster, dieser Kirmesbesuch, eine absolute Schnapsidee, denkt Otto-Karl, als er tränenblind davonstolpert und kaum sieht, wo er hintritt. Nur weg von hier!

Er stößt mit zwei Kindern zusammen, die Hand in Hand vor einem dieser Süßwarenstände stehen und verlangend nach den ganzen Köstlichkeiten aufblicken. Eines der Kinder fängt an zu weinen. Otto-Karl erschrickt, schilt sich selbst, dass er so wenig achtsam war, denn das geht ja nicht, dass man vor lauter eigenem Kummer jetzt auch noch Kinder umrennt.

Er will sich entschuldigen, dem kleinen Kerl aufhelfen, der da hingefallen ist – da sieht er, dass er die Kinder kennt. Es sind Berta und Kai.

»Oh«, stammelt Otto-Karl. »Das habe ich nicht gewollt.«

Der Kleine weint noch ein wenig vor sich hin, die große Berta aber lacht. »War nicht so schlimm.« Dann fragt sie: »Warum bist du so gerannt?«

Die Frage bringt ihn in Verlegenheit und einige Erklärungsnot, denn er kann Berta ja schlecht erzählen, dass er hier die Frau seines Lebens zu finden gedachte und dass das Ganze ein fürchterlicher Reinfall war.

»War da ein Räuber?«, erkundigt sich Kai, immer noch Tränen in den Augen.

»Ne«, macht Otto-Karl verlegen. Dann fällt ihm etwas ein. »Soll ich uns jedem eine Zuckerwatte spendieren? Auf den Schreck?«

Mit leuchtenden Augen nicken die Kinder.

Und dann stehen sie zu dritt da und schlecken an ihrer Zuckerwatte.

Beiläufig fragt Otto-Karl: »Was macht ihr eigentlich allein mitten in der Stadt?«

»Mama ist mit Lina beim Optiker, um eine Brille zu kaufen«, berichtet Berta.

Und der kleine Kai fügt hinzu: »Und ich habe mich nicht benommen. Da mussten wir rausgehen. Und wenn ich hier auch Unfug mache, dann passiert was.« Er sieht Otto-Karl treuherzig an. »Aber ich habe hier doch keinen Unfug gemacht, oder?«

»Ne, hier nicht«, meint Otto-Karl. »Was hast du denn beim Optiker gemacht?«

»Brillen anprobiert«, erzählt Kai. »Aber das durfte ich nicht.«

»Die Spiegel abgeleckt«, ergänzt Berta vorwurfsvoll.

»Ih!«, macht Otto-Karl.

»Der Spiegel war kalt«, berichtet Kai.

»Kann ich mir denken. Trotzdem ist das eine ziemliche Ferkelei, den Spiegel abzulecken. Haben die denn keine Spielecke da?«

»Die war besetzt«, meint Berta. »Und deshalb musste ich auf ihn aufpassen.«

Wenig später kommt Frau Schilling dazu, an der Hand führt sie Lina. Sie staunt anscheinend ganz schön, als sie ihre beiden Sprösslinge an der Seite des Gemeindegliedes Otto-Karl Meurer entdeckt!

Böse scheint sie allerdings nicht zu sein, denn sie lächelt so nett. Böse ist nur Lina. »Immer bekommen die anderen Zuckerwatte!«, ruft sie und stampft mit ihrem kleinen Fuß auf. »Das ist gemein! Und außerdem ist Zuckerwatte schlecht für die Zähne!«

Otto-Karl kann sich ein Grinsen nicht verkneifen. »Ich würde dir auch eine Portion ausgeben«, bietet er an. »Aber wenn du meinst, dass das schlecht für deine Zähne ist …«

Während Otto-Karl für die Kleine die Zuckerwatte ordert und zusieht, wie der Süßigkeitenmann das feine Gespinst um das Holzstäbchen wickelt, überlegt er fieberhaft, ob er Frau Schilling auch eine anbieten solle.

Tut er's nicht, denkt sie vielleicht, er habe etwas gegen sie. Andererseits: Kann man einer fremden Frau so einfach Zuckerwatte schenken? Was soll sie dann von ihm halten? Womöglich meint sie, er wolle sich an sie heranmachen. Oder sie mag gar keine Zuckerwatte und würde ohnehin ablehnen und findet ihn schrecklich albern, weil er selber welche isst – was soll er dann sagen …

Und schon ist der Zeitpunkt verpasst. Lina hat ihren süßen Stängel, Frau Schilling guckt ganz merkwürdig und Otto-Karl fragt sich, was er jetzt schon wieder falsch gemacht habe.

Beide stehen eine Weile schweigend und sehen den Kinder zu, die ihre Leckerei schlecken. Schließlich meint er: »Ich muss noch Kaffee besorgen.«

Frau Schilling nickt. »Vielen Dank auch für die Zuckerwatte für die Kinder.« Sie sagt das mit seltsamer Betonung. Und dann nimmt sie ihre Kinder und geht.

Und Otto-Karl steht da und sinniert. Warum hat sie das so komisch gesagt? Hätte er besser nichts gekauft? Oder war es wegen des Kaffees? Aber was hat das eine mit dem andern zu tun? Am Ende ist er so verwirrt, dass er überhaupt nicht mehr weiß, was er denken soll.

13

Eine Stunde später sitzt er daheim auf dem Sofa und starrt vor sich auf den Fußboden. Zieht Bilanz und fragt sich, was dieser Ausflug in die Stadt eigentlich gebracht habe.

Er wollte etwas tun, um Gott die Chance zu geben, ihm die Frau fürs Leben zu präsentieren! Und was ist dabei herausgekommen? Ein fröhlich winkender Tobias, der Annäherungsversuch einer käuflichen Dame, ein Zuckerwatte-Essen auf offener Straße und als krönender Abschluss eine möglicherweise verletzte Frau Schilling.

Komisch, seine Gedanken bleiben schon wieder bei ihr hängen. Ob er Frau Schilling nicht doch hätte etwas anbieten sollen?

Er seufzt und nimmt sich seine Bibel. Man müsste es richtig machen. Man müsste …

Der Chor fällt ihm ein. Der Chorleiter, Herr Mewes, der erklärt hat, man solle endlich aufhören zu reden, weil man sonst nicht zuhören könne.

Das gilt tatsächlich auch für Gott, denkt Otto-Karl zum wiederholten Male. Beziehungsweise für das Sprechen mit Gott. »Eigentlich spreche ich beim Gebet die ganze Zeit über. Ich erzähle Gott meine Sorgen, trage ihm massenweise Bitten vor und manchmal danke ich ihm auch. Aber wer redet die ganze Zeit über? Ich selber!«

Ja, genau so ist es, überlegt er. Es ist wahrhaftig nicht so, dass er zu wenig betet. Im Moment zumindest. Er betet und betet und betet. Aber andererseits …

Seine Gedanken drehen sich heillos im Kreis.

Er schlägt die Bibel auf. »Gott, sage mir, was du mir sagen willst. Ich höre dir zu«, betet er.

Aber Gott sagt nichts. Oder Otto-Karl hört eben doch nicht gut genug zu. Er blättert die Bibel durch. Ein Text im Buch Prediger fällt ihm ins Auge: »Alles hat seine Zeit.«

Ja, alles hat seine Zeit. Kirmes hat seine Zeit, Beten hat seine Zeit. Kaffeekochen hat seine Zeit …

Hm, eigentlich könnte er sich einen aufsetzen. Eine Kreislaufstärkung hat er jetzt dringend nötig.

Er erhebt sich schwerfällig, füllt Wasser in die Kaffeemaschine, gibt Pulver in den Filter, schaltet schließlich die Maschine ein.

Anschließend holt er eine Tasse aus dem Schrank. Und stellt bei dieser Aktion fest, dass kaum mehr saubere Tassen vorhanden sind.

Unlustig macht sich Otto-Karl an den Abwasch. Während er spült, läuft blubbernd der Kaffee durch die Maschine.

Endlich kann er sich eine frisch gespülte Tasse mit frisch gebrühtem Kaffee füllen und setzt sich wieder. Vor die Bibel. »Gott, bitte sprich mit mir. Ich höre dir zu.«

Zuhören. Wie Gott es will. Und wie der Herr Mewes es gesagt hat. Und eigentlich auch Peter, wenn Otto-Karl ihn richtig verstanden hat.

Übrigens spricht Otto-Karl im Chor ja kaum dazwischen. Höchstens einmal eine nette Bemerkung zur Auflockerung. Aber nicht andauernd wie andere. Ja, wenn man bedenkt, wie viel die Damen schwatzen, dann ist er geradezu schweigsam.

Wo sind eigentlich die Chornoten abgeblieben? Hat er sich nicht extra einen Schnellhefter dafür angeschafft? Und nun sind sie schon wieder fort!

Er steht erneut auf und beginnt, nach dem Hefter zu suchen. Dabei findet er immerhin die Noten. Er stapelt sie auf der Bibel und sucht weiter nach dem Hefter. Ein blauer Hefter war es. Jawohl, blau. Der kann doch nicht einfach verschwinden. Er muss irgendwo sein. Otto-Karl sucht weiter. Der Hefter taucht nicht auf.

Dafür taucht etwas anderes auf. Nämlich ein Stück Erinnerung. Hat er nicht letztens einen blauen Hefter gefunden in seiner Ablage? Als er gerade etwas suchte, um die Bankbelege darin aufzubewahren? Und hat er sich nicht gewundert, aber dankbar den Hefter genommen und die Kontoauszüge hineingetan?

Er seufzt. Er wird noch einen Hefter kaufen müssen. Bis dahin müssen die Chornoten eben bleiben, wo sie sind.

Er steht mitten in seinem Zimmer und kratzt sich am Kopf. Was hat er eigentlich vorhin gerade gemacht, als ihm die Sache mit den Noten eingefallen ist?

Ach ja, gebetet. Und versucht, Gottes Stimme zu hören. Wegen der sicheren Methode und so.

Aber wo ist eigentlich die Bibel? Wenn er sich recht erinnert, hat er extra die Bibel an passender Stelle aufgeschlagen. Und sie irgendwo abgelegt.

Er beginnt, die Bibel zu suchen. Eine Tasse findet er, halb voll mit lauwarmem Kaffee.

Er trinkt den Kaffee aus, stellt die Tasse fort. Auf dem Tisch fällt ihm ein Stapel Chornoten auf. Wo soll er die jetzt eigentlich zweckmäßigerweise zwischenlagern?

Er nimmt die Noten auf und deponiert sie im Regal. Unter den Chornoten liegt die Bibel.

Na immerhin.

Er setzt sich wieder. »Rede zu mir, Gott, ich höre!«

Er versucht es wirklich, das muss man ihm lassen. Er versucht wirklich, in sich hinein und auf Gott zu hören.

Aber irgendetwas kommt immer dazwischen. Erst klingelt das Telefon und ein Gemeindemitglied erinnert ihn daran, dass er übermorgen Küsterdienst hat. Als Vertretung für Bernd. Otto-Karl bedankt sich, hört eine Weile lang zu, beendet dann das Gespräch und legt auf.

Danach hat er ein schlechtes Gewissen, weil er das Gespräch so schnell beendet hat. Wenn der andere nun verstimmt ist? Wenn er ihn für unhöflich und lieblos hält?

Otto-Karl läuft in seinem Zimmer auf und ab, bittet Gott um Vergebung, kämpft eine Weile gegen den Impuls an, besagtes Gemeindemitglied zurückzurufen, stolpert über einen Kasten Wasser, den er immer noch nicht in den Keller gebracht hat, was er nun nachholt.

Wieder in seine Wohnung zurückgekehrt, blickt er sich in seinem Zimmer um, entdeckt die Bibel, versucht ein weiteres Mal, sich innerlich auf Gott auszurichten.

Draußen stellt jemand die Mülltonnen bereit. Oh weh, Otto-Karl hat seinen Müll noch nicht draußen!

Er springt auf, bringt zwei Tüten Müll hinunter. Stellt bei einem Blick auf die Uhr erschrocken fest, wie spät es schon ist, macht sich eilig bettfertig und geht frustriert und traurig schlafen.

Was für ein Tag.

14

In der Firma hat Otto-Karl im Moment auch nur Stress. Nicht, dass irgendjemand speziell ihn unter Druck setzen würde. Aber jeder ist hektisch beschäftigt, es herrscht ein brutaler Zeitdruck und keiner findet die Muße für ein freundliches Wort.

Otto-Karl ist richtiggehend froh, als er abends nach Hause kommt. Er sinkt erst einmal auf den einzigen freien Sessel, atmet tief aus und versucht zu entspannen.

Sein Blick fällt auf die Wassermühlenteile. Eigentlich müsste man die jetzt alle grundieren. Und dann anmalen. Jedes einzeln.

Schwerfällig erhebt er sich. Sucht eine Weile, bis er die weiße Farbe gefunden hat, holt sich frisches Wasser und einen Pinsel, nimmt vorsichtig mit der Pinzette das erste Teil und grundiert es mit weißer Farbe.

Da klingelt das Telefon. Er legt den Pinsel beiseite, greift nach dem Hörer. Es ist Kläre, seine Schwester.

»Hi, ich wollte nur mal hören, wie es dir geht!«

Wie es ihm geht? Schlecht geht es ihm. Er betet und betet und bekommt trotzdem keine Frau. Er hat keinen Senfkornglauben, keinen Kleinglauben, nicht mal Kleinstglauben.

»Gut«, sagt er und klingt dabei nicht sehr überzeugend.

»Schön. Hast du Stress in der Firma?«

»Ein bisschen. Wieso?«

»Du hörst dich so an. Was ich dir erzählen wollte: Ich darf die Burg nicht abbauen. Die Kinder wollen sie unbedingt stehen lassen, bis du mal wiederkommst. Süß, nicht?«

»Ja, süß.« Er stellt sich vor, wie die Kinder über die riesige Burg in ihrem Zimmer klettern, damit sie nicht kaputtgeht. Eine Weile überlegt er, zu fragen, wann er das nächste Mal zu Besuch kommen solle. Damit die Kinder sich nicht so lange quälen müssen. Aber dann nimmt er doch Abstand von dieser Idee. Er will schließlich der Schwester und dem Schwager nicht lästig werden!

»Und wie ist es bei euch so?«, fragt er das Schweigen hinein.

Die Schwester seufzt leicht. »Ach, immer dasselbe. Claudio ist heute Abend in der Gemeinde. Mitarbeiterversammlung. Ich hüte währenddessen die Kinder. Die machen natürlich nur Ärger, wenn der Vater abends weg ist. Aber was will ich machen? Ist ja richtig, dass er sich in der Gemeinde engagiert.«

Otto-Karl lächelt. »Schade, dass wir so weit auseinanderwohnen. Sonst wäre ich jetzt auf eine Tasse Kaffee zu dir gekommen.« Er verstummt mitten im Satz. Auf der anderen Seite der Leitung hört man einen markerschütternden Schrei, dann den hastig gemurmelten Satz: »Ich ruf dich gleich noch mal an.« Und aufgelegt.

Kopfschüttelnd kehrt er zu seiner Wassermühle zurück. Das grundierte Teil klebt mittlerweile an der Pinzette, nur mit Mühe lässt es sich lösen.

Er stellt es in den Ständer und nimmt sich das nächste vor. Lauscht, während er pinselt, immer wieder nach dem Telefon.

Nach einer Viertelstunde und dem fünften grundierten Teil nimmt er den Hörer zur Hand und wählt. Binnen Kurzem ist die Schwester am Apparat.

»Entschuldigung«, ruft sie aus, »dich hatte ich ganz vergessen!« Und sie erzählt, der Kleine sei die Treppe hinuntergepurzelt und habe jetzt eine dicke Beule, die sie fünf Minuten lang mit einem Waschlappen gekühlt habe; inzwischen sei aber schon wieder alles in Ordnung.

Als das Gespräch längst beendet ist, steht Otto-Karl immer noch da, den Hörer in der Hand.

Die Schwester hatte ihn vergessen. Nun ist das an sich keine Katastrophe. Und man kann ihr wahrlich keinen Vorwurf machen. Vier Kinder sind kein Pappenstiel, und der Gatte will auch bedacht sein, wenngleich er im Moment außer Haus ist.

Vergessen. Natürlich vergisst man dann den Bruder. Klar. Damit muss er leben. Das ist so. Natürlich ist ihr der Mann wichtiger, sind die Kinder wichtiger und auch sie selbst ist wichtiger.

Nur, und das lässt sich einfach nicht verdrängen – dass er sich so sehr danach sehnt, jemanden zu haben, für den, nein, für die er der Wichtigste ist. Eine Person, deren Leben sich um ihn dreht. Um Gott natürlich auch. Und um eventuell vorhandene Kinder.

Eine, die ihn nicht vergessen würde. Die dasitzt, abends, und sich Gedanken macht, weil er, Otto-Karl, nicht da ist.

Ein neuer Gedanke geht ihm durch den Kopf: Gott vergisst dich nicht.

Ja, das stimmt. Gott liebt seine Menschen. Er wird keinen vergessen. Auch einen Otto-Karl nicht. Ob der nun den Senfkornglauben hat oder nicht. Steht das nicht sogar in der Bibel? Bei Jesaja oder so?

Er schlägt die Bibel auf. Eine ganze Weile muss er suchen, dann hat er die Stelle gefunden: »Kann auch ein Weib ihres Kindleins vergessen, dass sie sich nicht erbarme über den

Sohn ihres Leibes? Und ob sie seiner vergäße, so will ich doch deiner nicht vergessen.« Steht in Jesaja 49,15.

Die Mutter fällt ihm ein. Die Mutter würde ihn nie vergessen. Und sie freut sich sicher über einen Anruf.

Er wählt, hört das Freizeichen. Die Mutter meldet sich.

Es meldet sich immer die Mutter. Wahrscheinlich ist sie einfach neugieriger auf jeden Anruf als der Vater.

»Ich bin's«, sagt Otto-Karl.

»So etwas«, wundert sich die Mutter. »An dich habe ich gerade gedacht!«

Und dann erzählt sie von ihrem Heimalltag. Dass es letztens ein Sommerfest gegeben habe, mit Kindern, die ein Lied vorgesungen hätten. »Die waren so goldig!«, ruft die Mutter. »Die sangen so schön schräg! Wie Kinder das eben tun. Weißt du noch, wie du so gesungen hast?«

Otto-Karl weiß es nicht mehr. Aber er erzählt der Mutter, dass er jetzt im Chor singt. Da fällt ihm das Zuhören wieder ein. Er wird stiller.

»Geht es dir nicht gut?«, fragt die Mutter besorgt. »Hast du Kummer?«

»Ich denke nach«, meint er. »Weißt du, wie man sich bereit machen kann? Bereit für Gott? Damit man seine Stimme hört?«

»Ach, weißt du«, meint die Mutter. »In meinem Alter sollte man wirklich bereit sein. Bereit für Gott. Bereit, auf ihn zu hören. Nach seinem Willen zu leben. Bereit, zu kommen, wenn er ruft. Aber manchmal denke ich: Irgendwie bin ich es doch noch nicht. Nicht immer zumindest. Das Leben ist so schön, weißt du?«

Otto-Karl schweigt. Das Gespräch hat eine Wendung genommen, die er nicht beabsichtigt hat.

Das Leben ist so schön, sagt die Mutter. Sicher, das ist es. Wenn man ganz ehrlich ist, ist es das. Obwohl man bestimmt ein noch schöneres Leben hätte, wenn man es mit jemandem teilen könnte.

Kläre hat ihren Mann. Die Mutter hat den Vater. Nur Otto-Karl, der ist allein.

Im selben Moment, in dem er den Gedanken gedacht hat, schämt er sich auch schon.

Die Mutter hat ihr Leben ja eigentlich bereits hinter sich und es war schwer genug. Nun lebt sie mit dem Vater in dem kleinen Appartement in der Altenwohnanlage. Viel hinaus kommt sie nicht mehr, weil es dem Vater schwer fällt, sie in den Rollstuhl zu bekommen. Ihre Enkelkinder sieht sie alle paar Monate, weil Otto-Karls Schwester noch weiter von ihr entfernt wohnt als er selber und ja auch ihre eigene große Familie hat.

Die einzige Abwechslung sind die Veranstaltungen im Heim, dann und wann einmal Otto-Karls Besuch und die Vögel, die sie auf der Fensterbank füttert.

Dafür aber ist sie dankbar, so dankbar, dass sich Otto-Karl aufrichtig schämt. Wie gut hat er es im Gegensatz zu seiner Mutter!

Vielleicht ist es die Dankbarkeit, schießt es ihm durch den Kopf. Vielleicht ist es die Dankbarkeit, die den Menschen bereit macht für Gott.

Noch lange nach dem Telefonat denkt er darüber nach. Dankbarkeit, das wird es wohl sein. Dankbarkeit für das, was Gott ihm gegeben hat, die wird ihn näher zu Gott bringen.

Er ruft sich all das ins Bewusstsein, was Gott ihm gegeben hat: gutes Auskommen, ein Dach über dem Kopf, Gesundheit. Eine Gemeinde, in der er sich wohl fühlt, eine liebe Familie. Freunde, denen er etwas bedeutet und die ihm etwas bedeuten. Interessen und Hobbys. Die Tatsache, Gottes geliebtes Kind zu sein. Ja, besonders die will Otto-Karl nicht vergessen.

Je mehr Otto-Karl nachdenkt, desto mehr fällt ihm ein, wofür er dankbar sein kann. Und er tut es auch: Er dankt Gott von ganzem Herzen für die Fülle, mit dem er beschenkt worden ist.

Mit der Zeit wird ihm ganz leicht und beschwingt zumute, denn es stimmt ja: Er ist unsagbar reich!

Ein kleines Danklied vor sich hinsummend, macht sich Otto-Karl wieder an seine Wassermühle. Zwischendurch betet er und bittet Gott, ihm doch endlich, endlich eine Gefährtin zuzuführen. Als Sahnehäubchen für das alles, was er schon hat, sozusagen.

Und als er abends schlafen geht, ist er fest überzeugt davon, dass ihm bald genau die richtige Frau fürs Leben ins Haus schneien wird.

15

Am Morgen steht Otto-Karl mit diesem Stückchen gespannter Erwartung auf, das ihm sagt, dass heute, genau heute etwas Außerordentliches geschehen werde.

Beim Frühstück blickt er nicht so trübsinnig in seine Kaffeetasse wie sonst, und schon auf dem Weg zur Bahn sieht er jeder Frau prüfend ins Gesicht, ob sie wohl diejenige sein könne, die Gott für ihn vorgesehen hat.

Die eine oder andere lächelt ihm sogar zu. Wenn er freundlich zurücklächelt, ist sie indessen schon vorüber, schnellen Schritts wie jemand, der es eilig hat.

Wie kann man es eilig haben, wenn man doch die einmalige Chance hat, den Partner fürs Leben zu finden!

Er steigt in die Bahn, sieht sich auch dort diskret suchend um. Doch neben ihm nimmt ein dicker Herr mit Hosenträgern Platz, ihm gegenüber ein schmusendes Pärchen. Nicht das Richtige für ihn im Moment.

In der Firma trifft er auch nur die Menschen, die er immer trifft, vom Portier bis zur Sekretärin.

Mit einem Wort: Nichts geschieht. Überhaupt nichts. Otto-Karl arbeitet vor sich hin, und während er dies tut, spürt er, wie sich seine Hochstimmung vom Morgen verflüchtigt. Sie entweicht wie die Luft aus einem aufgeblasenen Gummiball mit Loch, bis er schließlich schlaff und leer daliegt und zu nichts mehr zu gebrauchen ist. Und Otto-Karl, der morgens noch fröhlich pfeifend und voller Erwartung durch das Leben geschlendert ist, geht nun müde und gebückt, ohne Veränderung zu erwarten. Was sollte denn auch geschehen?

16

Und Otto-Karl wartet. Wartet darauf, dass Gott ihm endlich die »Richtige« zeigt. Ja, warten, dass muss man wohl immer wieder im Leben. Das Problem ist nur, dass sich im Moment überhaupt nichts tut.

Über dem Warten kommt der nächste Sonntag und mit ihm der Sonntagsgottesdienst.

Bei der Predigt passt er besonders gut auf, doch hilft sie ihm diesmal nicht sonderlich weiter, was sein spezielles Problem angeht.

Mike predigt über den Blinden, der von Jesus stufenweise geheilt wurde. Erst sah er die Menschen nur wie umhergehende Bäume, bevor er sie schließlich richtig erkennen konnte.

Das bedeutet, wie der Pfarrer ausführt, dass Jesus einem nur so viel zumutet, wie man tragen kann. Obwohl, so findet Otto-Karl, der Blinde vielleicht schon von Anfang an lieber richtig gesehen hätte.

Sei es, wie es sei – auf Otto-Karls Problem übertragen, würde das heißen, dass er erst eine Frau bekommt, wenn er sie ertragen kann. Hm.

Nach dem Gottesdienst ist Kirchenkaffee wie immer. Otto-Karl bleibt wie meistens. Leider sind seine kleinen Freunde heute nicht da. Dafür setzt sich Peter neben ihn. Ob das ein Zeichen sein soll?

Otto-Karl ist ein bisschen hin- und hergerissen. Einerseits hat er bisher mit Peters sicheren Methoden noch nicht den durchschlagenden Erfolg gehabt. Andererseits ist schwer zu leugnen, dass Peter eine Menge weiß und nie um eine Antwort verlegen ist. »Du, Peter«, beginnt er zögernd. »Kennst du eine Methode, wie man Gottes Willen erkennen kann?«

Peter überlegt eine Weile. Dann nickt er nachdrücklich. »Um Gottes Willen zu erkennen«, erklärt er, »gibt es eine sichere Methode.«

Otto-Karl lauscht gespannt, wenn auch nicht ganz ohne Skepsis. »Und die wäre?«, fragt er.

»Die Kinder und Säuglinge, die Alten und Hilfsbedürftigen sind Gott besonders nahe. Du selber aber kommst Gott näher, wenn du dich diesen zuwendest. Wenn du für andere Menschen da bist, anstatt immer nur über dich selber nachzudenken. Es ist also eine sichere Methode«, fährt er mit fester Stimme fort, »sich den Kindern und Alten, den Kranken und Schwachen helfend zu widmen. Aus deren Mund wird dir dann Gottes Wille kund werden.«

»Wir werden es tun«, erklärt Wilhelm und schlägt sehr nachdrücklich auf den Tisch. »Wir haben es schon in Angriff genommen. Es wird ein hartes Stück Arbeit, aber das meiste ist schon getan. Es fehlen nur noch der Input und der Output.«

Auf dem Heimweg überlegt Otto-Karl, welchen Alten und Schwachen er wohl helfen könne. Vielleicht Frau Hedderich? Die ist immer so nett. Ach nein, die ist heute bei ihrer Tochter. Außerdem ist es deren Pflicht, sich um ihre Mutter zu kümmern.

Die Mutter! Na klar, das ist es! Otto-Karl wird seine Eltern besuchen! Die werden sich bestimmt sehr darüber freuen, er hat sie seit ein paar Wochen nicht mehr gesehen. Alt und schwach sind sie. Sie glauben an Gott. Aus deren Mund wird ihm bestimmt Gottes Wille kund!

Er zögert nicht lange, sondern setzt sich in seinen Wagen und fährt los.

Erst bei der Fahrt fällt ihm ein, dass er ja das Mittagessen ausgelassen hat. Als er hungrig wird, hält er an einer Raststätte und gönnt sich ein Brötchen und einen Pappbecher mit Kaffee.

Kauend fährt er weiter, probiert, als er das Brötchen aufgegessen hat, vom Kaffee, verbrüht sich den Gaumen, lässt das Getränk noch etwas abkühlen und hat es gerade ausgetrunken, als er auf den Parkplatz vor dem Heim einfährt.

Erst hier wird ihm bewusst, dass er sich ja gar nicht angekündigt hat. Ob seine Eltern überhaupt da sind?

»Bitte, Gott«, betet Otto-Karl.

Übrigens sind die Eltern da. Und tatsächlich freuen sie sich über seinen unerwarteten Besuch.

Die Mutter streichelt immer wieder die Hand ihres Sohnes. Der Vater holt den Rollstuhl. Dann bewegen sie sich durch die sonnigen Straßen zum Eiskaffee. Der Vater sagt nicht viel, aber an seinem verschmitzten Lächeln sieht Otto-Karl, dass auch er sich freut. Die Überraschung ist gelungen.

Insoweit ist die ganze Aktion ein voller Erfolg.

Was jedoch nicht so richtig zu funktionieren scheint, ist die Sache mit Gottes Willen. Irgendwie denken die Eltern überhaupt nicht daran, ihrem Sohn diesen kundzutun.

Die Mutter spricht über das Wetter, über die neue Pflegerin mit dieser unmöglichen Frisur und über die letzte Andacht im Altenzentrum.

Immerhin: eine Andacht. Interessiert fragt Otto-Karl nach. Doch die Kurzpredigt handelte vom reichen Kornbauern. Das passt nun überhaupt nicht auf Otto-Karls aktuelle Situation.

Der Vater spricht wie üblich nur wenig. Ob das Gottes Schweigen symbolisieren soll?

Otto-Karl wird selber immer stiller. Hat er die lange Fahrt nur gemacht, um zu erfahren, dass Gott ihm gar nichts sagen will?

Erst als Otto-Karl sich wieder auf den Nachhauseweg macht, umarmt der Vater ihn ungelenk. »Du kannst dir gar nicht vorstellen, was für eine Freude du uns mit deinem Besuch gemacht hast«, sagt er.

Auf der Heimfahrt denkt Otto-Karl nach. Vielleicht hat die sichere Methode nicht funktioniert. Aber der Aufwand hat sich dennoch gelohnt. Seine Eltern glücklich gemacht zu haben hat auch sein Herz erwärmt.

17

Abends widmet sich Otto-Karl wieder seiner Wassermühle. Stirnrunzelnd betrachtet er die Einzelteile. Dass die Mühle aber auch so viele davon haben muss! Noch nie ist es Otto-Karl so mühselig vorgekommen, die Teile alle einzeln zu grundieren. Noch nie hat er so oft zwischendurch den Pinsel beiseitegelegt, um aufzustehen, kurz in der Bibel zu blättern oder einfach nur in die Luft zu starren.

Dabei hat die Wassermühle auch nicht mehr Teile als andere Modelle, die er schon zusammengesetzt hat. Es ist einfach nicht zu verstehen!

Ewigkeiten scheinen es zu sein, die er allein mit Grundieren zubringt. Der Stapel noch zu grundierender Teile will kaum kleiner werden, obwohl der Stapel bereits grundierter wächst und wächst. Ist ja beinahe aussichtslos, das Ganze. Er macht sich daran, die Teile zu zählen, die er noch grundieren muss. Dann zählt er die bereits grundierten. Dann rechnet er den Prozentsatz aus, der bereits grundiert ist …

Besser wird es davon auch nicht.

Vorsichtig nimmt er seine Windmühle aus dem Regal und besieht sie sich aufmerksam. Er versucht abzuschätzen, aus wie vielen Einzelteilen sie wohl besteht. Hier vorne vielleicht fünfzig. Oder doch eher sechzig? Jedenfalls ist jeder Flügel aus vielen, vielen winzigen Einzelteilen zusammengesetzt. Wie hat er das damals nur hinbekommen?

Er überlegt, wie lange er für die Windmühle gebraucht hat. Davor hat er den historischen Wasserspeicher nachgebaut, der war weniger kompliziert. Aber die Windmühle?

Nun, ein halbes Jahr hat er bestimmt aufwenden müssen. Wenn nicht länger. Da darf er sich nicht wundern, wenn die Wassermühle auch so viel Zeit in Anspruch nehmen wird.

Überhaupt, so stellt Otto-Karl missmutig fest, dauern manche Dinge einfach viel länger, als es einem lieb ist. Warum Gott das wohl so eingerichtet hat? Oder war das gar nicht seine Absicht?

Otto-Karl hat keine Lust mehr auf die Wassermühle, er spült stattdessen ab und legt sich dann schlafen. Nachts träumt er, er sitze vor einem Berg, einem unübersehbar großen Berg von Plastikteilen und müsse sich daraus eine Frau bauen.

18

In der nächsten Chorprobe erwartet Otto-Karl eine Überraschung: Der Chor wird demnächst ein Konzert geben. Vermutlich ist dieses Ereignis schon vor längerer Zeit angekündigt worden und nur er hat mal wieder nichts mitbekommen.

Und so vernimmt er mit Erstaunen, dass bis dahin zweimal in der Woche geprobt werden soll: Zusätzlich zur regulären Probe am Dienstag wird es immer freitags noch eine Einzelstimmprobe geben. Letzteres bedeutet, wie ihn der dicke Herr Paul freundlich-gemütlich aufklärt, dass immer nur die Mitglieder einer Stimmgruppe zu erscheinen haben. Im Falle des Tenors also zwei. Dann kann ohne Störungen durch andere Stimmen gezielt gearbeitet werden. Außerdem wird es vielleicht ein Probenwochenende geben, wenn es denn notwendig sein sollte, und in der Woche vor dem Konzert noch eine Sonderprobe und eine Generalprobe.

Mit gerunzelter Stirn notiert er die ganzen Termine. Dass das Chorsingen so viel Mühsal mit sich bringen würde, ist ihm bisher nicht klar gewesen!

Doch es kommt noch schlimmer: Es werden Freiwillige gesucht – Leute zum Stühlestellen, Leute für den Fahrdienst, Leute zum Kaffeekochen, Leute zum Würstchenverkaufen, Leute über Leute. Er hätte es sich denken können.

»Wieso müssen wir denn auf dem Konzert Würstchen verkaufen?«, erkundigt sich Otto-Karl verwundert und fast ein bisschen missmutig.

Und Herr Mewes erklärt umständlich, dass man natürlich

nicht auf dem Konzert Würstchen verkaufe, sondern auf dem Gemeindefest einer befreundeten Gemeinde; und dass er vom Pastor angehalten worden sei, einmal im Chor nachzufragen und auf die Weise ein paar Freiwillige zu rekrutieren, da die Frauengruppe, die diese Aufgabe in den letzten Jahren übernommen habe, nicht mehr willens sei, selbiger nachzukommen. Und die befreundete Gemeinde entsende doch auf das hiesige Pfarrfest auch immer Helfer für die Verlosung. Zwar sei die Sache nicht ganz symmetrisch, da das Gemeindefest der befreundeten Gemeinde jedes Jahr stattfinde, das eigene jedoch nur alle zwei Jahre. Doch solle man sich in christlicher Nächstenliebe üben, zumal der Pfarrer der befreundeten Gemeinde ein äußerst energischer Mann sei.

Otto-Karl hört nur mit halbem Ohr zu. Was die energische Wesensart des Pfarrers der Nachbargemeinde mit der Unterstützung beim Würstchenverkaufen zu tun haben soll, erschließt sich ihm auch nach einigem Grübeln nicht. Aber was ihm klar wird, ist, dass hier seine Hilfe gefragt ist. Hat nicht Peter etwas Ähnliches gesagt?

Und so meldet er sich als Freiwilliger. Für den Würstchenverkauf, das Stühlestellen und den Fahrdienst. Nur für den Kaffee will er nicht zuständig sein. »Kaffee kochen kann ich nicht«, erklärt er kategorisch. Was ohne Widerspruch akzeptiert wird.

In der Chorprobe werden diesmal soundso viele verschiedene Stücke geprobt. Was zur Folge hat, dass immer wieder einzelne Stimmen geprobt werden müssen und die anderen Pause haben. Otto-Karl hat viel Zeit nachzudenken. Über Frauen, die sich einfach nicht finden lassen wollen, zum Beispiel. Über Alte und Schwache, die man unterstützen soll.

Die Damen aus dem Sopran kichern und tuscheln, wenn sie nicht gerade an der Reihe sind zu singen. Die Damen aus dem Alt schauen etwas ernsthafter drein, vielleicht weil sie zu wenige sind, um sich richtig sicher zu fühlen.

Otto-Karl überlegt. Tatsächlich, der Alt könnte vielleicht noch die eine oder andere Verstärkung gebrauchen.

Ob er einmal Frau Hedderich fragen soll? Natürlich hat er keine Ahnung, ob sie gerne singt. Aber einen Versuch wäre es wert. »Widme dich den Alten und Schwachen!«

19

Am nächsten Abend, direkt nach der Arbeit, beschließt Otto-Karl relativ kurzfristig, Frau Hedderich aufzusuchen.

Er hat einen anstrengenden Tag hinter sich; in der Firma arbeiten sie gerade unter immensem Zeitdruck an einem Projekt, das bis Monatsende fertig werden soll. Die Kollegen sind gereizt und er ärgert sich über sich selber, dass auch er zu der schlechten Stimmung beiträgt.

Er fühlt sich ausgelaugt und die Aussicht, nach Hause zu kommen, tröstet ihn weniger denn je.

Was soll er auch allein in seiner Wohnung? Herumsitzen und die Hunderte von Wassermühlenteilen anstarren, die der Grundierung harren?

»Widme dich den Alten und Schwachen!« Der Ausspruch von Peter fällt ihm wieder ein. Und da beschließt Otto-Karl, den Umweg über die Adresse von Frau Hedderich zu machen. Wenn sie Zeit hat, gut, wenn nicht, kann er immer noch nach Hause fahren. Eile hat er wirklich nicht.

Er zögert nur kurz, auf den Klingelknopf zu drücken. Frau Hedderich braucht eine ganze Weile, um zu öffnen. Fast wäre er wieder gegangen. Doch endlich ertönt der Summer.

Otto-Karl drückt die Tür auf, steigt in die erste Etage hinauf. Dort steht in der geöffneten Tür Frau Hedderich und sieht ihm verwundert entgegen.

Etwas verlegen grüßt er und erst in dem Moment wird ihm klar, wie seltsam sein Besuch der alten Dame vorkommen muss.

»Ich, also, ich kam hier so vorbei«, stottert er. »Ich komme gerade von der Arbeit und ich dachte, nun, ich dachte, ich gucke mal vorbei.« Weiter weiß er nicht. Hilfe suchend sieht er die alte Dame an.

Frau Hedderich lächelt. »Nun, wenn Sie schon einmal hier sind, dann kommen Sie doch herein«, meint sie freundlich und öffnet einladend ihre Wohnungstür.

»Darf ich Ihnen einen Tee anbieten? Vielleicht auch ein Butterbrot?«

Er nickt dankbar. Und während er der alten Dame zusieht, wie sie den Tee aufbrüht, denkt er darüber nach, wie er das Gespräch auf den Chor bringen könnte.

»Hat Ihr Besuch einen konkreten Anlass?«, erkundigt sich Frau Hedderich, nachdem er die zweite Scheibe Brot verspeist hat.

Er nickt verlegen. Wie soll er nur beginnen? Schließlich meint er: »Ich singe seit einiger Zeit im Kirchenchor mit. Noch nicht lange, wissen Sie? Im Tenor. Ich habe noch nicht so viel Übung. Ich muss immer gut aufpassen, dass ich mitkomme. Aber alles in allem klappt es gut. Der Kirchenchor singt ja auch nicht das allerschwerste Programm, sondern eher Lieder für den Gottesdienst und so.«

Er sieht Frau Hedderich an, als ob er auf eine Antwort warte. Doch die hört ihm nur freundlich zu.

»Und im Moment proben wir für ein Konzert. Das Programm scheint nicht so schwer zu sein. Aber uns fehlen Sänger. Im Tenor, aber auch im Alt. Und da dachte ich, dachte ich …«

Er kommt ins Stottern. Wie, wenn Frau Hedderich sein Ansinnen jetzt für eine Frechheit hält? Wenn sie gar nicht gerne singt? Oder schräg? Wenn sie Kirchenchöre entsetzlich findet? Wenn sie sich überhaupt durch seinen Besuch gestört fühlt?

»Was dachten Sie?«, fragt Frau Hedderich. Dabei müsste sie doch wirklich begriffen haben, was sein Anliegen ist.

»Ich dachte, Sie könnten uns vielleicht im Alt verstärken«, murmelt er.

Frau Hedderich lächelt. »Das ist nett von Ihnen, dass Sie da an mich gedacht haben«, meint sie. »Und ich habe früher tatsächlich einmal im Chor gesungen. Aber natürlich ist meine Stimme nicht mehr so, wie sie früher einmal war. Ich höre nicht mehr besonders gut. Und sicherlich wollen Sie in Ihrem Chor so eine alte Frau gar nicht haben!«

»Im Gegenteil«, meint er. »Für den Chor bin eher ich zu jung!« Er hat mittlerweile das Gefühl, dass seine Idee gar nicht so schlecht war. Vielleicht will Frau Hedderich einfach nur noch ein wenig überredet werden.

»Wenn Sie überhaupt keine Lust haben, dann müssen wir natürlich ohne Sie auskommen«, meint er. »Aber wo Sie doch schon Chorerfahrung haben! Sie wären eine echte Verstärkung! Jedes einzelne Chormitglied wird sich freuen – besonders der Alt!«

»Es ist schon eine halbe Ewigkeit her, dass ich im Chor gesungen habe«, wehrt die alte Dame ab. »Mein Mann wollte das damals nicht mehr.«

»Ich habe bis vor wenigen Wochen noch nie im Chor gesungen und komme trotzdem zurecht«, bemerkt Otto-Karl.

Da lacht die alte Dame und willigt ein. »Aber ich weiß gar nicht, ob ich mich dort zurechtfinde«, meint sie. »Findet die Probe im Gemeindesaal statt?«

»Ich kann Sie abholen«, bietet er an.

»Das wäre nett«, meint Frau Hedderich. »Sie könnten wieder direkt nach der Arbeit vorbeikommen. Dann könnten Sie noch hier zu Abend essen und wir könnten zusammen zur Chorprobe gehen.«

Auf dem Weg nach Hause pfeift er vor sich hin. Eigentlich eine gute Idee, den Alten und Schwachen zu helfen. Wenn sie ihn auch nicht so richtig weiterbringt, was die Suche nach einer Lebensgefährtin angeht.

Zu Hause piepst der Anrufbeantworter. Doch nicht etwa wieder eine Schmutzwasserpumpe, die bedient werden muss?! Dazu hat Otto-Karl heute Abend wirklich keine Lust mehr!

Dennoch, man ist ja schließlich ein netter, pflichtbewusster Mensch, hört er den Anrufbeantworter ab.

Es ist dann aber nur seine Schwester, die um Rückruf bittet.

Brav ruft er zurück, erwischt den Schwager, der meint, es gehe um irgendwas Organisatorisches, dann lautstark nach seiner Gemahlin ruft und den Hörer weiterreicht.

Ja, und da bittet Kläre ihn doch tatsächlich um einen Besuch am Wochenende, weil er doch so gut mit den Kindern könne, sie wollten nämlich zu zweit in ein Konzert gehen, nur Claudio und sie, und sie hätte Karten organisiert und Otto-Karl hätte doch letztens angeboten, wenn er könnte …

Otto-Karl kann. Er sagt zu. Es gibt Schlimmeres, als am Wochenende seine Nichten und Neffen zu hüten. Und im Übrigen sind Kinder irgendwie auch Schwache.

20

Am Freitag allerdings hat Otto-Karl das Gefühl, selber zu den Schwachen zu gehören. Die Chorprobe zu dritt ist geradezu grauenvoll. Er singt so schief wie noch nie in seinem Leben.

Herr Mewes zieht die Augenbrauen hoch und lässt ihn wieder und wieder singen. Und Otto-Karl hört seine schräge Stimme, die schließlich auch noch anfängt zu zittern. Schlimm.

»Trinken Sie einen Schluck Wasser«, schlägt Herr Mewes vor.

Otto-Karl trinkt einen Schluck Wasser. Das tut gut, aber die Stimme zittert immer noch.

Da grinst der dicke Herr Paul. »Über den Tenor ist das große Stimmzittern gekommen«, erklärt er. »Wir trauen uns nicht mehr, allein zu singen. Dürfen wir bitte, bitte als Gesamtheit auftreten?«

Herr Mewes runzelt die Stirn, dann nickt er.

Dankbar lächelt Otto-Karl Herrn Paul zu.

Und tatsächlich zittert seine Stimme kein bisschen mehr, als er zusammen mit Herrn Paul singt. So findet die Probe doch noch einen versöhnlichen Abschluss.

Komisch, denkt Otto-Karl auf dem Heimweg. Eigentlich komisch. Aber es ist wohl so, dass manches einfacher wird, wenn man es gemeinsam angeht.

Die Frau fällt ihm wieder ein. Die Gefährtin fürs Leben, die er sich so sehr wünscht. Das ganze Leben wäre einfacher, wenn man es zu zweit leben könnte. In Frieden und Harmonie würde man füreinander da sein, sich gegenseitig stärken und ergänzen wie die verschiedenen Stimmen eines Chores. Er würde ihr die Wünsche von den Augen ablesen, wie sie es umgekehrt tun würde. Aus der Liebe zueinander würden beide Kraft schöpfen.

Alles Wunschträume. Seine Realität sieht anders aus. Grau und grausam.

Vielleicht, so überlegt er, hat er sich nicht genug für andere eingesetzt. Vielleicht funktioniert die sichere Methode deshalb nicht, noch nicht. Er wird die Ohren offen halten, ob er irgendwo gebraucht werde. Um die Hilfsbedürftigen dieser Welt zu unterstützen.

Irgendwann muss es doch klappen!

21

Am nächsten Morgen macht Otto-Karl eine Entdeckung, die ihn begeistert. In der Bibellese steht heute: »Er lässt's den Aufrichtigen gelingen.«

Nun ist Otto-Karl sicherlich kein perfekter Christ. Aber aufrichtig versucht er zu sein. Heute also, heute wird es gelingen.

Beschwingt geht er zur Arbeit.

Dort wird er bereits vom Kollegen Bernmüller erwartet. »Hast du schon gehört? Abteilungssitzung außer der Reihe. Um Punkt neun Uhr.«

Otto-Karl nickt. Heute wird nichts Schlimmes geschehen. Was auch immer diese Sitzung bringen mag, es wird keine Katastrophe sein.

Otto-Karl arbeitet konzentriert vor sich hin, bis ihn der Kollege daran erinnert, dass er ja zur Besprechung muss.

Die ist denn auch kurz und knapp: Die Fristen für das Projekt, an dem Otto-Karl im Moment arbeitet, sind verlängert worden.

Er atmet auf. Das ist doch wirklich angenehm! Der Abteilungsleiter sieht zwar nicht gerade glücklich aus, als er die Neuigkeit bekannt gibt. Vermutlich fürchtet er um den guten Ruf der Abteilung. Otto-Karl hingegen ist vor allem erleichtert. Endlich in Ruhe weiterarbeiten können! »Danke, Gott!«

Zurück an seinem Platz, schreckt ihn das Telefon auf: Peter ruft ihn an, Peter aus der Gemeinde. Fürsorglich erkundigt der sich, ob er auch nicht zu sehr störe. Dann rückt er mit seinem Anliegen heraus: »Ich weiß doch, lieber Bruder«, er macht eine kleine Pause, »dass du dir vorgenommen hast, deine Kräfte besonders den Alten und Schwachen zur Verfügung zu stellen. Darum dachte ich sofort an dich, als mir Elli von ihrer Notlage erzählte.«

Otto-Karl weiß nichts von Ellis Notlage.

»Nun, Frau Herberts ist erkrankt, Bernd ebenfalls, wie du sicherlich weißt, und jetzt liegt auch noch die halbe Familie von Wilhelm krank im Bett, sodass seine Frau sie pflegen muss. Und heute Abend ist doch der Altenabend. Da braucht Elli einfach ein paar Leute, die Stühle stellen, Tische decken, Brötchen richten und so weiter. Und weil ich tief in dein Herz sehe und weiß, dass gerade du es dir zur Aufgabe gemacht hast, für die da zu sein, die der Kraft ermangeln und besonders der Hilfe bedürfen, habe ich Elli gesagt, dass du ihr bestimmt helfen wirst.«

Otto-Karl stöhnt. »Wann braucht sie mich denn?«

»Ich wusste«, erklärt Peter feierlich, »dass man sich auf dich verlassen kann. Es wird wohl ausreichen, wenn du um halb sechs in der Gemeinde bist. Vielen Dank auch, lieber Mitbruder.«

Damit legt er auf. Ehe Otto-Karl etwas einwenden kann, überlegen kann, ob seinerseits der Termin überhaupt geht.

Otto-Karl fängt an zu rechnen: Wenn er eine Stunde früher von der Arbeit weggeht, kommt er gerade rechtzeitig beim Gemeindehaus an. Nun ja. Er wollte ja tatsächlich für die Alten und Schwachen da sein.

Und so wendet er sich wieder seiner Tabellenkalkulation zu.

Als er sich am Spätnachmittag auf den Weg zur Gemeinde macht, ist er immer noch guten Mutes. Sollte es nicht heute gelingen? Und ausgerechnet jetzt bietet sich ihm die Gelegenheit, seinen Einsatz für andere unter Beweis zu stellen. Wenn das kein Zeichen ist!

Er wird intensiv Ausschau halten nach der für ihn Bestimmten – schon jetzt auf dem Weg zum Altennachmittag!

Ein paar Minuten später. Die Dame, die vor ihm in der S-Bahn steht, nimmt überhaupt keine Notiz von ihm. Und das kleine Mädchen auf dem Schoß seiner Mutter ist definitiv zu jung. Ansonsten sind vorwiegend Herren unterwegs.

Nun ja, nach dem Altenabend ist auch noch Zeit. Heute muss es gelingen.

Er erreicht das Gemeindehaus, wo er von Elli offensichtlich schon sehnsüchtig erwartet wird. Elli ist verheiratet, kommt also nicht in Frage.

Otto-Karl stellt die Tische in die richtige Ordnung. Er stellt Stühle an die Tische. Er deckt die Tische ein, bis er von Elli darauf aufmerksam gemacht wird, dass er Tassen und Teller verschiedener Gedecke gemischt hat.

»Aha«, macht er.

Das sehe nicht schön aus, meint Elli.

»Wieso?«

»Bitte sortiere das Geschirr ordentlich«, weist sie ihn an.

Er macht sich an die Arbeit. Vielleicht ist es ganz gut, dass er selber nicht mit Elli geschlagen ist.

Nachdem er sorgfältig alle Tassen und Teller verglichen hat, fragt er Elli, ob es so recht sei.

Elli sieht sich die gedeckten Tische an und greift zielstrebig mit der Hand nach einer Tasse. »Die hier passt nicht«, erklärt sie nüchtern. Sie korrigiert den Fehler. »Findest du nicht, dass es jetzt besser aussieht?«

Otto-Karl sieht sich den gedeckten Tisch an, so gut er

kann. Nein, findet er nicht. Aber zu sagen wagt er es nicht. So grunzt er nur irgendetwas, was zustimmend klingen könnte, und beginnt, Brötchen zu schmieren.

Damit ihm ein Desaster wie mit dem Geschirr nicht noch einmal passiert, erkundigt er sich bei Elli nach der Buttermenge pro Brötchen, der Wurstscheibendicke und der Käsemenge, bis Elli genervt bemerkt, er solle endlich etwas selbstständiger werden, man merke, dass er keine Familie habe.

Das hat gesessen.

Schweigend und nachdenklich schmiert er die Brötchen weiter und verteilt die Tabletts auf die Tische. Schweigend und nachdenklich füllt er heißes Wasser in die Thermoskannen, stellt die Teebeutel bereit.

Erst als die ersten der alten Leute eintreffen, ist es aus mit der Schweigsamkeit und der Nachdenklichkeit.

Otto-Karl hilft alten Damen aus den Mänteln, bringt alte Herren an ihre Plätze. Immer wieder muss er die Frage beantworten, warum er heute Abend anwesend sei und ob er jetzt jedes Mal komme und warum die anderen Damen fehlten.

Er holt neues Wasser, versorgt Herrn Peters mit entkoffeiniertem Kaffee und sucht Frau Grünbaums Handtasche, die auf unerklärliche Weise abhandengekommen ist. Er hört sich dreimal an, wie es war, als der Hund von Frau Joachim gestorben ist, und lässt sich den Speiseplan des örtlichen Altenheims für die nächste Woche erzählen.

Während Elli die Andacht vorliest, schneidet er für Frau Grünbaum das Brötchen in mundgerechte Stücke. Und als Elli sich am Schluss der Veranstaltung noch einmal öffentlich bei ihm für seinen spontanen Einsatz bedankt, klatschen alle lang anhaltend. Einige kommen hinterher noch zu ihm, um ihm die Hand zu schütteln und zu danken. Otto-Karl ist ganz gerührt. Er hilft Elli noch, die Spülmaschine einzuräumen, dann verabschiedet er sich.

»Du hast ja richtig ein Händchen für die alten Leute«, stellt Elli anerkennend fest.

Da freut sich Otto-Karl. Ist nicht heute der Tag, an dem es gelingen soll?

22

Ein fröhliches Liedchen vor sich hin pfeifend, macht er sich auf den Weg nach Hause. Jetzt muss nur noch seine Frau fürs Leben um die nächste Straßenecke biegen, dann ist alles perfekt.

Aufmerksam sieht Otto-Karl sich um. Da vorne geht ein Mann des Wegs, schweigsam. An der nächsten Straßenecke unterhalten sich laut gestikulieren zwei andere Männer. Schräg gegenüber schleppt eine Frau zwei Einkaufstaschen und ihr Kind.

Nichts, nichts, nichts. Natürlich sind um die Tageszeit nicht mehr so viele Menschen unterwegs. Was sollte denn auch eine einzelne Frau abends allein auf der Straße?

Schon viel zu bald steht er vor seiner Haustür. Er fingert seinen Schlüssel aus der Hosentasche, da geht im Treppenhaus das Licht an.

Otto-Karl schrickt zusammen. Gott wird ihm doch wohl nicht in seinem eigenen Wohnhaus die Frau fürs Leben zeigen wollen?

Eine Weile steht er zögernd mit dem Schlüssel in der Hand. Da sieht er einen Schatten die Treppe herunterkommen. Nun hält ihn nichts mehr. Nun muss es gelingen! Er schließt die Tür auf und reißt sie mit einem Ruck weit auf.

Vor ihm steht Frau Schnabel.

Frau Schnabel im lappigen Morgenmantel, mit wild abstehenden Haaren. Frau Schnabel, mürrisch und muffelig aussehend, die richtig zusammenschrickt, als sie ihn erblickt.

»Was machen Sie denn um diese Tageszeit hier?«, faucht sie ihn an.

Er will erwidern, es sei doch erst acht Uhr und da dürfe er doch wohl nach Hause kommen. Er will sich bei ihr entschuldigen, dass er sie erschreckt hat.

Aber er bringt nichts als ein paar gestammelte Worte heraus. Denn ein entsetzlicher Gedanke macht sich in seinem Hirn breit, erst als leise flüsternde Stimme, dann deutlicher, durchdringender und schließlich so laut dröhnend, dass er alles andere in seinem Kopf übertönt: »Heute wirst du die Frau fürs Leben treffen!« Das kann doch nicht wahr sein …

Unfähig, sich von der Stelle zu rühren, steht er da und starrt auf die zeternde Frau Schnabel, die sich vor ihm aufgebaut hat und ihn dafür verantwortlich zu machen scheint, dass sie in nicht wirklich zum frühen Abend passender Kleidung ihm über den Weg laufen muss.

Nein, Otto-Karl hat nichts gegen Frau Schnabel, wirklich nicht! Sie darf im Morgenmantel herumlaufen, von ihm aus auch um acht Uhr abends. Sie darf die Haare in die Luft stehen haben, wie sie will. Und wenn es denn unbedingt sein muss, darf sie auch zetern und schimpfen.

Nur eines darf sie nicht: die eine sein, der er heute begegnen wollte …

Sich auch nur vorzustellen, man kommt abends nach der Arbeit in die gemeinsame Wohnung und wird dabei mit solchen Tiraden empfangen!

In Schockstarre gefangen, muss er sich regelrecht von sich selbst losreißen. Mit einer gemurmelten Entschuldigung drückt er sich an Frau Schnabel vorbei, eilt die Treppe hinauf, schließt auf und flüchtet in seine Wohnung.

Wie gut, die eigenen vier Wände zu haben! Schon lange

ist er nicht mehr so froh gewesen, allein in seinem Appartement zu sein. Langsam beruhigt er sich. Ein Gedanke kommt ihm und der wäre ja tatsächlich so etwas wie eine Entwarnung: Es könnte ja alles ganz harmlos gewesen sein, wenn nämlich Frau Schnabel gar nicht auf Gottes ausdrückliches Geheiß im Morgenrock durch das Haus gegeistert wäre, sondern aus irgendwelchen ganz profanen Gründen. Ja, vielleicht wollte sie bloß noch einmal in den Postkasten sehen oder die Straße fegen. Wenngleich Letzteres in dem unvollständigen Bekleidungszustand abends in der Dämmerung etwas ungewöhnlich wäre. Aber es könnte immerhin sein.

Er muss das klären. Um das Gedankengespenst von vorhin endgültig zu bannen, muss er der Sache auf den Grund gehen. Aber wie?

Otto-Karl zerkaut seine Unterlippe, bis ihm einfällt, dass er selber es versäumt hat, nach der Post zu sehen. Das ist die Lösung: Er wird noch einmal hinunterlaufen, um in seinen Briefkasten zu schauen. Wenn er dann noch einmal Frau Schnabel trifft, so beschließt er für sich, dann muss das eine tiefere Bedeutung haben … Er will den Gedanken gar nicht zu Ende denken. Wenn nicht, war es einfach nur Zufall, dass sie ihm vorhin begegnet ist.

Schon will er die Wohnungstür öffnen, da fällt ihm ein, dass aus demselben Zufall, der Frau Schnabel eben ins Treppenhaus geführt haben mag, sie immer noch dort herumstehen könnte.

Er lässt also zunächst heißes Wasser ins Küchenspülbecken einlaufen und schichtet kunstvoll das Geschirr hinein. Dann entschließt er sich, das Geschirr nicht einweichen zu lassen, sondern das Spülen direkt zu erledigen. Ein Teil nach dem anderen säubert er, türmt die Teile kunstvoll übereinander zum Abtropfen.

Als er die Aktion beendet und noch sorgfältig das Becken ausgewischt hat, geht er wieder zur Wohnungstür. Nun müsste Frau Schnabel doch eigentlich fort sein. Hoffentlich jedenfalls. Denn wenn sie immer noch im Treppenhaus herumgeistern würde, wäre das kein Zufall mehr und … Nicht weiterdenken. Außerdem will er endlich wissen, ob er Post bekommen hat oder nicht.

Vorsichtig öffnet er die Wohnungstür, lauscht nach unten. Schlurfende Schritte kommen die Treppe hinauf.

In Panik schlägt die Tür wieder zu. Nicht auszudenken, wenn er aufgrund seiner Ungeduld doch noch Frau Schnabel getroffen hätte!

Wie kann er die Wartezeit noch nutzen? Sein Schreibtisch müsste mal wieder aufgeräumt werden. Er nimmt einen Stapel erledigter Post, sortiert sie, heftet einen Teil ab und wirft den anderen in die Altpapierkiste.

Die ist übrigens ziemlich voll. Die könnte er leeren gehen und dann auf dem Rückweg nach seiner Post sehen.

Er schnappt sich die Kiste, öffnet die Wohnungstür, lauscht angespannt. Nein, im Moment scheint niemand im Treppenhaus unterwegs zu sein. Er schließt die Tür, stapft schwerfällig mit der Kiste die Treppe hinunter, öffnet mit dem Ellenbogen die Haustür, geht weiter Richtung Altpapiercontainer.

Vor dem Altglascontainer steht Frau Schnabel, immer noch im Morgenrock, und entsorgt Ölflaschen.

Vor Schreck lässt er beinahe seinen vollen Karton fallen, kann ihn gerade noch halten, stolpert dabei jedoch und kann sich im letzten Moment fangen.

Der verständnislose Blick von Frau Schnabel trifft ihn wie eine Pfeilspitze.

Er murmelt eine Entschuldigung und schüttet sein Altpapier hastig in den Container.

Wie in Trance wankt er in seine Wohnung zurück und ist erst einmal unfähig, einen klaren Gedanken zu fassen. Irgendwie und irgendwann beruhigt er sich dann doch und sein Kopf wird wieder klarer. Er überlegt, betet auch. Was war das für eine verrückte Veranstaltung vorhin! Warum ist er bloß so überspannt gewesen? Wer hat eigentlich gesagt, dass er Frau Schnabel, wenn er sie im Treppenhaus treffe … ehelichen müsse?

Ganz davon abgesehen, dass er sie zuletzt gar nicht im, sondern vorm Haus getroffen hat.

Aufatmend wendet sich Otto-Karl seiner Wassermühle zu. Merkwürdig, diesmal nerven ihn die hunderttausend Einzelteile nicht. Im Gegenteil, das Basteln lenkt ab und ist wie eine Therapie für ihn. Danach blättert er eine Weile in der Zeitung, surft ein wenig im Internet und legt sich dann schlafen.

Noch im Einschlafen überlegt er, warum er sich gar nicht so schlecht fühlt, wie man denken sollte. Obwohl doch die sichere Methode erneut erfolglos geblieben ist. Aber eigentlich ist die Antwort einfach: Die alten Leute haben sich so gefreut heute. Und er hat dazu beigetragen. Und das reicht, um froh zu sein.

23

Brav und pflichtgetreu sucht Otto-Karl weiterhin die Chorproben auf. Mittlerweile hat er das ganze Programm schon so oft geprobt, dass er sich dabei erwischt, wie er es beim Duschen oder in der Bahn vor sich hin summt.

Herr Mewes wird übrigens jetzt richtig streng bei den Proben. Keiner darf mehr dazwischenreden. Keiner darf unentschuldigt fehlen.

Otto-Karl bekommt am Rande mit, dass Herr Mewes säumige Chormitglieder zu Hause anruft.

Wen Herr Mewes aber überaus freundlich und freudig begrüßt, das ist Frau Hedderich, die Otto-Karl mitbringt. Sie darf in den Alt, und es stellt sich heraus, dass sie eine echte Verstärkung ist. Sie kann fast vom Blatt singen, wie Otto-Karl bewundernd feststellt. Und ihre Stimme klingt auch gut.

Überschwänglich bedankt sich Herr Mewes später bei Otto-Karl, dass der eine so geübte Sängerin angeworben habe.

Otto-Karl nimmt sich vor, beim nächsten Kirchenkaffee Frau Hedderich zu erzählen, welche Begeisterung sie ausgelöst hat.

Zunächst aber ist er mit etwas anderem beschäftigt. Tobias wird von Miranda abgeholt. Anscheinend sind die beiden immer noch zusammen und glücklicher denn je, denn Miranda begrüßt Tobias mit einem Jubelschrei und rennt in seine Arme wie ein kleines Mädchen in die seines Großvaters oder so ähnlich.

Das scheint Tobias überhaupt nicht zu stören, sondern er fängt die junge Frau auf und schwingt sie im Kreis herum, um sie anschließend an sich zu drücken.

Otto-Karl merkt, wie er die beiden anstarrt, und sieht weg.

Sein Blick trifft den von Frau Schilling, die ihm zulächelt.

Er lächelt verlegen zurück und macht sich daran, die Stühle für den nächsten Morgen zu stellen.

Nachdenklich geht er nach Hause. Tobias mit seiner Hilf-dir-selbst-Methode hat eine Freundin. Er selber mit der sicheren Methode hat keine. Woran das liegen mag? Er wird Peter fragen. Ja, Peter wird ihm sicherlich erklären können, warum die sichere Methode nicht funktioniert hat. Otto-Karl hat sich den Alten und Schwachen gewidmet, wirklich. Eine Frau hat er dadurch nicht gefunden. Ob er jemals eine finden wird?

Was funktioniert hat: dass sein Einsatz, seine Hilfe für andere Menschen etwas gebracht hat. Ihm und den Menschen. Das ist immerhin ein Anfang. Und zufrieden betritt er seine kleine Wohnung.

24

Beinahe hätte Otto-Karl beim nächsten Kirchenkaffee vergessen, Peter anzusprechen. Er sitzt mit Frau Hedderich am Tisch und gleicht mit ihr ab, welche Chornoten sie noch braucht, da betritt Miranda den Raum. Frau Mehlichs Nichte Miranda. Die mit Tobias zusammen ist. Mit Tobias, dessen Methode funktioniert hat. Im Gegensatz zu seiner.

Otto-Karl spricht Peter an. »Du, Peter«, beginnt er.

Sofort wendet Peter sich ihm zu. »Lieber Bruder«, sagt er. »Kann ich dir irgendwie behilflich sein?«

»Ich habe da immer noch dieses Problem«, meint Otto-Karl. »Was tue ich eigentlich, wenn ich gar nicht weiß, ob das, worum ich bitte, überhaupt Gottes Wille ist?«

Peter legt die Hände zusammen und blickt eine Weile in die Ferne. Vielleicht betet er. Dann nickt er und sieht Otto-Karl an. »Bitte um ein Zeichen«, meint er. »Kennst du die Gideon-Geschichte?«

Natürlich kennt Otto-Karl die Gideon-Geschichte. Wenngleich sie ihm im Moment nicht vollständig gegenwärtig ist. War Gideon nicht der mit den Leuten mit ihren Tontöpfen und Hörnern oder Posaunen, die mitten in der Nacht das wohlbewachte Philisterlager so einfach überfallen haben?

Peter sieht ganz offensichtlich Otto-Karls angestrengten Gesichtsausdruck, denn er schiebt gleich die Erläuterung nach. »Gideon wurde von Gott beauftragt, die Midianiter aus dem Land Israel zu vertreiben.«

Verwundert sieht Otto-Karl ihn an, denn es kann ja wohl

nicht sein, dass Peter meint, es sei Otto-Karls Pflicht oder auch nur Möglichkeit, jetzt rasch ein paar Midianiter zu vertreiben.

Aber Peter fährt schon fort: »Mehrfach war sich Gideon unsicher. Ob der Auftrag überhaupt von Gott stammte, zum Beispiel. Oder wie viele und welche Männer er mitnehmen sollte, um seine Aufgabe zu erfüllen. Es ist eine Beispielgeschichte dafür, wie Gott immer wieder ganz gewöhnliche Menschen benutzt hat, um Großes zu vollbringen.«

Otto-Karl nickt verwirrt. Wenn ihm auch der Zusammenhang nicht ganz klar ist. Schließlich will er nicht Großes vollbringen, sondern einfach nur eine Frau finden!

»Wir werden es anpacken!«, verkündet in diesem Moment Wilhelms sonore Stimme von der Seite.

Otto-Karl zuckt zusammen. Erstens hat er Wilhelm nicht bemerkt und zweitens lässt sich dessen Ankündigung recht unterschiedlich interpretieren. Will er einen Krieg entfachen? Oder nur ein Zeichen auf den Weg bringen?

»Wie bitte?«, stottert Otto-Karl.

»Das war auch immer wieder Thema der Predigten und der Bibelstunde, der gewisse Gemeindemitglieder in letzter Zeit bedauerlicherweise regelmäßig fernbleiben«, bemerkt Peter, und wen er damit meint, ist Otto-Karl nur zu klar.

Er weiß ja selber, dass ihm der Besuch der Bibelstunde guttun würde. Aber wenn er abends von der Arbeit nach Hause kommt, ist er meistens einfach zu müde, um sich gleich wieder in Bewegung zu setzen. Und je öfter man gefehlt hat, umso schwächer wird die Motivation.

»Ich komme bestimmt einmal wieder«, murmelt Otto-Karl verlegen. »Wenn ich Zeit habe.«

Peter nickt gnädig. Dann fährt er fort: »Gideon bat zum

Beispiel den Engel um ein Zeichen, ob Gott wirklich von ihm wolle, dass er die Israeliten befreie.«

»Er legte ein Schafsfell auf die Wiese!«, ertönt ein hohes Stimmchen vom anderen Ende des Tisches.

Otto-Karl blickt auf und muss lächeln. Da sitzen Frau Schillings Kinder, und der Kleinste, Kai, hat sich soeben in das Gespräch eingemischt.

Peter nickt wohlwollend. »Siehst du?«, wendet er sich an Otto-Karl. »Selbst die kleinen Kinder wissen besser Bescheid als du.«

Otto-Karl lacht. »Erzähl mir die Geschichte«, fordert er Kai auf.

Mit Eifer legt der Kleine los. »Also, der Gideon, der war so einer, der war gar nicht wichtig. Der hatte seine Ernte gedroschen, das bedeutet ausgeklopft, und das tat er in dem Ding, wo man eigentlich die Trauben ausquetschte.« Er sieht Otto-Karl erwartungsvoll an.

Der kratzt sich am Kopf. »Aha. Und was hat das jetzt mit dem Zeichen zu tun?«

Berta mischt sich ein. Große Schwestern müssen sich immer einmischen, das weiß Otto-Karl noch von früher. »Du hast die Hälfte vergessen«, kritisiert sie den kleinen Bruder.

Kai zieht eine Schnute. »Dann erzähl du doch!«

Das lässt sich Berta nicht zweimal sagen. »Also, der Gideon lebte zu einer Zeit, als das Volk Israel immer wieder von andern Völkern überfallen wurde. Jedes Jahr zur Erntezeit mussten die Menschen damit rechnen, dass ihnen die Ernte gestohlen oder zerstört und ihr Vieh gestohlen oder direkt geschlachtet wurde. Ihre Häuser wurden niedergebrannt und die Menschen, die nicht fliehen konnten, gefangen genommen oder getötet. Deshalb flohen die Israeliten, sobald sie das Nahen der Feinde auch nur bemerkten.«

»Täte ich auch«, meint Otto-Karl und gießt sich die nächste Tasse Kaffee ein.

»Und da lebte eben Gideon. Er war aus einer ganz normalen Familie, kein besonders heldenhafter oder berühmter Typ. Und weil gerade Erntezeit war, drosch er Getreide. Nur ein wenig, außerdem in der Kelter, weil man die leicht zudecken konnte beim Herannahen der Feinde. Und wie er damit beschäftigt war, da kam plötzlich ein Engel zu ihm.«

»Sag ich doch!«, mault Kai.

»Ruhe! Der Engel sagte zu Gideon, er solle die Midianiter besiegen.«

»Und was sagte Gideon dazu?«, erkundigt sich Otto-Karl interessiert. Sich nur vorzustellen, so einen Auftrag zu bekommen! Ihm selber wäre das nicht sehr gelegen gekommen.

»Gideon war ja bereit zu tun, was Gott wollte«, meint Berta. »Aber er war sich eben nicht sicher, was Gott nun eigentlich genau von ihm wollte. Zuerst brachte er dem Engel etwas zu essen. Was richtig Feines wie für ein Opfer. Und der Engel streckte seine Hand nach dem Essen aus und es verbrannte wie beim Opfer. Dann ging der Engel weg.«

»Und Gideon?«

»Der wollte ein Zeichen. Ein Zeichen von Gott, weil er ganz sicher sein wollte wegen Gottes Auftrag. Da nahm er ein Schaffell und legte es auf die Wiese. Er betete zu Gott: Wenn das Fell am nächsten Morgen nass vom Tau ist und die Wiese trocken, dann ist das ein Zeichen.«

»Und?«

»Und das Fell war nass und die Wiese trocken!«, quietscht Kai begeistert dazwischen.

»Dann wusste Gideon jetzt ja, was Gott von ihm wollte«, meint Otto-Karl nachdenklich.

»Ne«, schüttelt Berta den Kopf. »Er war noch nicht zufrieden. Denn er dachte sich, dass das vielleicht nur Zufall war. Darum legte er das Fell noch mal auf die Wiese und betete, diesmal umgekehrt: Wenn das Fell am nächsten Morgen trocken ist, aber das Gras nass, dann ist das endgültig ein Zeichen. Und was meinst du?« Berta sieht Otto-Karl herausfordernd an. »Was ist passiert?«

Er kann sich ein Grinsen nur schwer verkneifen. Natürlich weiß er von der ganzen Dramaturgie her, was geschehen sein muss. Und im Übrigen erinnert er sich langsam nebelhaft an die Geschichte. Aber er will ja dem Mädchen den Spaß nicht verderben. »Was denn?«, erkundigt er sich also diplomatisch.

»Tatsächlich war am nächsten Morgen das Fell trocken und das Gras nass. Da hat Gideon sehr gestaunt, er hat aber Gottes Auftrag angenommen«, schließt Berta ihren Bericht.

Er nickt nachdenklich. Vielleicht ist es richtig. Vielleicht sollte man um ein Zeichen bitten. Nicht immer nur im Trüben fischen, mal dieses ausprobieren und mal jenes, sondern ein handfestes Zeichen bekommen, Gottes Willen erfahren und sich dann danach richten.

»Wir werden es schaffen!«, erklärt Wilhelm mit Nachdruck. »Wir sind auf einem guten Weg dorthin, wenn auch noch eine Menge Arbeit vor uns liegt.«

»Um zum Thema zurückzukommen«, bemerkt Peter mit einem Seitenblick auf Wilhelm, »ist es in manchen Lebenslagen offensichtlich angebracht, den Herrn um ein Zeichen zu bitten. Das jedenfalls, mein lieber Bruder, würde ich dir raten.«

Er steht auf, nickt Otto-Karl noch einmal ermutigend zu und geht.

25

Den Sonntagnachmittag verbringt Otto-Karl zu Hause. Schon auf dem Heimweg beginnt er, Gott um ein Zeichen zu bitten. Er bittet so ernsthaft, dass er, als er die Wohnungstür öffnet, fast erwartet, eine Donnerstimme müsse jetzt ertönen und ihm sagen, welche Frau Gott für ihn vorgesehen hat.

Vorsichtig dreht er den Schlüssel im Schloss um, auf alles gefasst.

Doch es begegnet ihm nichts. Einfach nichts. Er öffnet die Tür, blickt in seine Wohnung hinein, in den winzigen Flur. Übrigens ist seine Topfpflanze in erbärmlichem Zustand. Ob das das Zeichen ist?

»Genauso wirst du verwelken, Otto-Karl. Du wirst zu Erde werden, so wie diese Pflanze in den Zustand der Verwesung übergegangen ist. Die Würmer werden dich fressen.«

Er ist wohl einfach überreizt.

Schwer seufzend lässt er sich in seinen Sessel fallen. Und stutzt. Hat da nicht gerade etwas verdächtig geknirscht? Er bleibt einen ganz kleinen Moment sitzen und hofft, er habe sich verhört. Dann, mit einem Ruck, wuchtet er sich in die Höhe. Er hat auf einigen Zaunteilen der Wassermühle gesessen, die nun leider nicht mehr ihre ursprüngliche Form haben.

Mit bebenden Händen nimmt Otto-Karl die Teile auf. Sollte das das erbetene Zeichen sein? »So wie diese Teile zerbrochen sind, will ich dein Leben zerbrechen«?

Hat Gott denn heute kein einziges ermutigendes Zeichen für ihn?

Ja, Gideon, der durfte sich einfach eins aussuchen. Der überlegte sich ein Zeichen, und Gott ging doch tatsächlich darauf ein. Was würde wohl geschehen, wenn er, Otto-Karl, Gott einfach so um einen Fingerzeig bitten würde? Zum Beispiel: »Wenn du willst, dass ich eine Frau bekomme, dann lass diese Grünpflanze wieder heil werden.«

Obwohl es wahrscheinlich taktisch unklug wäre. Die Grünpflanze sieht einfach zu vertrocknet aus. Womöglich würde er sich mit so einer Bitte selber die Chance auf eine Frau zerstören. Geschickter wäre es etwa so: »Wenn du willst, dass ich eine Frau bekomme, dann lass heute nicht den Heizungsableser kommen.« Ja, das wäre echt pfiffig. Erstens ist Sonntag, da kommt der Heizungsableser nie. Und zweitens war er erst vor zwei Wochen da und kommt nur einmal im Jahr.

Otto-Karl muss lachen. Über sich selbst und seine Dummheit. Als ob man Gott hereinlegen könnte, indem man ihm möglichst schwierige Aufgaben stellt, damit sie garantiert nicht eintreffen! Oder geht er in Wirklichkeit eher von einem Zufall aus und gar nicht davon, dass Gott handeln würde, und wählt deshalb ein Ereignis mit geringer Wahrscheinlichkeit?

Es ist beschämend. Traut er denn Gott gar nichts zu?

Er reißt sich zusammen und bittet noch einmal um ein möglichst konkretes Zeichen. Schließlich will er die sichere Methode nutzen, wo es sie nun schon einmal gibt. Dann gießt er sich einen Kaffee auf.

Der Kaffee schmeckt fürchterlich. Angewidert sieht Otto-Karl in seine Tasse. Er hat wohl beim Aufbrühen zu viel Pulver genommen. Aber was will Gott ihm damit nur sagen? »So widerlich wie dieser Kaffee wird deine Zukünftige sein«?

Nun ist aber wirklich genug! Er ärgert sich über seine kindischen Gedanken. Er nimmt die Tasse und leert den Kaffee in das Abwaschbecken. »So wie du jetzt den Kaffee wegschüttest, werde ich dich wegschütten«, fährt es ihm durch den Sinn.

Unwillig schüttelt er den Kopf. Man kann es auch übertreiben mit der Zeichendeuterei.

Eine Weile steht er vor der Wassermühle. Doch abgesehen davon, dass er vorhin eine Hand voll Teile zerbrochen hat, verdirbt ihm die Aussicht auf stundenlanges Grundieren den letzten Rest von Lust aufs Basteln.

So verbringt er den Sonntagnachmittag mit Musikhören, bis es so weit ist, zu seiner Schwester zu fahren.

26

Als Otto-Karl den Wagen vor dem Haus des Schwagers und der Schwester abstellt, rechnet er mit einem Ehepaar in froher Erwartung, vielleicht auch mit ein wenig Dankbarkeit dem bereitwilligen Babysitter gegenüber.

Schmunzelnd klingelt er. Wer ihm öffnet, ist sein Schwager Claudio, in einer Hand den Telefonhörer und ansonsten in Jeans und Shirt, offensichtlich also in Alltagskleidung.

Einen kurzen Schreckmoment lang denkt Otto-Karl, er habe sich im Datum geirrt, doch der Schwager bedeutet ihm hereinzukommen und raunt ihm zu, seine Schwester sitze seit Stunden im Bad und putze sich heraus. Dann entschwindet er mitsamt Telefon im Wohnzimmer.

Otto-Karl steht etwas verwundert in der geöffneten Haustür und tritt schließlich ein. Dann steht er wiederum eine Weile im Flur. Ins Wohnzimmer wagt er sich nicht, dort telefoniert der Schwager. Ins Bad traut er sich erst recht nicht, dort putzt sich seit Stunden die Schwester heraus. Aber wo sind die Kinder, die er hüten soll?

Er sieht in die Küche. Dort steht auf der Anrichte ein Teller mit Plätzchen, vermutlich für den Kinderbetreuer.

Er sieht ins Kinderzimmer. Hier herrscht gähnende Leere. Komisch. Wohin wohl seine Nichten und Neffen alle verschwunden sind?

Er ruft leise.

Und da hört er ein Kichern. Aber das Kichern kommt nicht aus dem Kinderzimmer. Es kommt aus einer anderen Richtung.

Die Tür des Schlafzimmers steht leicht offen. Und dahinter kichert erst eine einzelne, dann zwei, drei, vier Kinderstimmen.

»Was macht ihr denn da?«, fragt er mit gedämpfter Stimme, während er die Schlafzimmertür aufstößt.

Von den Kindern ist auf den ersten Blick nichts zu sehen, doch die Decke auf dem Ehebett ist seltsam hochgebeult und bewegt sich auffällig.

Er grinst. »Hier ist keiner«, sagt er laut und deutlich, bleibt aber stehen.

»Doch!«, erklingt die empörte Stimme des kleinen Lukas.

Die Bettdecke wird zurückgeschlagen, und hervor krabbeln, eins nach dem andern, die vier Kinder, alle schon in Nachtanzügen.

»Ihr seid mir Rabauken«, stellt Otto-Karl mit gespielter Empörung fest.

Die Kinder kichern begeistert. »Liest du uns etwas vor, Onkel Otto?«, fragt Mechthild.

»Ja, bitte!«, bettelt auch der Rest.

»Ihr könnt euch ja schon einmal ein Buch aussuchen«, schlägt er vor. »Aber ich lese erst vor, wenn eure Eltern weg sind.«

»Otto-Karl«, erschallt sein Name aus dem Wohnzimmer.

Folgsam geht er ins Wohnzimmer.

Der Schwager steht immer noch mit dem Telefonhörer.

»Sie macht sich schon seit Stunden fertig«, beklagt er sich. »So sind die Weiber. Als ob ich nicht auch noch ins Bad müsste. Und hinterher meckert sie, wenn wir zu spät sind.« Ohne eine Antwort abzuwarten, wendet er sich wieder seinem Telefongespräch zu.

Verwundert sieht Otto-Karl ihn an. Hat Claudio ihn deshalb gerufen, um ihm das mitzuteilen? Dass die Weiber so sind? Zu merkwürdig!

Da hört man oben die Badezimmertür gehen. »Claudio!«, ertönt die Stimme von Otto-Karls Schwester.

Der Gerufene lässt ein unwilliges Knurren aus dem Wohnzimmer hören.

»Claudio telefoniert!«, gibt Otto-Karl Auskunft.

»Ach, Otto-Karl! Das bist du ja schon!«, ruft Kläre aus. »Wie schön! Immer so pünktlich!« Und dann hört man ihre Schritte auf der Treppe.

Otto-Karl will erwidern, dass er gar nicht so pünktlich war, dass er schon über eine Viertelstunde hier ist und dass die beiden vermutlich zu spät kommen werden. Doch da rauscht seine Schwester schon die Treppe herunter. Sie sieht wahrhaftig atemberaubend aus. Im Abendkleid, dezent geschminkt. Otto-Karl ist geradezu verblüfft, dass die eigene Schwester so gut aussehen kann. Anerkennend pfeift er durch die Zähne.

Doch die Schönheit ist im Moment nicht gut aufgelegt. »Claudio!«, ruft sie mit gellender Stimme.

Gemurmel antwortet aus dem Wohnzimmer.

»Claudio! Wir kommen zu spät!«

»Ist ja schon gut!« Ohne einen Blick an seine Frau zu verschwenden, enteilt Otto-Karls Schwager dem Wohnzimmer und verschwindet nach oben.

Kläre sieht Otto-Karl an. »Du kannst dir nicht vorstellen«, klagt sie, »wie es ist, verheiratet zu sein!«

Natürlich kann er sich das nicht vorstellen. Er war ja noch nie verheiratet. Aber er wäre es so gerne, und deshalb kann er ihr nicht folgen, geschweige denn zustimmen.

Doch Kläre ist nicht zu bremsen: »Man wird einfach nicht

mehr wertgeschätzt. Alles wird zur Routine. Die goldenen Zeiten, Verliebtheit und Schmetterlinge und das Ganze – alles irgendwann vorbei. Und was bleibt, ist der graue Alltag.« Richtig verbittert hört sich das an.

Er sieht sie forschend an. Ob sie das ernst meint? Ob sie wirklich so unglücklich in ihrer Ehe ist?

Ehe er das gedanklich vertiefen kann, erscheint Claudio wieder, offensichtlich deutlich schneller als seine Gattin. Er ist im Anzug und frisch rasiert, darauf haben sich seine Vorbereitungen anscheinend beschränkt. Männer sind da einfach besser dran als Frauen.

Wortlos nimmt Claudio Kläre am Arm, verabschiedet sich kurz vom Schwager und dann rauschen die beiden ab.

In der Tür dreht sich Kläre noch einmal um. »Die Plätzchen sind für dich, und die Kinder müssen bald ins Bett!«

Er nickt.

27

Otto-Karl sieht noch eine Weile auf die geschlossene Wohnungstür. Ob das in jeder Ehe so ist? Dass, wie Kläre so schön sagte, rosarote Schmetterlinge dem grauen Alltag weichen?

Er hat aber keine Zeit, darüber nachzudenken, denn seine Nichten- und Neffenschar stürmt die Treppe herunter.

»Onkel Otto! Vorlesen!«, schallt es ihm entgegen. Und schon kurz darauf sitzt er, zwei Kinder links, zwei Kinder rechts, auf dem Sofa.

»Und? Auf welches Buch habt ihr euch geeinigt?«, erkundigt er sich.

Die Kinder kichern. »Wir haben uns so geeinigt, dass du einfach vier Bücher vorliest und sich jeder von uns eins davon aussuchen kann«, gibt Mario, der Älteste, Auskunft.

»Aha«, macht Otto-Karl. »Dann wollen wir mal anfangen.«

Und dann liest er vor. Zuerst das erste Buch. Ein schönes Bilderbuch, stellt er fest. Auf jeder Seite gibt es etwas zu sehen.

Nachdem das ganze Buch durchgesehen ist, bestimmt er: »So, Lukas, jetzt musst du aber ins Bett!«

»Du hast doch noch gar nicht sein Buch gelesen!« Die älteren Geschwister sind empört.

Da lässt Otto-Karl sich das Wunschbuch des Kleinen geben und liest es als Nächstes vor. Und als er damit fertig ist, ist Lukas eingeschlafen, das Köpfchen gegen den Arm des Onkels gelehnt.

Vorsichtig trägt er den Neffen ins Kinderzimmer und legt ihn in sein Bettchen. Wie gut, dass der Kleine schon im Nachtanzug ist!

Mit den drei Größeren sitzt er dann noch lange auf dem Sofa und liest weiter vor. Irgendwann bekommt Rosa Hunger und holt den Plätzchenteller aus der Küche. Gerade als die Kinder das letzte Plätzchen verputzt haben, fällt es Mechthild auf: »Wir hatten doch schon die Zähne geputzt!«

Otto-Karl lacht. »Dann putzt ihr sie jetzt noch einmal.«

Er verfrachtet die drei ins Badezimmer, füllt Zahnputzbecher mit Wasser, verteilt Zahnpasta auf Zahnbürsten. »Genauso groß wie eine Erbse, Onkel Otto.«

Die nächste Schwierigkeit besteht darin, dass die kleine Mechthild sich die Zähne noch nicht selber putzen kann.

Also geht er in die Hocke und beginnt, Zähnchen abzuschrubben. »Erst die Kauflächen, dann außen, dann innen«, klärt Rosa ihn auf.

Und brav putzt er Mechthild erst die Kauflächen, dann außen, dann innen.

»So, jetzt müsst ihr aber ins Bett«, erklärt er reichlich erschöpft, als alle endlich fertig sind mit Zähneputzen.

»Mama erzählt uns immer noch eine Gutenachtgeschichte«, quengelt Mechthild.

»Ich habe euch doch schon vorgelesen«, setzt sich Otto-Karl etwas hilflos zur Wehr.

»Aber keine Gutenachtgeschichte«, erwidert Mario schlagfertig.

Und Rosa fügt bittend hinzu: »Bitte, bitte, Onkel Otto. Eine aus der Bibel.«

»Na gut. Aber nur eine für alle drei zusammen. Und ihr müsst schon ins Bett gehen dabei.«

Jubelnd schlüpfen die Kinder unter ihre Decken.

»Welche Geschichte wollt ihr hören?«

»Die von Elisabeth und Zacharias«, schlägt Rosa vor. »Die ist so schön.«

Otto-Karl nickt erleichtert. Die Geschichte kennt er wenigstens, die kann er erzählen. Umständlich beginnt er. »Da lebte im Volk Israel ein Mann aus dem Stamm Levi. Das heißt, dass er Levit war und Dienst im Tempel hatte. Er hieß Zacharias. Der war ein frommer Mann, dem Gott sehr wichtig war. Er hatte eine Frau, die hieß Elisabeth. Elisabeth war auch eine fromme Frau. Die beiden hatten sich sehr lieb und sie waren bestimmt auch glücklich miteinander.«

»Aber sie hatten kein Kind!«, wendet Rosa ein.

Er lacht. »Genau. Etwas fehlte zu ihrem Glück. Etwas, was sie sich ganz fest wünschten: Sie wollten so gerne ein Kind haben, aber sie bekamen einfach keines.«

»Haben sie nicht gebetet?«, erkundigt sich Mechthild neugierig.

Er denkt nach. »Doch, ich denke schon, dass sie gebetet haben. Sie glaubten ja an Gott. Sie werden bestimmt sehr viel gebetet haben. Aber Gott erhörte ihre Gebete eben nicht. Noch nicht.«

»Aber hinterher doch!«, triumphiert Rosa.

»Rede doch nicht immer dazwischen!«, meckert Mario.

»Mach ich doch gar nicht!«

»Erzähl weiter!«, fordert der große Mario Otto-Karl auf.

Und der fährt fort: »Zacharias und Elisabeth wurden älter und älter. Irgendwann hörten sie wohl auf zu beten, denn Elisabeth war inzwischen nicht mehr in einem Alter, in dem Frauen Kinder bekommen können.«

»Sie bekam nicht mehr die Periode«, bemerkt Mario sachkundig.

Und Otto-Karl kann sich nur wundern, was die Zehnjährigen heutzutage alles wissen.

»Aber warum haben sie aufgehört zu beten?«, wundert sich Mechthild. »Gott kann doch alles!«

»Ja, genau, Gott kann alles!«, pflichtet ihr Rosa bei.

Und das stimmt ja. Natürlich kann Gott alles, das ist Otto-Karl klar und das war sicherlich auch Elisabeth und Zacharias klar.

Und dennoch. Otto-Karl ist sich ziemlich sicher, dass die beiden irgendwann aufgehört haben zu beten. Irgendwann werden sie das kindliche Vertrauen verloren haben, werden des Bittens müde geworden sein, werden sich abgefunden haben mit ihrer Kinderlosigkeit. Vielleicht etwas deprimiert, ab und zu verletzt reagierend, aber hoffentlich ohne Bitterkeit. Sie werden sich damit abgefunden haben, so wie man sich als erwachsener Mensch eben mit Dingen abfindet, die nicht zu ändern sind. Ob das so falsch war? Gott erhört so manches Gebet nicht oder zumindest anders, als die Betenden sich das vorgestellt haben.

»Weitererzählen!«, ruft Rosa in sein langes Schweigen hinein.

Er reißt sich zusammen.

»Sie dachten vielleicht, Gott wolle eben nicht, dass sie ein Kind haben«, meint er. »Aber passt auf, was weiter geschah: Eines Tages änderte sich alles. Zacharias hatte Tempeldienst. Er war schon ein alter Mann, aber er hatte dennoch seine Aufgabe, und das war sicherlich schön und wichtig für ihn. Er machte sich auf den weiten Weg nach Jerusalem. Als er dort ankam, reinigte er sich für den Dienst. Und dann wurde irgendwann das Los geworfen, wer diesmal ins Aller-heiligste gehen durfte.«

»Das Allerheiligste war hinter einem Vorhang«, bemerkt Mario wissend.

Otto-Karl schmunzelt. Die Kinder kennen sich aus!

»Diesmal traf das Los Zacharias. Er war ganz aufgeregt. Es war eine große Ehre für ihn. Und oft kam es sicher nicht vor. Vielleicht war es das erste Mal in seinem Leben, dass das Los ihn getroffen hatte. Er ging also ins Allerheiligste, betete und begann mit dem Opferdienst. Er verbrannte kostbares Räucherwerk …«

»Hat er geraucht?«, erkundigt sich Rosa.

Otto-Karl schüttelt den Kopf. Wie soll er es den Kindern erklären? »Ihr habt doch dieses Räuchermännchen. Das Holzmännchen, in das ein Kegel hineinkommt im Advent. Mama oder Papa zünden den Kegel an, der fängt langsam an zu glimmen, und bald schon duftet die ganze Wohnung danach.«

Die Kinder nicken eifrig.

»So ähnlich funktioniert Räucherwerk. Es sind kostbare Harze, die angezündet werden. Der Rauch zieht in die Luft und bald duftet alles danach. Das war das Opfer, das Zacharias im Allerheiligsten vornahm. Außerdem betete er für sich und für das ganze Volk und fühlte sich Gott sicher sehr nahe. Plötzlich merkte er, dass er nicht allein war. Da stand eine Gestalt bei ihm, vielleicht schräg neben ihm. Zacharias wusste sofort, dass das ein Engel war. Ein Bote Gottes.«

Otto-Karl macht eine kleine Pause.

»Zacharias erschrak. Ein Engel. Eine reine und machtvolle Erscheinung, die einem gewöhnlichen Menschen so richtig klarmacht, wie klein und sündig man eigentlich ist. Immer wieder steht in der Bibel, dass Menschen erschrecken, denen Engel begegnen. Zacharias erschrak also. Aber der Engel sagte: ›Erschrick nicht. Hab keine Angst. Ich habe eine gute Nachricht für dich. Du und deine Frau Elisabeth, ihr werdet ein Kind bekommen. Einen Jungen. Den sollt ihr Johannes nennen. Und ihr sollt darauf achten, dass er ein reines, gottgeweihtes Leben führt.‹«

»Da hat er sich aber gefreut, der Zacharias!«, vermutet Mechthild aus vollem Herzen.

Otto-Karl lacht auch. »Du hättest dich gefreut, nicht wahr?«

Mechthild nickt.

»Da hättest du auch recht gehabt. Aber Zacharias, weißt du, der hatte ja schon gedacht, dass Gott gar nicht will, dass er Kinder bekommt. Er hatte sich so richtig daran gewöhnt, keine Kinder zu haben. Und deshalb konnte er es zuerst einfach nicht glauben. ›Woran soll ich erkennen, dass es wahr ist, was du sagst?‹, fragte Zacharias. ›Gib mir ein Zeichen!‹«

Dass ihm selber diese Zeichen im Moment dauernd über den Weg laufen müssen! Irgendwie fühlt Otto-Karl sich geradezu verfolgt von ihnen.

Er reißt sich zusammen. Die Kinder warten auf den Fortgang der Geschichte.

»Der Engel fand das anscheinend nicht komisch. ›Ich bin Gabriel‹, sagte er. Ein Engel lügt nicht, das hätte Zacharias als Priester eigentlich wissen müssen. ›Aber weil du unbedingt ein Zeichen haben willst, sollst du eines bekommen‹, fuhr der Engel fort. ›Das ist das Zeichen: Du wirst nicht mehr sprechen können, bis alles so passiert sein wird, wie ich gesagt habe.‹ Und dann war er fort. Zacharias stand da. Mit zitternden Händen vollendete er seinen Dienst im Allerheiligsten. Draußen stand die Menschenmenge und wartete. Sie wurde langsam unruhig, das konnte Zacharias hören. Wahrscheinlich hatte er länger als üblich gebraucht.

Zacharias trat hinaus aus dem Allerheiligsten ins helle Licht des Tempelhofs. Er hob die Hände, um den Segen zu sprechen. Doch er brachte kein Wort über die Lippen. Das Zeichen des Engels war eingetreten. Zacharias hatte die Sprache verloren. Er versuchte es noch ein paarmal, dann machte er eine segnende Gebärde mit den Händen und winkte den Menschen anschließend, sie mögen gehen. Was wohl die Priester von ihm dachten? Und die Leute? Zacharias ist bestimmt sehr nachdenklich nach Hause gegangen. Was würde Elisabeth sagen?«

»Die hat sich gefreut«, erklärt Rosa überzeugt. »Jeder freut sich doch wohl, wenn er ein Baby bekommt.«

Otto-Karl lacht. »Sie hat sich gefreut. Bestimmt. Zuerst konnte sie es kaum glauben, aber dann merkte sie, wie sie immer dicker wurde.«

»Wie hat Zacharias ihr das Ganze eigentlich erzählt?«, wundert sich Mario. »Er konnte doch nicht mehr reden.«

»Er hat es ihr bestimmt aufgeschrieben«, meint Otto-Karl. »Da konnte sie es nachlesen. Und dann wurde tatsächlich ein kleiner Junge geboren. Am achten Tag gab es ein großes Fest. Der Junge wurde, wie es üblich war, beschnitten und bekam einen Namen. ›Wie soll er denn heißen?‹, fragten die Besucher. ›Bestimmt heißt euer Stammhalter Zacharias wie sein Vater.‹ Elisabeth schüttelte den Kopf. ›Nein, er heißt Johannes.‹ Die Leute wunderten sich: ›So heißt doch sonst keiner in eurer Familie.‹ Doch als Elisabeth fest bei ihrer Aussage blieb, fragten sie Zacharias. Dessen Ohren funktionierten schließlich noch gut. Der hörte sich an, was die

Leute zu sagten. Dann nahm er die Tafel. Die Tafel, auf der er seit seinem Verstummen immer alles aufgeschrieben hatte. Und mit deutlichen Buchstaben schrieb er: ›Er heißt Johannes.‹ In dem Moment war alles eingetroffen, was der Engel vorhergesagt hatte. Und darum konnte Zacharias mit einem Mal wieder sprechen. Und das Erste, was aus seinem Munde kam, war ein Lobgesang. Er lobte Gott für das Wunder, das er getan hatte. Die Gäste staunten. Noch lange nach dem Beschneidungsfest für den kleinen Johannes unterhielten sie sich über das außergewöhnliche Ereignis.«

»Schön!«, gähnt Rosa. Die Äuglein fallen ihr zu.

»Und jetzt noch ein Schlaflied«, fordert Mario.

»Ich kann nicht singen«, meint Otto-Karl. »Jedenfalls nicht gut.«

»Ist egal«, erklärt Mario großzügig. »Wir helfen dir.«

Otto-Karl sieht auf die Kinder. Die zwei jüngsten schlafen tief und fest und Rosa auch schon beinahe. Nur Mario ist noch wach, und der muss ein Schlaflied haben.

Zu zweit singen sie »Guten Abend, gute Nacht«. Dann darf Otto-Karl endlich hinuntergehen ins Wohnzimmer. Er sieht auf die Uhr. Ob die glücklichen Eltern jeden Abend so lange brauchen, bis ihre Kinder im Bett sind? Und ob sie sich das so gedacht haben, dass der Onkel die Kinder zuerst seine Plätzchen futtern und sie dann Ewigkeiten aufbleiben lässt?

Seine Gedanken wandern zurück zur Gutenachtgeschichte. Zu Zacharias und seinem Zeichen. Zacharias konnte dem Engel nicht so recht glauben. Darum bat er um ein Zeichen. Eigentlich komisch, dass der Engel darauf so unwirsch reagierte. Diese Zeichenforderungen haben doch wirklich Tradition im Alten Testament. Moses forderte ein

Zeichen, Gideon und wohl noch der eine oder andere. Bei keinem hat Gott – oder sein Engel – so ungehalten reagiert wie bei Zacharias. Ob das daran lag, dass Zacharias Priester war?

Oder ist es heute vielleicht nicht mehr richtig, um ein Zeichen zu bitten? Dann wäre Karl-Otto natürlich auf dem Holzweg. Kein Wunder, dass er die ganze Zeit so merkwürdige »Zeichen« bekommen hat: zerbrochene Wassermühlenteile, eine verwelkte Topfpflanze, ganz zu schweigen von Frau Schnabel …

Vielleicht hätte er gar nicht erst um ein Zeichen bitten sollen. Vielleicht ist die sichere Methode weder sicher noch richtig, sondern einfach nur falsch. Gewiss hat er Gott zu wenig zugetraut, ihm nicht geglaubt oder sonst einen Fehler gemacht. Ob Gott von Otto-Karl einfach nur möchte, dass er vertrauensvoll und geduldig betet, anstatt in unreifer Haltung einen übernatürlichen Fingerzeig zu fordern? Otto-Karl versinkt im Grübeln.

Vom Geräusch des sich im Schloss drehenden Wohnungsschlüssels wird er aufgeschreckt. Die Tür öffnet sich. Mit einem leisen Kichern tritt Kläre ein.

Otto-Karl steht auf, tritt in den Flur. Da stehen sie, Schwester und Schwager, sie lächelnd an ihn gelehnt. Vergessen ist der Streit von vorhin. Es muss schön sein, einen solchen Partner zu haben – auch wenn es einmal Streit und Enttäuschungen gibt.

Man sollte mehr beten.

28

Und Otto-Karl grübelt weiter. Grübelt und betet. Betet und grübelt. Bittet um die Erfüllung seines Herzenswunsches. Liegt nächtelang wach. Hadert zwischendurch mit Gott. Betet weiter.

Tagsüber allerdings, da hat er keine Zeit für so etwas. Da muss er arbeiten. Aber auf den Fahrten, da ertappt er sich dabei, wie er sich umsieht. An der Bushaltestelle schaut er vorsichtig nach Frauen, ob eine von ihnen etwa für ihn bestimmt sein könnte. Die dahinten sieht gut aus. Und die da mit den langen Haaren …

Aber das ist ja alles Blödsinn! Gläubig muss die Frau sein, genauso wie Otto-Karl ihr Leben nach Gott ausrichten und überhaupt Gemeinde wichtig nehmen. Also ist es doch am wahrscheinlichsten, sie in der Gemeinde zu treffen.

Die Zahl der Singlefrauen dort ist allerdings wahrlich überschaubar.

Frau Hedderich? Zu alt. Alwine Schrowang? Zu jung. Otto-Karl stellt zu seiner Verwunderung fest, dass er gewisse Vorstellungen davon hat, wie seine Lebensgefährtin sein sollte. Das war ihm vorher gar nicht so bewusst. Sie sollte ungefähr sein Alter haben. Ungefähr seine Statur. Sollte ruhig und besonnen sein. Und Kinder mögen. Sich Kinder wünschen.

Wobei er an dem Punkt überhaupt nicht anspruchsvoll ist, wie er findet. Zum Beispiel ist er absolut flexibel, was die Anzahl des Nachwuchses angeht. So drei bis fünf vielleicht. Aber wenn sie unbedingt sieben will, dann ist das auch in Ordnung.

Andererseits muss man bedenken, dass es, was den Kinderwunsch angeht, Probleme geben kann. Mit dem Alter der Frau. Und überhaupt.

Er kennt einige Paare, die sich so sehr Kinder wünschen und es klappt einfach nicht. Das muss furchtbar sein. Aber auch das könnte man gemeinsam ertragen, denkt er. Wenn man denn zusammen wäre. Wenn man denn endlich die Frau fürs Leben fände. Was trotz angeblich sicherer Methoden reichlich schwierig zu sein scheint.

Und er betet weiter. Abendelang liegt er auf den Knien. Er lässt dafür das Essen ausfallen. Er betet in der Straßenbahn, beim Müll-Herunterbringen, im Bad und im Bett.

Vermutlich nervt er Gott bereits ziemlich.

29

Aber es geschieht nichts. Es geschieht nichts, außer dass es wieder einmal Sonntag wird. Otto-Karl sieht sich besonders intensiv nach unverheirateten jungen Damen um im Gottesdienst.

Die sind – wie eigentlich immer – reichlich dünn gesät.

Dafür ist Frau Hedderich da, verwitwet und wirklich sympathisch. Allerdings könnte sie seine Mutter sein. Mindestens. Außerdem sieht er Frau Mewes, Frau Bartler und Frau Schilling. Die haben alle Familie. Nicht zu vergessen Elli, die Gattin des Pastors. Sicherlich patente Frauen, aber sie kommen natürlich nicht in Frage.

Doch jetzt ist erst einmal Gottesdienst. Den wird er sich nicht verderben lassen durch seine Probleme.

Er singt die Lieder mit und freut sich an seiner Stimme und am Gotteslob. Ja, tatsächlich, wenn er die Lieder kennt, ist seine Stimme gar nicht so schlecht. Herr Mewes muss eben mit ihm viel üben. Dann wird das schon mit dem Chor.

Danach die Predigt. Darin ist viel von Demut die Rede, davon, dass man seine Fehler erkennen und an sich arbeiten soll.

Otto-Karl kriecht in sich zusammen. Er hat viele Fehler, das ist ihm klar. Nur zu klar. Oh, er hat Gottes Vergebung bitter nötig! Ob es auch ein Fehler ist, dass er im Moment so penetrant um eine Gefährtin betet?

Auf den Gottesdienst folgt der Kirchenkaffee. Wie meistens. Da der Kaffee diesmal noch nicht gekocht ist, versucht Otto-Karl, die Kaffeemaschine in Gang zu bekommen. Gar nicht so einfach. Eine Wassermühle zusammenzubauen ist ein Kinderspiel dagegen. Auf technischem Gebiet ist er eben eher unbegabt. So unbegabt anscheinend, dass nach einer Weile Peter in die Küche kommt, um nachzusehen, was Otto-Karl da mit der Kaffeemaschine anstellt. Peter begutachtet kurz die Lage und diagnostiziert: »Der Stecker war nicht in der Steckdose. Außerdem hast du für die Menge Kaffeepulver viel zu wenig Wasser genommen. Da kippt man ja um, wenn man so ein Gebräu zu sich nimmt.«

Otto-Karl will erwidern, dass er zu Hause immer so ein Gebräu trinke und dass der Stecker seiner eigenen Kaffeemaschine den ganzen Tag über stecke und er deshalb nicht bedacht habe, dass es hier anders sein könnte, aber da komplimentiert Peter ihn schon hinaus: »Setz dich ruhig zu den anderen. Ich mache das hier schon.«

Der eine Tisch ist schon ziemlich voll besetzt. Unschlüssig bleibt Otto-Karl stehen. Er will ja niemandem zur Last fallen!

Aber andererseits: Soll er sich an den anderen Tisch setzen, nur um dort ganz alleine zu hocken?

Da winkt ihm kleine Kai zu. »He! Komm doch zu uns! Es sind noch Waffeln da!«

Otto-Karl schnappt sich einen Stuhl und setzt sich zu den Kindern.

Er sucht sich eine Waffel vom Teller aus und fragt dann: »Und was habt ihr heute für eine Geschichte gehört im Kindergottesdienst?«

»Wir haben Bilder geklebt!«, erklärt Lina begeistert. »Ausgeschnitten und geklebt. Und mein ganzer Pulli ist voll Kleber. Und dann wollte ich mir die Hände waschen und die sind ganz nass geworden. Die Pulliärmel.«

Otto-Karl sieht die Kleine an. Sie sieht wirklich etwas durchweicht aus.

»Wir haben was über so eine nervige Frau gehört«, berichtet Kai unterdessen. »Und die sollte auch nervig sein. Das war gut so. Denn dadurch hat sie recht bekommen.«

Etwas verwirrt denkt Otto-Karl über diese Aussage nach. Was bringen die denn im Kindergottesdienst dem Gemeindenachwuchs bei?

Endlich klärt ihn Berta, die Große, auf: »Wir haben nämlich über das Beten gesprochen«, erklärt sie.

»Oh«, macht Otto-Karl interessiert. Mit dem Beten schlägt er sich im Moment ja intensiv herum. Da ist er an neuen Informationen durchaus interessiert.

»Und dazu hat Jesus das Gleichnis von der bittenden Witwe erzählt«, fährt Berta fort.

»Aha«, erwidert er hinhaltend, denn leider ist ihm der genaue Inhalt des Gleichnisses gerade nicht gegenwärtig. »Erzählst du es mir?«

»Also, da war eine Witwe, die bekam ja keine Rente und nichts. Das war damals so.«

Hier wird Berta von Kai unterbrochen. »Und die war nervig.«

»Ja, genau. Dann war da ein Richter, der das Ganze entscheiden musste. Und der hatte keine Lust dazu. Und die Witwe, die nervte ihn Tag und Nacht.«

Lina kichert. »Vielleicht hat sie ihn andauernd angerufen. Oder ihm jede Stunde eine SMS geschickt. Oder so.«

»Quatsch. Das gab es damals noch gar nicht«, berichtigt die große Schwester. »Aber jedenfalls ist sie ihm so damit auf die Nerven gegangen, dass der Richter ihr schließlich recht gegeben hat. Nur um seine Ruhe zu haben«, schließt sie triumphierend.

Ein wenig verwirrt blickt Otto-Karl die Kinder an. »Und was hat das jetzt mit dem Beten zu tun?«

»Wenn ein blöder Richter schon darauf hört, wenn man ihn nur genug bittet«, erläutert Lina, »dann wird Gott es ja wohl noch viel eher tun.« Sie sieht Otto-Karl erwartungsvoll an.

Der nickt langsam. »Das klingt gut«, meint er. »Das klingt wirklich gut.« Und im Innern dankt er Gott für diese Kinder, die ihn gerade etwas Wesentliches gelehrt haben.

Kai scheint es mittlerweile langweilig zu sein. Unternehmungslustig sieht er sich um. »Was machen wir jetzt?«

»Wir könnten Bilderraten spielen«, schlägt Otto-Karl vor.

Die Kinder stimmen begeistert zu und Otto-Karl spielt noch eine ganze Weile mit ihnen. Immer wer zuerst richtig geraten hat, darf sich eine Waffel nehmen.

Und da er sich keine große Mühe gibt – er will ja schließlich die Kinder gewinnen lassen –, bekommt er kaum Waffeln ab.

Endlich sieht ihn der kleine Kai groß an und sagt: »Weißt du was? Du tust mir so leid, weil du so schlecht im Raten bist. Am Ende verhungerst du noch.« Und er nimmt seine soeben angebissene Waffel und drückt sie Otto-Karl in die Hand. »Da, für dich.«

Das Spiel mit den Kindern macht Spaß. Tatsächlich. Es macht Otto-Karl so viel Spaß, dass er gar nicht zum Nachdenken kommt.

Dazu kommt er erst wieder, als er zu Hause ist. Als er sich mit einem Koffeingebräu, wie Peter es wohl nennen würde, und einem Stück Fertigpizza an seinen Tisch gesetzt hat. Ein Kreuzworträtsel liegt dort bereit, um das einsame Essen ein bisschen weniger trist zu machen. Doch er hat jetzt keine Augen für das Rätsel. Er denkt nach. Über das Rätsel seines Lebens.

»Ich war voller Zweifel«, sagt er zu sich selbst. »Ich war mir nicht mal mehr sicher, ob ich überhaupt beten sollte. Und da haben mir die Kleinen eine Predigt gehalten. Alle Achtung!«

Und dann betet Otto-Karl. Er dankt Gott für diese Kinder. Für den Zuspruch. Für alles, was er ihm gegeben hat. Und er bittet, nein er fleht um eine Frau. Die Frau fürs Leben.

Als er fürs Erste fertig gebetet hat, bemerkt er, dass auf seinem Teller immer noch eine angebissene Fertigpizza liegt, inzwischen kalt und pappig. Er probiert, stellt fest, dass die Pizza in dem Zustand nahezu ungenießbar ist, will den Rest wegwerfen, lässt es dann aber bleiben, um keine gute Gabe Gottes zu missachten, wärmt die Pizza in der Mikrowelle auf, worauf sie zwar heiß, aber labberig statt knusprig wieder herauskommt, und isst sie dann ohne wirklichen Genuss auf.

Schlimmer als sein Kaffee schmeckt sie aber auch nicht.

30

Was macht er nun mit dem angebrochenen Sonntag? Richtig, ein Spaziergang wird ihm guttun. Frische Luft und Bewegung. Schuhe an, seine Jacke gegriffen und raus aus der Wohnung.

Was liegt ihm da nur so schwer im Magen?

Der Park ist nicht weit. Er biegt in einen der Wege ab und geht betend durch diese kleine grüne Insel der Stadt. Kaum nimmt er wahr, was um ihn herum geschieht, das Lärmen der spielenden Kinder, das Gurren der Tauben, das Plätschern der Springbrunnen. Trotz der Menschen ist Otto-Karl alleine mit Gott.

Er betet wie die bittende Witwe. Denn deren Methode scheint ja eine sichere zu sein. Das hat er von den Kindern gelernt. Er bestürmt Gott. Immer wieder. Diesmal muss es doch funktionieren! Diesmal muss er »sie« doch finden!

Er durchmisst den Park mit großen Schritten. Am Nadelwäldchen kommt er vorbei, am Rosengarten, am Spielplatz. Doch mit einem Mal wird sein Gebet gestört. Eine, nein, zwei kleine Gestalten kommen herbeigelaufen und fassen ihn an den Händen.

Er schreckt wie aus einem Traum auf aus seiner Versenkung: Da stehen doch plötzlich Kai und Lina, seine kleinen Freunde aus der Gemeinde, vor ihm und sehen ihn fröhlich an.

»Guck mal, wie hoch ich springen kann!«, ruft Lina eifrig.

»Guck mal, wie ich schon viel höher springen kann!«, ruft Kai ebenso eifrig.

Und Otto-Karl lässt sich mitziehen, steht schon bald darauf vor dem Klettergerüst und stellt zu seinem Entsetzen fest, dass die Kinder ihm zeigen wollen, von wie hoch sie herunterspringen können.

Lina springt und landet neben Otto-Karl im weichen Sand.

Kai klettert etwas höher, springt auch.

Sofort will Lina wieder hochklettern und es ist für Otto-Karl nicht schwer zu erraten, wie das Spiel weitergehen wird, wenn er jetzt nicht einschreitet. »Ihr seid beide von ganz schön hoch gesprungen«, versucht er es auf die diplomatische Tour. »Aber das reicht für heute, finde ich. Wo ist eigentlich eure Mutter?«

»Die sitzt dahinten auf der Bank«, gibt Lina Auskunft. »Die fragt Berta Englischvokabeln ab.«

Und dann ziehen sie ihn auch schon in Richtung Bank. »Guck mal, Mama, wen wir getroffen haben!«

»Oh«, macht Frau Schilling. »Machen Sie einen Sonntagsspaziergang?«

Sie weist auf das Englischbuch auf ihrem Schoß. »Wir verbinden hier die Pflicht mit dem Angenehmen.«

Otto-Karl lacht. »Wollen Sie nicht auch einmal etwas Ruhe haben? Ich könnte für eine Weile die Pflicht übernehmen«, schlägt er hilfsbereit vor.

Frau Schilling scheint ihn einen Moment lang forschend anzusehen, ehe sie nickt. »Dann kann ich ja in der Zwischenzeit meine Kleinen bewundern.«

Glücklich ziehen die beiden mit ihrer Mutter ab in Richtung Klettergerüst.

Otto-Karl spricht ein hervorragendes Englisch. Das muss er beruflich. Dennoch weiß er natürlich nicht, was die Schüler heutzutage so durchnehmen. Und darum lässt er sich zunächst ganz genau erklären, worum es eigentlich geht.

»Englisch ist das schlimmste Fach der Welt«, stöhnt Berta.

Er lacht. »Meinst du? Stell dir einmal vor, du könntest richtig gut Englisch sprechen, deine Mutter auch, aber deine Geschwister nicht. Dann hättet ihr eine Geheimsprache – du und deine Mutter!«

Verwundert sieht Berta ihn an. »Darauf bin ich noch gar nicht gekommen! Aber ich bin so schlecht darin. Und es ist so schwierig!«

»Was denn genau? Die Vokabeln?«

Berta zuckt mit den Schultern. »Die Vokabeln weniger. Die üben Mama und ich ja auch wie verrückt. Aber hier, guck mal. Diese Grammatik hier. Mit ›some‹ und ›any‹.«

Er nickt. »Das ist nicht ganz einfach. Im Englischkurs haben wir das schon vor längerer Zeit durchgenommen.«

Verblüfft sieht Berta ihn an. »Du hast Englischunterricht? Gehst du denn noch in die Schule?«

Er lacht. »Nein. Weißt du, ich muss in meinem Beruf ziemlich gut Englisch können. Und da bekommen wir in unserer Firma eben Unterricht. Zur Vertiefung. Immer am Donnerstagmorgen.«

»Boah! Und da nimmst du auch solche Sachen durch?«

Er nickt. Na gut, ein bisschen anspruchsvoller ist sein Kurs schon, aber er möchte das Mädchen nicht entmutigen. Er tippt mit dem Finger auf den Grammatikparagraphen, denkt kurz nach und wendet sich an Berta: »Zum Beispiel ein Satz wie dieser: ›Ich hole ein paar Äpfel.‹ Wie heißt das auf Englisch?«

Die überlegt und gibt dann tatsächlich eine richtige Antwort.

Er nickt. »Genau. Aber pass auf, jetzt kommt etwas Schwierigeres. Jetzt kommt eine Frage.« Er bringt den nächsten Beispielsatz.

Ganz eifrig sind die beiden dabei. Otto-Karl macht es Spaß, dem Mädchen die Zusammenhänge zu erklären. Und auch Berta ist konzentriert bei der Sache.

Als Frau Schilling mit ihren Kleinen wieder auftaucht, da sind die beiden richtig enttäuscht. »Müssen wir schon nach Hause?«, fragt Berta.

Frau Schilling lacht. »Das ist ja ganz etwas Neues bei dir«, meint sie, »dass du freiwillig länger Englisch üben willst. Aber jetzt müssen wir langsam nach Hause.«

Sie packt das Schulbuch ein, bedankt sich noch einmal bei Otto-Karl und macht sich mit ihren Kindern auf den Weg.

Eine ganze Weile steht Otto-Karl da und sieht den vieren nach.

Eine Familie müsste man haben! Er seufzt. Aber er wird wohl nie dieses Glück kennenlernen.

Er starrt in die Luft, dann geht auch er nach Hause, in seine einsame Junggesellendachbude.

31

Trotz der offensichtlich desolaten Zwischenbilanz in Sachen Gebetserhörung gibt Otto-Karl nicht auf, sondern bleibt dran. Er betet während des Abendessens, beim Einschlafen, beim Aufwachen, beim Frühstück. Hat nicht die Witwe in dem Gleichnis auch an- und ausdauernd gebetet? Ermutigt Jesus nicht genau dazu?

Otto-Karl betet also weiter – und weiterhin geschieht nichts. Außer der Tatsache, dass er einen Anruf von Berta bekommt, die ihm begeistert mitteilt, dass sie in der letzten Englischarbeit eine Zwei geschrieben habe. Und sie schiebt gleich eine Frage nach: ob er in Zukunft nicht immer mit ihr üben könne.

Und Otto-Karl sagt zu, gutmütig, wie er nun einmal ist. Zudem hat ihm das Üben mit Berta richtig Spaß gemacht. Und es freut ihn aufrichtig, dass es dem Mädchen etwas gebracht hat.

Ansonsten aber, wie gesagt, geschieht überhaupt nichts.

Wenn man es denn »nichts« nennen kann, dass er weiter im Chor singt, der heftigst für die Aufführung probt, dass der Küster Bernd sich jetzt auch noch ein Bein bricht und der Pastor überall herumtelefoniert, um für die diversen Aufgaben des Interimsinvaliden ehrenamtlichen Ersatz zu finden, und Otto-Karl, ehe er sichs versieht, bis auf Weiteres erstens für die Pflege der Blumenkübel und zweitens für die küstermäßige Betreuung des Sonntagsgottesdienstes zuständig ist.

Das mit dem Gottesdienst, das geht ja noch. Stühle hat

Otto-Karl bereits oft genug gestellt, die Lieder anschreiben kann er auch und die Glocken läuten ebenfalls.

Aber die Tatsache, dass er nicht die geringste Ahnung hat, was mit den Blumenkübeln eigentlich anzustellen ist, die wird ihm auf der Fahrt zur Arbeit bewusst. Auf der Bahnfahrt in die Firma.

Da kommt er nämlich an einem Gartencenter vorbei. Dessen Wände und Fenster sind voll mit Werbung für Dünger, spezielle Kübelerde, Pflanzenpflegemittel und so weiter. Und ihm schwant, dass die Pflege der Blumenkübel mehr beinhaltet, als sie gelegentlich fürsorglich anzugucken.

Trotz des Unbehagens, das sich in ihm breitmacht, widersteht er der Versuchung, auszusteigen und das gärtnerische Equipment auf der Stelle käuflich zu erwerben. Schließlich muss er vorrangig zur Arbeit. Ganz davon abgesehen, dass er sich in dem Zustand der mentalen Verwirrung, in dem er sich gegenwärtig befindet, alles Mögliche und Unmögliche aufschwatzen lassen würde.

Kurz bevor er sein Büro betritt, fällt ihm ein, dass er doch tatsächlich während des ganzen Weges zur Arbeit nicht ein einziges Mal für sein Hauptanliegen gebetet hat! Schnell holt er es nach. Die sichere Methode der bittenden Witwe, sie muss doch einfach gelingen, und zwar bald!

Im Büro stellt ihm Kollege Bert eine neue Auszubildende vor. Ein junges Ding von siebzehn Jahren, vielleicht auch achtzehn. Mit puppenblauen Augen, einem tiefroten Mund, mit dem sie ihn anlächelt.

Otto-Karl dagegen will vor Überraschung der Mund offen stehen bleiben. Wenn das kein Zeichen ist!

Er muss sich zwingen, die junge Dame nicht anzustarren, die ihm da vorgestellt wird. Zugegeben – ein bisschen zu jung für ihn mag sie sein. Aber ansonsten? Hübsch ist sie, auffallend hübsch und anziehend, wie sie dasteht mit ihrem bauchfreien Shirt.

Sollte Gott hier und jetzt und gerade heute seine Gebete erhört haben?

Für seine Arbeit ist die Begegnung indessen nicht so produktiv. Immer wieder ertappt er sich dabei, wie er bemüht unauffällig zu der neuen Azubine rüberschielt. Wie attraktiv sie ist! Und ihre Art, die Augen aufzuschlagen! Echt damenhaft.

Ja, das ist ein passender Ausdruck für das Mädchen, findet er. Aber warum soll man nicht ein damenhaftes Mädchen heiraten dürfen?

Schon wieder bemerkt er, wie dieses Wesen unwillkürlich seine Blicke auf sich zieht. Otto-Karl muss sich zusammenreißen, ruft sich innerlich zur Ordnung. Mit unhörbarem Seufzen wendet er sich seinen deutlich unaufregenderen Statistiken zu.

Als die Neue in die Frühstückspause geht, fällt ihm auf, dass er selber eigentlich auch Hunger hat. Er überlegt kurz, hinter dem Mädchen herzugehen. Dann lässt er es klugerweise bleiben. Nicht, dass hinterher das halbe Büro über ihn lacht!

Er macht also seine Frühstückspause am Schreibtisch. Wie er es oft tut. Er sitzt am Schreibtisch und versucht zu beten. Soll er Gott danken für die junge Frau, die ihm über den Weg geschickt wurde?

Seltsamerweise klappt das mit dem Danken heute nicht so richtig. Komisch eigentlich. In seinem Leben hat er bisher die Feststellung gemacht, dass er vor Dank einfach nur so überströmt und übersprudelt, wenn Gott ihm etwas geschenkt hat. Aber jetzt kann er sich nur ganz schwer auf das Gebet konzentrieren. Immer wieder schiebt sich das Bild des Mädchens dazwischen. Ihres bloßen Bauchnabels. Des Augenaufschlags. Der engen Jeanshose.

Als die junge Dame mit einem ganzen Trupp anderer Auszubildender aus der Pause zurückkehrt, da muss er feststellen, dass sie jedem anderen genauso zulächelt wie ihm. Mit diesem Aufschlag der langen Wimpern.

Überhaupt die langen Wimpern. Die geben ihren Augen etwas Verschleiertes, Betörendes, Bezauberndes.

Während Otto-Karl noch seinen Gedanken nachhängt, bleibt das Objekt ebendieser Gedanken mit dem flatternden Ärmel des viel zu engen Shirts an einem Bildschirm hängen.

Er will aufspringen, helfen, springt auch wirklich auf, wirft dabei in einer ungeschickten Bewegung seinen Stuhl um, gerät selber ins Straucheln, stolpert über den Aktenstapel, den er vorhin aufgeschichtet hat, und fällt. Fällt auf den Boden, unter dem Gelächter sämtlicher im Büro Anwesender. Noch im Liegen hört er, wie sie über ihn lachen – am lautesten die Neue.

Langsam steht er auf. Nein, er hat sich nichts gebrochen und nichts verstaucht und auch sonst nichts getan. Dennoch ist er verletzt. Innerlich. Alle haben über ihn gelacht. Und am spöttischsten die, der er zu Hilfe eilen wollte.

Von einem Moment zum andern ist der Zauber vorbei, der Bann gebrochen. Nein, so eine ist nicht die Frau fürs Leben für ihn, das ist ihm sonnenklar, das muss ihm keiner mehr sagen. Für die Erkenntnis braucht er keine sichere Methode.

Kleinlaut setzt er sich wieder an seinen Schreibtisch. Seine Statistiken schauen ihm verständnislos entgegen. Oder ist es umgekehrt? Den Rest des Tages jedenfalls bringt er außer Vor-sich-hin-Brüten nicht mehr viel zustande.

Auch der schlimmste Arbeitstag geht einmal zu Ende. Auf seinem trübseligen Weg nach Hause geht Otto-Karl spontan am Gemeindehaus vorbei. Er bleibt mit prüfendem Blick vor den Blumenkübeln stehen. Irgendwie scheint ihm der momentane Zustand dieses Grünzeugs nicht ideal zu sein. Aber was läuft hier falsch? Und was ist die Ursache? Ratlos kratzt er sich am Kopf.

Zum Glück kommt Peter vorbei. Der schlaue Peter. Leutselig bleibt er stehen. »Was ist mit dir?«, fragt er. »Hast du Glaubenskämpfe auszufechten? Ich kann dir gerne zur Seite stehen.«

Otto-Karl schüttelt den Kopf. Glaubenskämpfe oder nicht, manche Art Hilfe kann er im Moment nicht so gut gebrauchen.

»Was ist es dann?«, bohrt Peter weiter. »Was ist dein Problem, dass du hier so stehst und nachdenklich vor dich hin starrst?«

Otto-Karl wird rot. »Diese Pflanzenkübel«, meint er und weist auf die kümmerliche Blumenpracht. »Was ist mit denen? Was muss ich da tun?«

Peter sieht ihn an und grinst ein Grinsen, das man schadenfroh nennen würde, wenn man nicht wüsste, dass Peter ein Mitbruder und Christ ist. »Ach ja, du bist ja jetzt für die Kübel zuständig! Ich bin zwar im Gegensatz zu dir weniger praktisch und mehr geistig veranlagt, aber ich will dir gern mit Rat und Tat zur Seite stehen. Hm, lass mal sehen … Also, ich vermute … natürlich, das ist es! Die müssen einfach mal gegossen werden, und zwar kräftig! Die haben Durst, die armen Blümchen! Also, lieber Mitbruder, ergreife

eine Gießkanne und tränke die lieben Pflänzchen, dann werden sie morgen wieder wohlauf sein und uns mit ihrer
Pracht erfreuen.« Spricht's und macht sich eilends davon.

Während Otto-Karl sich daranmacht, die welkenden
Wesen zu wässern, ergreift ihn ein Gefühl der Dankbarkeit.
Peter ist tatsächlich Fachmann auf allen Gebieten, das lässt
sich nicht leugnen. Sogar mit Pflanzen kennt er sich aus!

32

An den nächsten Tagen ist Otto-Karl noch wie betäubt von seinem Erlebnis mit der jungen Auszubildenden. Auf dem Weg zur Arbeit kommt er aus dem Grübeln kaum heraus. Ob Gott ihm damit vielleicht sagen wollte, dass er lieber eine reifere Frau heiraten solle?

Auf der Arbeit brütet er unproduktiv vor sich hin. Sein Abteilungsleiter bemerkt es mit Stirnrunzeln, sagt aber nichts.

Abends hockt er in seiner Dachbude und brütet weiter. Er hat keinen Hunger, zumindest nicht auf Dosen- und Tiefkühlkost. Als er später doch Hunger verspürt, erinnert er sich an seinen Schokoladenvorrat im Schrank und stopft nacheinander drei Tafeln in sich hinein.

Um sich zu bremsen, setzt er sich schließlich vor die Wassermühle, doch die Aussicht auf stundenlanges Grundieren lässt ihn resignieren, bevor er überhaupt anfängt. Apathisch schiebt er die Wassermühle beiseite.

Warum nur? Warum nur klappt überhaupt nichts im Moment? Warum findet er nicht, wonach sich alles in ihm sehnt? Warum erweist sich jede Spur, jeder Weg als Sackgasse?

In Gedanken lässt er die bisherigen Nieten seiner ganz persönlichen Frauentombola – warum ihm gerade dieser Vergleich in den Sinn kommt, weiß er auch nicht – Revue passieren. Der traurige Höhepunkt war diese Azubine, obwohl sie ihm zuerst wie ein Hauptgewinn vorkam.

Wer weiß, ob sie überhaupt volljährig ist! Die Option ist für ihn jedenfalls erledigt.

Andererseits: Warum hat Gott sie ihm überhaupt über den Weg geschickt? Warum muss er, Otto-Karl, mit dem freien Bauchnabel und den langen Wimpern konfrontiert werden, wenn diese durchaus interessante Ausstattung ohnehin nicht für ihn bestimmt ist?

Warum muss Gott ihm solche Umwege auferlegen, statt dass er ihm ganz einfach eine Frau vorbeischickt?

33

Irgendwann hat Otto-Karl genug von der nutzlosen Brüterei. Stattdessen nimmt er sich seinen Terminplaner vor. Vielleicht findet er doch etwas, was ihn ablenken könnte. Und tatsächlich: Die nächste Woche ist ausgefüllt mit Chorproben!

Richtig, das Konzert steht ja fast vor der Tür. Und mögen andere schimpfen über die Terminbelastung – Otto-Karl ist froh über die Ablenkung.

Er geht zu den Chorproben, lernt, seine Stimme beim Singen ganz weich zu machen oder so zu singen, als schnuppere er an einem Apfel. Er lässt das Zwerchfell hüpfen wie einen Flummi auf einem Trampolin und beherrscht schließlich sogar die schwierigen Stücke von Bach.

Und langsam, ganz langsam verliert er seine Angst vor dem Konzert und beginnt, sich auf den Auftritt zu freuen. Auf das Zusammensingen, darauf, seine Stimme in den anderen Stimmen aufgehen zu lassen, die wunderbare Musik zu hören, aber auch auf das Gemeinschaftserlebnis.

Herr Mewes ist übrigens so zufrieden mit seinem Chor, dass er das zusätzliche Probenwochenende für überflüssig erklärt.

Die Sonderproben vergehen viel zu schnell. Otto-Karl und der dicke Herr Paul sitzen nebeneinander, und wenn einer von beiden sich versingt, was meistens Herr Paul ist, dann grinsen sich beide verschwörerisch an und machen weiter.

»Sie müssen etwas lauter singen«, flüstert Herr Paul.

»Damit ich Sie besser hören kann. Sonst bin ich sofort wieder falsch.«

Otto-Karl schmunzelt. Kaum zu glauben, dass er zu etwas nütze ist im Chor!

In der Probenpause gesellen sich ein paar von den jungen Sopranistinnen zu den beiden. »Es ist ein Glück, dass wir Sie jetzt hier haben«, meint Frau Becker. Und Frau Schilling lacht: »Jetzt ist der Tenor schon doppelt so laut!«

»Und doppelt so sicher«, brummt Herr Paul.

Da freut sich Otto-Karl.

Dann ist der lang erwartete Samstagabend da. Das Konzert selber wird aufregend und sehr, sehr schön. Otto-Karl hat zwar seinen Anzug anziehen müssen und dabei festgestellt, dass er anscheinend dicker geworden ist, seitdem er ihn vor Jahren zum letzten Mal angehabt hat. Den ganzen Abend über hat er die leise Angst, der Hosenknopf könne abspringen. Er zieht den Bauch ein, aber auf Dauer ist das anstrengend.

Als Otto-Karl in das anfangs noch nicht sehr zahlreich vorhandene Publikum sieht, entdeckt er dort die drei Kinder von Frau Schilling. Der kleine Kai winkt ihm fröhlich zu. Otto-Karl winkt zurück.

Wie schön, dass die Kinder auch da sind! Otto-Karl sieht nach schräg vorne. Dort steht Frau Schilling. Sie sieht etwas gestresst aus. Ob sie wohl krank ist? Er ist besorgt.

Nach und nach wird der Raum voller. Eine gewisse Unruhe breitet sich im Chor aus. Lampenfieber. Otto-Karl sitzt im Tenor, also in der hinteren Reihe. So ist das. Die Damen sitzen vorne, die Männer hinten.

Amüsiert beobachtet er, wie die Frauenstimmen eine nach der anderen noch schnell auf die Toilette verschwinden.

Herr Mewes sieht auf die Uhr. Er gibt ein Zeichen. Ab jetzt bleiben alle hier. Herr Paul bietet Otto-Karl ein Hustenbonbon an.

Während er den Bonbon lutscht, lässt er seine Blicke durchs Publikum wandern. Die meisten Besucher blättern das Programmheft durch oder schwatzen mit ihren Nachbarn, einige sehen sich neugierig in der Kirche um. Ein paar Kinder laufen nach vorne und bestaunen die Musikinstrumente. Da steht auch der kleine Kai auf und läuft zu den Instrumenten. Seine Geschwister folgen ihm – wie sollte es anders sein.

Otto-Karl sieht, wie Frau Schilling ganz weiß im Gesicht wird. Aufgeregt gibt sie den Kindern Zeichen, auf ihre Plätze zurückzukehren. Doch die achten gar nicht auf sie.

Da wuchtet sich Otto-Karl von seinem Sitz. »Ich komme gleich wieder«, raunt er dem verwunderten Herrn Paul zu. Dann quetscht er sich durch die Reihen der Sänger und Sängerinnen, geht die Stufen hinunter bis zu dem kleinen Orchester, wo Kai mit großen Augen steht und ein Fagott anstaunt.

»Hallo!«, sagt Kai fröhlich, als Otto-Karl so plötzlich neben ihm auftaucht. »Guck mal, das komische Teil da!«

Otto-Karl nickt ernsthaft. »Das ist ein Fagott. Das hat eine ganz tiefe Stimme. Aber guck mal!« Er weist auf den Chor, auf Herrn Mewes, der unruhig in die Runde blickt, auf die Musiker, die bereits ihre Instrumente stimmen. »Die wollen gleich anfangen. Setz dich jetzt erst mal wieder auf deinen Platz. Nachher gibt es eine Pause, dann können wir uns bestimmt in Ruhe die Instrumente ansehen. Okay?«

Kai nickt. »Okay.« Dann kehrt er, wiederum gefolgt von seinen beiden Geschwistern, auf seinen Platz zurück.

Auch Otto-Karl eilt zurück an seinen Platz, quetscht sich zwischen den Geigern hindurch, an Herrn Mewes vorbei, der ihn mit einem anklagenden Blick bedenkt, macht sich so dünn wie möglich, um die Sopranistinnen nicht anzurempeln, und steht schließlich wieder, wo er hingehört.

Herr Paul grinst. Herr Mewes sieht noch einmal prüfend auf den Tenor und dreht sich um. Die Menschen werden still. Herr Mewes spricht ein paar einleitende Worte. Dann wendet er sich dem Chor zu, schneidet ein zuversichtliches Gesicht, fixiert die Geigen.

Das Konzert beginnt.

Es wird ein voller Erfolg.

34

Am nächsten Morgen schläft Otto-Karl lange. Der Wecker, obwohl auf eine spätere Uhrzeit gestellt, reißt ihn aus wilden Träumen voller Musik.

Unwillig schaltet Otto-Karl ihn aus, will sich umdrehen und noch ein bisschen weiterschlafen. Da fällt ihm mit Schrecken ein, dass er ja versprochen hat, die Stühle für den Gottesdienst umzustellen.

Unwillig quält er sich aus dem Bett, geht erst einmal unter die Dusche, um wach zu werden.

Leise summt er eine kleine Melodie vor sich hin. Ein Stück von der Tenorstimme einer Bachmotette.

Und doch ist da ein Gefühl von Wehmut, ja Traurigkeit tief in ihm drinnen.

Warum eigentlich? Das Konzert war doch ein Erfolg, insbesondere der Tenor hat sich wacker geschlagen und von Herrn Mewes viel Lob erhalten.

In der Pause war Otto-Karl nicht allein, sondern hat den Kindern die Instrumente gezeigt.

Und doch. Da war in der Pause dieser Tobias, der die ganze Zeit über selig mit seiner Miranda herumstand und offensichtlich, vielleicht auch etwas zu offensichtlich ihr gemeinsames junges Glück der Öffentlichkeit präsentierte.

Otto-Karl hat das wehgetan, er kann es nicht leugnen. Noch die Erinnerung daran schmerzt.

Tobias hat gefunden, was er, Otto-Karl, von ganzem Herzen sucht.

Natürlich gönnt er Tobias sein Glück. Was hätte er auch

davon, wenn der unglücklich wäre? Nein, er ist nicht missgünstig. Aber – ein ganz klein bisschen Neid entdeckt er trotzdem in sich.

Was soll er nur tun?

Hoffnungslosigkeit ergreift ihn. So lange quält er sich nun schon herum mit seiner Sehnsucht, seinen Fragen. Irgendwie funktioniert bei ihm keine der angeblich sicheren Methoden.

Peter fällt ihm ein. Ja, er wird nach dem Gottesdienst Peter fragen, das nimmt er sich fest vor.

Jetzt aber erst mal auf ins Gemeindehaus.

Fast will es ihm vorkommen, als bestehe das halbe Gemeindeleben aus dem Umstellen von Stühlen. Nach hinten für das Konzert, nach vorne für den Gottesdienst, in einen großen Kreis für die Andacht …

Und dann noch schnell ein paar Stühle um den Tisch für das anschließende Kirchencafé. Sonst macht das ja zurzeit keiner. Otto-Karl ist Realist. Er sieht nur einen Tisch vor.

Ausgerechnet heute bleiben nach dem Gottesdienst ganze Heerscharen zum Kirchenkaffee. Jedenfalls reicht der eine Tisch nicht aus. Kurz entschlossen ordnet Mike an, einen weiteren zu decken und noch Stühle zu holen.

Peter sieht sich mit hochgezogenen Augenbrauen um und fragt in die Runde, wer denn für diese Fehlplanung verantwortlich sei.

Zögernd meldet sich Otto-Karl.

Verwundert sieht Mike ihn an. »Ich dachte, dafür hätte sich Wilhelm gemeldet?«

Wilhelm erwidert Mikes Blick. »Wir werden es anpacken«, erklärt er. »Und wir sind auch schon auf einem guten Wege.«

Otto-Karl bringt Sitzgelegenheiten zum zweiten Tisch, während Peter Kaffee hereinbringt.

Endlich kann auch der unermüdliche Stühlesteller sich niederzulassen.

»Komm hierher, Freund und Bruder!«, ruft Peter ihm zu. Das ist dem gerade recht, denn mit Peter wollte er sowieso sprechen. Nur zu dumm, dass schon wieder Wilhelm neben ihm sitzt.

Nicht, dass Otto-Karl etwas gegen Wilhelm hätte ... Aber er ist manchmal doch etwas anstrengend.

Otto-Karl wendet sich also Peter zu. »Hör mal«, beginnt er. »Wenn bei einem Menschen überhaupt nichts klappt. Wenn seine Gebete nicht erhört werden, seine Bitten um Zeichen ebenfalls nicht ... Gibt es da eine sichere Methode?«

Peter legt die Hände zusammen. Er sieht an die Decke. Vermutlich betet er – oder er denkt immerhin nach.

»Es muss wahrhaftig etwas geschehen«, brummt Wilhelm.

Otto-Karl sieht erwartungsvoll auf Peter. Dem fällt bestimmt etwas ein. Er ist so klug!

Offensichtlich hat Peter genug überlegt – oder gebetet. Er richtet sich auf und sieht Otto-Karl an. »Die richtige Methode für dich«, bemerkt er, »die sichere Methode für dich ist eine Wüstenzeit. Eine Zeit des Verzichts und der Einkehr wird dich bereit machen, Gottes Willen zu erfahren. Das hat Tradition. Jesus hat eine Zeit in der Wüste gehabt, Johannes der Täufer ebenfalls. Sie macht offen und reif für größere Aufgaben.« Er nickt bekräftigend. »Genau das ist es, was dir fehlt.«

»Und genau das packen wir an«, erklärt Wilhelm ernsthaft. »Wir sind auf einem guten Weg.«

Otto-Karl überlegt kurz, inwiefern die Gemeinde im Moment eine Wüstenzeit anpackt. Höchstens was den krankheitsbedingt fehlenden Küster angeht, kann man im Augenblick von einer Zeit des Verzichts sprechen.

Lina und Kai Schilling unterbrechen seine Gedanken. Mit ernsthaften Gesichtern stehen sie auf einmal neben ihm. »Du …«, beginnt Lina.

Otto-Karl lächelt. Die Kinder hat er gerne. »Was ist?«

»Der Kai behauptet, du hättest das lange Ding Kompott genannt.«

Otto-Karl braucht eine ganze Weile, bis er begriffen hat, wovon die Kinder sprechen. Dann aber lacht er. »Das lange Instrument mit den tiefen Tönen heißt Fagott. Das haben wir uns gestern zusammen angesehen. Wenn ich eines zu Hause hätte, würde ich es mal mitbringen, um es euch zu zeigen.«

Kai sieht Otto-Karl an. »Worüber habt ihr eben geredet?«

Otto-Karl muss selber schon überlegen. Ging es nicht um Johannes den Täufer in der Wüste?

»Über Johannes den Täufer«, murmelt er. »Wie der in der Wüste war.«

»Kenn ich!«, ruft Lina dazwischen. »Da hat er Heuschrecken und Honig gegessen!«

»Heuschrecken!« So weit hat er noch gar nicht gedacht. Wozu will Peter ihn da überreden?

»Und dann hat er angefangen zu taufen«, bemerkt Berta, die inzwischen hinzugekommen ist. »Er hat so spannend gepredigt, dass die Leute alle zu ihm gekommen sind. Und dann hat er sie getauft.«

Otto-Karl nickt. »Ja, stimmt.« Aber es ist doch wohl nicht Gottes Wille, dass er jetzt anfängt, zu predigen und Leute zu taufen!

»Magst du keine Heuschrecken?« Kai sieht ihn neugierig an.

Otto-Karl schneidet eine Grimasse. »Ich habe noch keine probiert. Aber ehrlich gesagt finde ich schon den Gedanken daran etwas gewöhnungsbedürftig.« Er schüttelt sich.

Die Kinder lachen.

Kai zieht Otto-Karl hoch. »Es sind noch Waffeln da«, meint er. »Die sind besser als Heuschrecken.«

35

Auf dem Heimweg schämt sich Otto-Karl. Da rät ihm Peter zu einer persönlichen Wüstenzeit. Egal, ob mit oder ohne Heuschrecken – aber jedenfalls sicherlich mit Fasten und Verzicht. Und was tut er, Otto-Karl, als Allererstes? Er isst Schokoladenwaffeln!

Doch das wird ab jetzt anders werden! Von jetzt an wird gefastet! Okay, eine Tasse Tee am Tag wird er wohl noch trinken dürfen – oder besser Kaffee. Ohne den wird er morgens nämlich nicht wach.

Zur Ehre Gottes will er es tun und um ihm innerlich näher zu kommen. Damit er Gottes Willen für sich erkennt und damit er endlich auch eine, seine Frau findet.

Gleich heute Mittag wird er anfangen. Statt sich eine Fertigpizza aufzubacken, wird er nur Leitungswasser trinken. Und vielleicht einen Kaffee.

Entschlossen steigt er die Treppe zu seiner Wohnung hoch.

Nachdem er die Tür hinter sich zugezogen hat, sieht sich in seiner Dachbude um. Was soll er nun tun, anstatt zu essen? Irgendwie muss er sich ja beschäftigen: Die zweite Tageshälfte will sinnvoll ausgefüllt werden.

Dahinten steht die Wassermühle, genauer gesagt: liegen ihre Einzelteile und sehen ihn anklagend an.

Viel zu lange schon hat er das Ganze vor sich hergeschoben! Aber es ist natürlich auch eine elende Beschäftigung, jedes einzelne Teil zu grundieren. Man müsste einen Weg finden, eine sichere Methode, mit der man schneller zum Ziel kommt. Einen Trick sozusagen.

Er kratzt sich am Kopf. Er überlegt. Er geht an seinen Werkzeugschrank. Hier müsste noch … ja, da ist sie. Die Sprühdose mit Farbe. Ob man nicht einfach die Teile damit einsprühen könnte? Dann wären sie alle auf einmal grundiert, und das in einem einzigen Arbeitsgang.

Zögernd nimmt er die Dose in die Hand. Das wäre doch einmal was Neues! Er deckt den Tisch mit Zeitungspapier ab, schichtet die Einzelteile darauf. Und dann sprüht er. Wie schnell das geht! Danach hat er noch richtig viel Zeit, zu lesen und mit der Mutter zu telefonieren. Immerhin für Wassermühlen hat er eine sichere Methode gefunden! Otto-Karl wirft einen liebevoll-stolzen Blick auf die grundierten Teile, dann schlägt er die Bibel auf. Er will unbedingt noch über Johannes den Täufer nachlesen.

Ja, Johannes der Täufer muss ein interessanter Mann gewesen sein, stellt Otto-Karl fest.

Cousin von Jesus und einziger Sohn des Priesters Zacharias und seiner Frau Elisabeth. Bestimmt hat er eine gute Bildung genossen. Bestimmt waren seine Eltern fromme und gebildete Leute.

Und dann wurde er ja von Kind an besonders geheiligt. Er durfte keinen Alkohol trinken. Und in der Bibel steht, dass er schon als Kind stark im Heiligen Geist wurde. Er muss ein besonderes Kind gewesen sein.

Aber darüber steht nun nicht so besonders viel in der Bibel. Um genau zu sein: überhaupt nichts. Johannes taucht erst als Erwachsener wieder auf. In der Wüste.

Warum nun Johannes in der Wüste war, darüber kann Otto-Karl nur spekulieren. Wahrscheinlich kannte er seinen Auftrag und wollte sich darauf vorbereiten. Oder er wusste zumindest, dass da ein Auftrag auf ihn wartete, und wollte erfahren, wie er lautete, und sich darauf vorbereiten. Eine Zeit in der Einöde, ohne Kontakt zu anderen Menschen, ohne Komfort, bei sehr überschaubarem Speiseplan: Das muss einen Menschen wohl auf sich selbst zurückwerfen. Und auf Gott.

Wie die Geschichte weitergeht, weiß jedes Kindergottesdienstkind. Johannes beginnt zu predigen, tauft zahlreiche Menschen, bereitet sie auf das Kommen des Messias vor. Wird schließlich verhaftet und umgebracht.

Aber das ist nicht der Punkt, der Otto-Karl jetzt interessiert. Ihn interessiert jetzt nur der Johannes mit dem Kamelhaarmantel in der Wüste, der sich von Heuschrecken und wildem Honig ernährt und betet.

Wenn Johannes auf diese Art Gottes Willen erfahren hat, dann muss es doch bei Otto-Karl auch funktionieren. Eine Methode also mit begründeter Aussicht auf Erfolg.

Endlich scheint er auf dem richtigen Weg zu sein.

Früh geht er an diesem Abend zu Bett. Zugegeben, er hat mittlerweile mächtig Hunger, doch er widersteht heldenhaft der Versuchung zu essen. Stattdessen zwingt er sich zu schlafen. Und er schläft tatsächlich schnell ein. Im Traum zwingt ihn jemand, Heuschrecken in Tomatensoße zu essen.

36

Auch eine unruhige Nacht geht einmal zu Ende. Nicht wirklich erholt, kommt er am nächsten Morgen nur schwer aus dem Bett.

Sein erstes Gefühl ist Hunger. Ein mörderischer Hunger. Doch er will nicht versagen, nicht schon wieder. Wenigstens das Fasten muss gelingen! Gott soll sehen, wie ernst er es meint!

Jesus hat gefastet, Johannes hat gefastet, Propheten haben gefastet – alle für Gott. Da muss er, Otto-Karl, doch auch mal ohne Frühstück auskommen!

Er kocht sich nur schnell einen Kaffee, trinkt, während er in die Zeitung guckt, und macht sich dann auf den Weg. An der Haltestelle bemerkt er, dass er viel zu früh an der Bahn ist. Kein Wunder, hat er doch die Zeit für das Frühstück gespart.

Merkwürdig, der Brötchenduft aus der nahe gelegenen Bäckerei ist ihm sonst nie besonders aufgefallen. Heute will er ihn perfide in Versuchung führen. Otto-Karl kämpft einen heroischen Abwehrkampf.

Die rasche Ankunft einer Bahn erlöst ihn fürs Erste. Er fährt in die Firma, geht ins Büro. Ihm ist ein bisschen mulmig zumute, daher setzt er die Kaffeemaschine in Gang. Mit einem Kaffee im Magen wird einem nicht so leicht flau.

Dann macht er sich an die Arbeit.

Nach einer Weile spricht ihn Kollege Bert an, der ihm gegenübersitzt. »Ist dir nicht gut?« Die Frage klingt besorgt.

Otto-Karl sieht auf seine Finger. Sie zittern deutlich. Ihm

ist schwindelig, fast übel, wenn er ehrlich ist. »Doch, geht«, murmelt er. Er wird noch eine Tasse Kaffee trinken, das wird helfen.

Er steht auf, fühlt, wie ihm im Aufstehen die Beine wegsacken.

Er kann sich gerade noch auf seinen Stuhl zurücksetzen, legt den Kopf auf die Arme, die Arme auf den Schreibtisch. Alles dreht sich, er hat das Gefühl, durch Watte zu hören.

Nur gedämpft bekommt er mit, wie irgendjemand aufspringt. Jemand anderes fühlt seinen Puls. Jemand Drittes flößt ihm etwas zu trinken ein.

Wie gut das tut! Er trinkt und trinkt, als hätte er nie so etwas Gutes getrunken. Gar nicht süß, eher würzig.

Langsam kommt er wieder zu sich.

Er sieht sich um. »Was war das denn?«, murmelt er mit schwerer Zunge. Um ihn herum stehen mehrere Kollegen, selbst die junge Auszubildende schaut besorgt. Es fällt ja auch nicht jeden Tag ein Kollege um.

Auf Otto-Karls Schreibtisch steht eine leere Colaflasche.

»Du warst unterzuckert«, stellt Kollege Rauch sachkundig fest. »Total unterzuckert. Bist du Diabetiker?«

Otto-Karl schüttelt den Kopf. Diabetiker ist er nicht. »Kann das, kann das vielleicht daher kommen, dass man nichts gegessen hat?«, fragt er den sachkundigen Kollegen.

Der nickt. »Kann sein. Je nachdem, wie lange du nichts gegessen hattest. Und wie empfindlich du bist.«

»Seit gestern Mittag«, murmelt Otto-Karl.

»Wohl auf Diät, was?«, grinst Rauch. »Aber so eine Nulldiät, die darfst du nur unter ärztlicher Aufsicht machen, weißt du?«

Otto-Karl nickt. Dann gönnt er sich eine Pause und kauft

sich ein Schinkenbrötchen. Und eine Ersatzcola für den Eigentümer der ihm eingeflößten Flasche.

Während er mit gesundem Appetit seinen Imbiss verspeist, denkt er nach. Darf man das? Darf man in Wüstenzeiten unterzuckert sein und dann mit Freude ein Brötchen essen?

In der Wüste gibt es keine Brötchen. Einerseits.

Andererseits wäre es schwierig für ihn, hier auf die Schnelle ein paar gegrillte Heuschrecken herzubekommen.

Die eigentliche Frage ist doch: Wozu dient eine Wüstenzeit? Hat nicht Peter von verschiedenen Arten von Wüstenzeiten gesprochen?

Heute Abend nach der Arbeit wird er es in der Bibel nachlesen, das nimmt er sich fest vor.

37

Und tatsächlich nimmt sich Otto-Karl abends die Bibel vor und forscht zum Thema Wüstenzeit. Seine Ergebnisse lassen sich in aller Kürze wie folgt zusammenfassen:

Jesus wollte sich auf seine Zeit als Wanderprediger und Heiler vorbereiten, seine aktive Zeit sozusagen. Er hat anscheinend wirklich nichts gegessen, und als der Teufel mit drei Versuchungen an ihn herantrat, war eine davon die Aufforderung, sich Brot zu verschaffen.

Johannes hat sich auf seine Zeit als Täufer vorbereitet. Er hat Heuschrecken und wilden Honig gegessen.

Der Prophet Elia hat sogar von einem Engel Brot gebracht bekommen, als er in der Wüste war.

Otto-Karl schüttelt verständnislos den Kopf: Das verstehe, wer will! Wieso werden die Leute denn so unterschiedlich behandelt?

Der eine bekommt gar nichts, der andere Heuschrecken, der dritte Brot. Otto-Karl widersteht der Versuchung, sich eine Pizza warm zu machen, und ruft stattdessen seine Mutter an.

»Was tust du, Mutter«, fragt er, »wenn du Gott und deiner Bestimmung näher kommen willst?« Er lauscht angespannt in den Hörer. »Fastest du dann?«

Stille in der Leitung. Schon glaubt er, seine Mutter habe ihn vielleicht nicht verstanden oder sie wolle nicht darüber sprechen. Kann ja sein. Er überlegt, ob und wie er das Thema wechseln soll.

Doch da antwortet sie: »Ach, weißt du, das hat sich geändert mit der Zeit. Was in der einen Situation richtig sein mag, kann in der anderen abgrundtief falsch sein. Wenn ich jetzt noch fasten würde, würde ich wahrscheinlich gleich zusammenbrechen. Ich bin ohnehin viel zu dünn, hat mir mein Hausarzt versichert.«

Sie macht eine kleine Pause.

»Lange Zeit war es für mich dran, mich intensiv mit Gottes Wort zu beschäftigen. Allein, in der Bibelstunde, in verschiedenen Gemeindeveranstaltungen. Sooft es ging, habe ich Gemeinschaft mit Glaubensgeschwistern gesucht. Das hat mich meistens weitergebracht.«

Sie seufzt kaum hörbar. »Heute klappt das nicht mehr so gut. Ich bin ja immer darauf angewiesen, dass der Rollstuhlbus kommt. Aber viel in Gottes Wort lesen und viel beten, besonders für andere, das tue ich immer noch. Gerade dann, wenn ich mal wieder das Gefühl habe, es will sich so eine laue Routine einschleichen.«

»Danke«, sagt er. Und schweigt eine Weile. Dann fragt er, was ihm gerade jetzt besonders auf dem Herzen liegt: »Betest du auch für mich?«

»Aber sicher doch. Für dich und Kläre bete ich besonders oft.«

Noch lange denkt er über das Telefongespräch nach. Er ist gerührt, dass seine Mutter im Gebet an ihn denkt. Und er fühlt sich plötzlich von Liebe getragen, mit Liebe umfangen.

Was seine Mutter aus ihrer langen Lebenserfahrung heraus zur Frage »Wie komme ich Gott näher?« geäußert hat, bewegt und beschäftigt ihn. Vielleicht ist es für ihn wirklich falsch, angestrengt zu fasten. Sollte seine Wüstenzeit nicht vielmehr individuell auf ihn zugeschnitten sein? Möglicherweise bringt ihn etwas ganz anderes Gott näher. Vielleicht sollte er das tun, was die Mutter gemeint hat: Gemeinschaft suchen mit Glaubensgeschwistern.

Er kramt nach dem Gemeindebrief und findet ihn endlich unter den Chornoten. Das Heft hat bereits einen Wasserfleck, offensichtlich wurde es zwischenzeitlich mal als Unterlage für die Kaffeetasse zweckentfremdet.

Hektisch blättert Otto-Karl nach den Veranstaltungen. Aha, da ist die richtige Seite.

Sein erster Blick fällt auf die Ankündigung des Altennachmittags. Sehr schön, bei so einem Nachmittag hat er doch schon einmal ausgeholfen und seine Sache nicht schlecht gemacht, das hat sogar Elli gesagt und die muss es wissen. Er wird mit ihr sprechen, vielleicht kann sie ihn wieder gebrauchen.

Dann gibt es einen Ausflug der Frauengruppe. Nun ja, das muss er sich nicht angesprochen fühlen.

Die Bibelstunde! Da war er früher regelmäßig, nur ist er in letzter Zeit meistens zu faul oder zu erschöpft gewesen abends. Da könnte er wieder mal hingehen. Gute Idee!

Leider trifft sich die Bibelgruppe nicht heute, sondern an einem anderen Wochentag. Heute findet gar keine Gemeindeveranstaltung statt.

Was soll er nun mit dem angebrochenen Abend machen? Wenn das Wetter schöner wäre, warm und trocken, könnte man einen Spaziergang machen. Andererseits müsste man, wenn es trocken wäre, nach den Blumenkübeln bei der Gemeinde sehen, ob sie Wasser brauchten, und könnte also nicht einfach so planlos in der Gegend herumspazieren.

Andererseits: Muss man nicht auch bei nassem Wetter nach den Kübeln sehen? Dass sie nicht im Regen ertrinken?

Er zieht sich eine geeignete Jacke über und macht sich auf den Weg. Als er zum Gemeindehaus kommt, gilt sein erster Blick den Kübeln. Aber wie sehen die Pflanzen inzwischen aus! Braun stehen sie im Wasser, die Blumenerde ist ein einziger Matsch. Otto-Karl blickt nach oben in den grauen Himmel, der unaufhörlich seinen nassen Segen herunterschüttet. Zu viel des Guten ist auch nicht gut.

Unerwartet taucht Peter auf. Er hat vom erkrankten Küster die Schaukastengestaltung übernommen, wie Otto-Karl letztens mitbekommen hat. Peter stellt sich vor den Schaukasten und betrachtet ihn kritisch. »Die Daten sind nicht aktuell«, kritisiert er stirnrunzelnd. Dann wendet er sich Otto-Karl zu. »Deine Blumenkübel sind auch in einem bedauernswerten Zustand«, erklärt er. »Du hättest dich wahrhaftig besser um sie kümmern müssen.«

Otto-Karl nickt schuldbewusst. »Was den Pflanzen wohl fehlt?«

Peter stochert mit dem Zeigefinger fachmännisch in der Erde. »Dünger«, stellt er fest. »Diese Pflanzen brauchen Dünger, so viel ist klar.«

Otto-Karl sieht ihn bewundernd an. Peter hat wahrhaftig von allem Ahnung! »Ich werde so bald wie möglich welchen besorgen«, verspricht er und verabschiedet sich.

Allerdings hat er keine große Lust, jetzt noch mit dem Auto zum Gartencenter zu fahren. Eine Flasche Dünger kann er ja mal während der Mittagspause in der Stadt besorgen, in irgendeinem Blumengeschäft.

Was er ein paar Tage später auch macht. Die teuerste Sorte kauft er. Für die Gemeinde ist das Beste gerade gut genug!

38

Für diese Woche hat sich Otto-Karl einiges vorgenommen.

Als erste Gemeindeveranstaltung besucht er die Chorprobe, ein inzwischen vertrauter Termin für ihn. Diesmal wird nicht gesungen beziehungsweise nur wenig. Man sitzt zusammen und feiert den Erfolg des Konzerts.

Neben ihm sitzt Tobias, der heute merkwürdigerweise allein ist und finster vor sich hin brütet.

Obwohl Otto-Karl dem Mitsänger in letzter Zeit nie unbefangen gegenübertreten konnte, aus nur ihm bekannten Gründen, tut ihm Tobias leid. So mürrisch und stumm ist dieser sonst nie.

»Ist etwas mit dir?«, fragt Otto-Karl Anteil nehmend.

Tobias seufzt. »Beziehungsprobleme«, murmelt er.

Otto-Karl nickt. Aha. Beziehungsprobleme. Vermutlich mit Miranda. Hm. Was kann man da jetzt Hilfreiches sagen?

Ratlos und Hilfe suchend blickt Otto-Karl auf. Ihm gegenüber sitzt Frau Schilling, die zufällig gerade jetzt ebenfalls zu ihm hersieht.

Sie lächelt ihm aufmunternd zu.

Er wendet sich verlegen ab. »Willst du erzählen?«, fragt er seinen Tischnachbarn.

Der schüttelt erst den Kopf, bevor er nach einigem Zögern nickt: »Ja.« Und dann erklärt er Otto-Karl, es verstehe keiner die Weiber und überhaupt sei man selber schuld, wenn man sich mit ihnen abgebe.

Otto-Karl ist sprachlos. Selbst ihm ist klar, nicht erst seit dem letzten Besuch bei seiner Schwester, dass es in Beziehungen auch Probleme gibt. Dass daran gearbeitet werden muss. Dass man selber zurückstecken muss.

Jeder muss zurückstecken. Auch Otto-Karl müsste zurückstecken. Zum Beispiel bezüglich seiner Junggesellenwirtschaft. Die würde er im Falle einer Heirat natürlich nicht aufrechterhalten können. Das ist ihm klar.

Aber dass man so unzufrieden mit und in einer Beziehung sein kann! Wo man doch froh sein sollte, einen Partner zu haben!

Sicher, soundso viele Beziehungen gehen in die Brüche, das weiß auch er. Aber wenn er selber eine Freundin hätte und sich irgendwann mal so fühlen würde wie Tobias jetzt – mit wem würde er darüber sprechen? Mit dem nächstbesten Sitznachbarn beim Chorabend? Er schüttelt den Kopf.

»Wieso?«, fragt Tobias irritiert. »Findest du nicht?«

Otto-Karl hat nicht zugehört. Er weiß nicht, von welcher Aussage Tobias meint, dass er sie verneint habe. »Ich weiß nicht«, murmelt er vage.

»Ich auch nicht«, brummt Tobias. Und schenkt sich ein weiteres Glas Wein ein. »Du auch?«

Otto-Karl schüttelt den Kopf. Ein Glas reicht. Er macht sich auf den Heimweg. In seine Bude. In der es immerhin keine Beziehungsprobleme gibt.

Als er seine kleine Wohnung betritt, atmet er tief durch. Vorsichtig zieht er die Tür hinter sich zu. Er sieht sich in seinem kleinen Reich um. Hier die Küchenzeile, dort das Bett, dahinten der Tisch mit den Modellbauteilen, dort das Regal mit den fertigen Modellen, da das Sofa mit dem niedrigen Tisch.

Trotz des leichten Chaos fühlt er sich wohl und heimelig hier.

Und dennoch! Er würde sofort, ohne zu überlegen, darauf verzichten, wenn er sie endlich finden würde, die ihr Leben mit ihm teilen wollte. Wo bleibt sie nur?

Am folgenden Donnerstag ist Termin Nummer zwei: Otto-Karl geht zum Altennachmittag. Diesmal übrigens rechtzeitig.

Er bekommt neben der Aufgabe, Stühle zu stellen, Brötchen zu schmieren und die Tische zu decken, von Elli noch einen humorvollen Text in die Hand gedrückt, den er vorlesen soll.

»Warum soll ich das vorlesen?«, wundert er sich.

»Ich bin heiser«, krächzt Elli. »Und Mike ist im seelsorgerlichen Gespräch. Der kann auch nicht.«

Otto-Karl nickt. Zum Vorlesen ist er nicht geboren, da könnte er sich Schöneres vorstellen. Aber wenn es denn nun sein soll …

So schlecht liest er übrigens wohl gar nicht vor, denn etliche ältere Damen und Herren bedanken sich hinterher bei ihm.

Ansonsten tut er wieder das, was er auch beim letzten Mal getan hat. Er hilft Damen in den Mantel oder aus der Strickjacke, er organisiert koffeinfreien Kaffee und Käsebrötchen und einmal bindet er einem Herrn die Schuhe neu.

Als er nach Hause kommt, empfindet er ein Gefühl tiefer Befriedigung. Womöglich hat seine Mutter recht und man kommt Gott wirklich näher durch solche Veranstaltungen. Vielleicht ist das der Weg.

40

Durch seine Erlebnisse im bisherigen Wochenverlauf ermutigt, macht sich Otto-Karl auch am nächsten Abend auf – zur Bibelstunde.

Fast kommt er sich vor wie der verlorene Sohn bei seiner Heimkehr. Peter und Frau Hedderich begrüßen ihn wie einen lange vermissten Freund, während eine ihm unbekannte junge Dame ihn aus großen, verwunderten Augen ansieht. Einen Augenblick später bietet sie ihm einen freien Platz an ihrem Tisch an.

Sein Herz schlägt schneller. Sollte sie es etwa sein …?

Ihm wird ganz heiß. Dann wäre er die ganze Zeit über selber schuld gewesen, dass er sie bisher nicht kennen gelernt hat! Durch sein sträfliches Fernbleiben von der Bibelstunde!

Ehe er diesen niederschmetternden Gedanken vertiefen kann, eröffnet Mike die Bibelstunde mit einem Gebet. Mit einem Gebet um innere Sammlung und darum, dass die Bibel heute zu ihnen sprechen möge.

Otto-Karl schämt sich. Wie konnte er schon wieder nur an Frauen denken, wo es doch um Gottes Wort geht!

Mike liest die Bibelstelle vor, die er ausgewählt hat. Zurzeit nehmen sie die Psalmen durch. Heute ist Psalm 22 dran, und als Otto-Karl dem Text lauscht, wird ihm ganz anders.

Ist das etwa die Botschaft für ihn an diesem Abend? Will Gott ihm sagen, dass er demnächst ein Wurm und kein Mensch mehr ist? Dass er sich seelisch darauf vorbereiten soll, ausgeschüttet wie Wasser zu sein, mit einem Herzen wie zerschmolzenes Wachs? Dass er seine Knochen einzeln wird zählen können? Vielleicht durch einen schweren Autounfall?

Otto-Karl sinkt in sich zusammen. Wenn es so ist, dann sieht es schlecht aus für ihn. Bis jetzt ging es ihm eigentlich ganz ordentlich, er kam gut über die Runden. Er ist anspruchslos und zufrieden vom Naturell her. Wenn er sich also bald so elend fühlen sollte, muss das schlimme Ursachen haben.

Vielleicht wird er todkrank; oder jemand, den er lieb hat. Vielleicht verliert er seine Arbeitsstelle. Vielleicht …

Und das Schlimmste: Die Erfüllung seines Herzenswunsches wird er sich jedenfalls abschminken können.

Er seufzt. Aber es hilft nichts. Was kommen wird, wird kommen. Er sollte sich jetzt nicht so ablenken lassen. Er sollte aufpassen. Sich wenn möglich beteiligen. Er ist schließlich nicht in die Bibelgruppe gekommen, um trübsinnigen Gedanken nachzuhängen.

Und überhaupt: Wer sagt eigentlich, dass die Bibelstunde als prophetische Schicksalsstimme zu verstehen ist?

Otto-Karl beruhigt sich langsam wieder.

Mike liest gerade den nächsten Abschnitt vor. Die Bitte um Hilfe ist es, die der Psalmist an Gott richtet.

Ja, das ist so. Gott sollte man um Hilfe bitten, nur ihn. Sich nicht auf Menschen oder andere irdische Dinge verlassen. »Auf Gott allein will hoffen ich.« Hieß nicht ein Liedvers so?

Er kramt in seinen Gedanken, bis ihm die Melodie wieder einfällt. Leise summt er vor sich hin.

Mike sieht ihn an und räuspert sich.

Otto-Karl zuckt zusammen. »Ich meinte nur … weil der Text doch gerade so gut passt«, stottert er.

Mike lächelt gütig. »Ist schon okay. Wir können den Kanon gern als Abschlusslied singen. Aber im Moment wollen wir uns noch ein bisschen konzentrieren. Sonst summt nachher jeder vor sich hin …«

Alles lacht. Otto-Karl ist erleichtert. Anscheinend ist ihm keiner böse.

Umso besser will er jetzt aufpassen, das nimmt er sich fest vor.

Mike liest weiter. Der Psalmist lobt trotz allem Gott, hört Otto Karl. Nun ist das im Grunde nicht verwunderlich, das ist ja sozusagen sein Beruf. Und im Übrigen sollte dies jeder tun.

Aber in dem Zusammenhang findet Otto-Karl es doch beachtlich. Erst klagt der Psalmist, wie schlecht es ihm gehe. Und dann bricht er in ein Gotteslob aus, das seinesgleichen sucht.

»Wie würdet ihr das beschreiben, was in diesem Text steht?«, fragt Mike. »Was löst er in euch aus?«

»Lobpreis«, platzt es auch Otto-Karl heraus. »Einfach so. Obwohl Gott noch gar nicht geholfen hat.«

Mike nickt. Er wendet sich den anderen zu, wartet auf deren Antworten.

Und Otto-Karl hört schon nicht mehr zu. Lobpreis. Obwohl Gott noch gar nicht geholfen hat. Ob es das ist, was ihm in letzter Zeit gefehlt hat?

Gott loben und preisen, anstatt ihn zwingen zu wollen? Ob das die sichere Methode sein könnte?

Lange noch denkt er an dem Abend darüber nach.

41

Am nächsten Morgen fühlt sich Otto-Karl wie gerädert. Er bleibt eine Weile im Bett liegen – zum Glück ist Samstag –, versucht zu beten, wird durch seinen eigenen knurrenden Magen gestört, steht auf, rasiert sich, macht sich fertig, kocht erst einmal einen Kaffee.

Mit der Tasse setzt er sich vor seine Bibel und schlägt sie auf. Er braucht jetzt eine Ermutigung, wirklich.

Und was findet er? »Alles hat seine Zeit.«

Toll. Traurig sein hat seine Zeit, fröhlich sein hat seine Zeit.

Es wäre nur nett, wenn die Zeit zum Fröhlichsein irgendwann einmal anbrechen würde!

Otto-Karl wagt es noch nicht einmal, Gott zu sagen, dass er zuhört. Noch so ein Desaster wie letztens würde er heute Morgen nicht ertragen. Nur einen kleinen Stoßseufzer bringt er hervor heute: »Bitte, Herr, gib sie mir doch endlich!«

Er blättert ein wenig in der Bibel herum, trinkt seinen Kaffee.

Sein Magen knurrt immer noch, also schmiert sich Otto-Karl ein Butterbrot und isst mechanisch.

Dann steht er auf, macht den Abwasch, sieht frustriert in die Ablage, die von Chornoten verstopft ist. Er wird sich endlich einen weiteren Hefter kaufen müssen!

Um nicht völlig in Depression zu versinken, beschließt er, an die frische Luft zu gehen. Er nimmt seine Jacke und verlässt die Wohnung. Und wie es so ist, geht er zum Gemeindehaus hinüber. Er könnte ja schon einmal nachsehen, ob alles bereit ist für den Küsterdienst morgen.

Schon von Weitem fällt ihm zweierlei vor dem Gemeindehaus ins Auge. Erstens die Blumenkübel. Die inzwischen halb verrotteten Gewächse in den Kübeln. Und er hat den Dünger schon wieder zu Hause vergessen!

Überhaupt hat er seine Pflanzenpflegepflicht schändlich vernachlässigt. Gut, den Dünger hat er gekauft. Aber alles andere: schlicht und einfach vergessen über seinen eigenen Problemen. Schämen sollte er sich!

Er macht sich bittere Vorwürfe, dass er sich nicht eher darum gekümmert hat. Ob sich die Blumen wohl noch einmal erholen? Wenn er jetzt ganz, ganz schnell nach Hause läuft? Und dann wieder ganz, ganz schnell zurückkommt und ihnen ganz, ganz viel Dünger gibt?

Irgendwie wagt er es kaum zu glauben angesichts des traurigen Zustands der Pflanzen.

Das Zweite aber, was ihm auffällt, ist Frau Schilling, die vor dem Schaukasten steht. Sie sieht irgendwie ratlos aus, findet er.

Und da die Blumen jetzt schon so lange unversorgt sind, dass es egal ist, ob sie noch ein paar Minuten länger warten müssen oder nicht, tritt er vorsichtig auf Frau Schilling zu.

»Guten Morgen«, sagt er.

»Oh, guten Morgen«, antwortet Frau Schilling, die ihn gar nicht bemerkt hat.

Eine Weile stehen sie schweigend da und sehen den Schaukasten an. Die enthaltenen Informationen sind nicht sehr aktuell, wie Otto-Karl feststellen muss.

Frau Schilling seufzt. »Ich kann es einfach nicht.«

»Wie bitte?«, fragt er entgeistert. Und fügt schnell hinzu: »Ich meine: Kann ich Ihnen irgendwie helfen?«

Mutlos schüttelt Frau Schilling den Kopf. »Nein, das ist zu viel Aufwand. Das kann man keinem zumuten. Ich werde mich wohl oder übel aufraffen müssen, um es wenigstens notdürftig zu erledigen.«

»Aber was?«

»Nun, diesen Schaukasten zu aktualisieren.«

»Aber warum müssen Sie das denn machen?«, erkundigt er sich verblüfft. Ist das nicht eigentlich Aufgabe des Küsters beziehungsweise seiner Krankheitsvertretung? Hat sich nicht Peter bereit erklärt, den Dienst zu übernehmen?

»Nun«, meint Frau Schilling schulterzuckend, »Peter konnte nicht, weil er gerade viel zu beschäftigt ist, und da hat er mich angerufen und irgendwie … Ich konnte ihn doch nicht hängen lassen.« Sie sieht Otto-Karl hilflos an.

Der grinst etwas schräg. »Die Sache mit dem Schaukasten ist nicht optimal, das stimmt. Aber wenn Sie wüssten, was ich für einen Job erwischt habe und wie ich darin versagt habe …«

Verwundert sieht Frau Schilling ihn an. »Sie können etwas nicht? Sie können doch alles. Englisch, Tenor singen, einfach alles!«

Otto-Karl grinst noch schräger. »Leider kann ich Sie wirkungsvoll widerlegen. Betrachten Sie bitte einmal die Blumenkübel!« Er weist mit der Hand auf die erbarmungswürdigen Gewächse.

»Ja, das sieht wirklich nicht gut aus«, meint Frau Schilling kopfschüttelnd. »Wer wohl dafür zuständig ist?«

»Ich.«

»Sie?« Frau Schilling scheint es nicht recht fassen zu können. Prüfend sieht sie ihn an.

Was Otto-Karl ziemlich verunsichert. Was sie wohl denkt? Ob sie immer noch böse ist wegen der Zuckerwatte? Ob er sich vielleicht entschuldigen sollte?

»Entschuldigen Sie …«, stammelt er aufs Geratewohl.

Frau Schilling lacht.

Seine Verunsicherung verdoppelt sich.

»Wissen Sie was?«, meint sie. »Ich habe da so einen Einfall.«

»Und … der wäre?« Er bemüht sich, Haltung zu bewahren.

»Seien Sie mir nicht böse. Und sagen Sie es einfach, wenn Sie nicht einverstanden sind. Ich will Sie nicht mit diesem dummen Schaukasten überrumpeln. Und wegen der Blumenkübel, das war nicht so … Ich weiß nicht, wie ich es sagen soll …«

Otto-Karl ist verwirrt. Was war jetzt der Einfall? Hat er etwas überhört?

»Wie bitte meinten Sie?«, fragt er schließlich. »Ich kann Ihnen natürlich mit dem Schaukasten helfen. Lassen Sie mal überlegen. Also, die Termine sind nicht mehr aktuell. Der Zettel mit den neuen liegt sicherlich im Büro. Aber wir müssten den Kasten auch neu dekorieren …«

42

Als Otto-Karl an diesem Mittag nach Hause kommt, ist er mit sich zufrieden. Er hat zusammen mit Frau Schilling den Schaukasten neu gestaltet. Und im Gegenzug hat sie ihm geholfen, die Pflanzenkübel wieder auf Vordermann zu bringen. Genauer gesagt: Sie hat das hingekriegt und er hat ihr dabei Handlangerdienste geleistet, den Beutel mit Blumenerde geschleppt, eine kleine Schaufel nebst Pflanzenschere besorgt, schließlich Wasser zum Gießen geholt. So produktiv war er schon lange nicht mehr.

Er macht sich etwas zu essen. Eines seiner üblichen Fertiggerichte. Isst mit gutem Appetit, er weiß selber nicht, warum. Er ist wohl noch ganz erfüllt vom Vormittag. Täuscht er sich oder verspürt er tatsächlich einen Hauch von Hochstimmung in sich?

Bereits während des Abwaschs jedoch wird er schon wieder schwermütig. Was hat er denn heute getan, um in der wichtigsten Frage seines Lebens weiterzukommen? Er muss zugeben: nichts. Noch nicht einmal auf einer Kirmes war er … Stattdessen hat er vertrocknetem Grünzeug Erste Hilfe geleistet. Dabei hätte er die viel dringender nötig. So verdorrt, wie er in seinem Inneren ist.

Was soll er nur tun? Wieder beten? Versuchen zuzuhören? Fasten? Irgendeine Methode muss doch funktionieren! Soll er denn bis ans Lebensende einsam und allein bleiben?

In seiner Verzweiflung kniet er sich wieder vor die Bibel. »Bitte, Gott«, betet er. »Tu etwas! Sag mir etwas! Und am besten: Gib mir bitte endlich eine Frau!«

Lange kniet er und betet. Setzt sich schließlich, als seine Beine einschlafen und die Konzentration langsam nachlässt.

Da fällt ihm eine christliche Zeitschrift ins Auge, die ungelesen bei ihm rumliegt. Ob das wohl ein Zeichen ist? Ob in der Zeitschrift etwas steht, was ihm weiterhelfen könnte?

Er beginnt zu blättern. Oh nein! Als Erstes sieht er einen Artikel darüber, wie hervorragend man als Single Gott dienen kann, weil man dann seine ganzen Energien auf Gott verwenden kann statt auf die Familie. Schnell blättert er weiter. Da berichtet jemand, warum er mit Familie Gott besser dienen kann als alleine. Weil er ja ständig Gelegenheit zur Nächstenliebe hat und sie auch am eigenen Leibe erfährt. Das hört sich schon besser an. Otto-Karl atmet auf.

Ein anderer Artikel handelt davon, warum man nicht zu viele Computerspiele spielen soll. Da braucht sich Otto-Karl nicht angesprochen zu fühlen. Sein Rechner hat eine Grafikkarte, die man fast schon im Museum ausstellen könnte. Auf der laufen sowieso keine interessanten Spiele.

Dann gibt es noch den Anzeigenteil. Stellenanzeigen. Hm, aber eigentlich fühlt er sich auf der Arbeit ganz wohl. Anzeigen für christliche Kurkliniken. Krank ist er ja nun eigentlich auch nicht. Anzeigen für Erholungsheime, Einkehrstätten, Kongresse, Bibelschulen. Ob er sich vielleicht mal weiterbilden soll?

Die nächste Rubrik sind Kontaktanzeigen.

Elektrisiert setzt er sich auf. Das wird es sein! Natürlich! Wenn das kein Zeichen ist!

Hektisch beginnt er die Anzeigen zu studieren. Irgendwo dahinter versteckt sich die Frau seines Lebens, da ist sich Otto-Karl auf einmal sicher. Sie hat ihre Annonce aufgegeben und wartet jetzt atemlos auf Antworten. Und er muss nur noch die richtige Anzeige und damit die »Richtige« finden! Und dann natürlich eine Antwort schreiben …

Er liest Anzeige für Anzeige durch. Die Aufgabe ist gar nicht so einfach zu lösen, wie er feststellen muss.

»Häusliche Sie, 48, sucht Ihn, gerne auch älter, um ihn zu verwöhnen.« Ne, das ist nichts. Älter ist Otto-Karl noch nicht.

Und weiter: »Dem Manne untertan sein, das kann ich. Bibeltreue Christin sucht immer noch das Familienoberhaupt …« Was das wohl für eine Frau ist? Er stellt sich ein geducktes Weiblein vor, das verzweifelt einen Mann sucht, der sagt, wo's langgeht.

Was haben wir denn noch? »Hobby: Jesus.« Otto-Karl stutzt. Was ist denn das für eine Formulierung? Sollte Jesus nicht mehr als ein Hobby sein?

»Fröhliche Sie, 48/1.50/67, NR, sucht Ihn, bis 55, gerne etwas größer, bis 80 kg …« Naja, die kommt für ihn nicht in Frage beziehungsweise er nicht für sie. Otto-Karl wiegt deutlich mehr.

Eine Annonce nach der anderen studiert Otto-Karl. Und ihm wird immer unbehaglicher zumute.

Nicht, dass er etwas gegen diese Menschen hätte oder sie irgendwie verurteilen wollte. Sie haben vermutlich aus einer der seinen ähnlichen Verzweiflung diese Methode gewählt, um einen Partner zu finden.

Aber zwei Dinge werden ihm klar: Erstens ist es nicht sein Weg. Wildfremde Frauen, die sich selber zur Auswahl gestellt haben, anzuschreiben. Oder gar selber eine Anzeige aufzugeben, sich anzupreisen und seine Ansprüche zu formulieren.

Und zweitens würde keine dieser Frauen, deren Kurzsteckbriefe er gerade gelesen hat, zu ihm passen.

»Warum eigentlich?« Er fragt sich das laut.

Nun, bei einigen ist es leicht zu erklären. Ein Generationenunterschied lässt sich nicht einfach weglächeln. Aber was stört ihn im Tiefsten an diesen Anzeigen?

Eine Ehefrau sollte ähnliche Auffassungen über den Glauben haben wie er, überlegt Otto-Karl. Es müsste ihr wichtig sein, Gottes Willen zu tun. Ebenso soll ihr die Gemeinde lieb sein. Aber sie braucht nicht mit verkniffener Miene herumzulaufen. Auf den Punkt gebracht: Wenn man ein gemeinsames Leben wagt, ist ein gemeinsames Fundament nötig.

Und sonst? Die Körpermaße sind ihm eigentlich egal, wenn er ehrlich ist. Und er findet es irgendwie befremdlich, wenn sie ihr wichtig sind. Ja.

Ach was, Gott wird ihm schon die richtige Frau zeigen. Oder eben nicht. Aber wohl auf keinen Fall durch eine Anzeige.

Otto-Karl legt die Zeitschrift beiseite.

Der Lobpreis fällt ihm ein. Gott loben. Ihn um Hilfe bitten, ihm die eigenen Probleme sagen, aber dann Vertrauen haben und Gott loben. Wie der Beter des 22. Psalms.

Erst zögerlich, dann immer fröhlicher beginnt Otto-Karl vor sich hinzusummen: »Preiset den Herrn, halleluja!«

43

Otto-Karl ist auch noch wohlgemut, als er am nächsten Morgen aufwacht. Er macht sich fertig für den Sonntagsgottesdienst, und da noch Zeit ist, räumt er ein wenig in seiner Dachbude herum. Er summt ein fröhliches Liedchen vor sich hin.

Er ist so in Gedanken, dass er die Zeit vergisst. Gerade noch rechtzeitig macht er sich auf den Weg zur Kirche. Dort hilft er schnell noch, den Tisch für den Kirchenkaffee zu decken, setzt sich dann und betet um innere Sammlung.

Mike predigt gut. Über die bekannte Stelle »Lasset die Kinder zu mir kommen«. Eigentlich hätte man heute gleich den Kindergottesdienst mit dazunehmen sollen, denkt Otto-Karl. Dann hätten die Leute sich das Ganze konkret vor Augen führen lassen können.

Überhaupt gefällt ihm die Geschichte. Sie ist so plastisch vorstellbar, weil sie mitten aus dem Leben gegriffen ist.

Eine große Veranstaltung. Viele Menschen kommen zusammen, wollen zuhören, möglichst viel mitbekommen.

Und dann die Mütter mit ihren Kindern. Sie wollen nicht ausgeschlossen sein, das ist ja klar. Also schärfen sie den Kindern ein, nur ja brav und artig und still zu sein, drücken ihnen vielleicht noch ein Stück Brot in die Hand, um sie ruhigzustellen. Und gehen dann hin. Zu diesem Lehrer, der so spannende Sachen erzählt.

Vor ihnen stehen schon so viele. Die Frauen drängeln sich ein wenig nach vorne, ein paar Reihen nur, um besser hören und sehen zu können.

Der Rabbi predigt. Die Frauen hören so gebannt zu, dass sie darüber die Zeit vergessen. Die Kinder werden langsam unruhig. Gut, die Babys kann man einfach stillen. Nicht umsonst heißt das Wort so. Aber die größeren Kinder fangen an zu quengeln, ein paar spielen gar Nachlaufen.

Schon kommen die Jünger dieses Wanderpredigers und Wunderheilers. Wie Ordner bei einer Veranstaltung. Die Frauen ahnen, dass es Ärger geben wird. Und sie haben sich nicht getäuscht. »Geht mit den Kindern hier weg!«, werden sie von den Jüngern aufgefordert. » Merkt ihr denn nicht, dass die Kleinen mit ihrem Lärm die ganze Predigt stören?«

Erschrocken schmiegen sich die Kinder an ihre Mütter. Traurig drücken die ihre Kinder an sich. Schade, sie werden wohl gehen müssen. Es ist wie so oft: Kinder sind unerwünscht.

Die Sache scheint aber noch schlimmer zu werden. Der Prediger selber hat die Störung bemerkt. Nun wird auch er sie tadeln und davonschicken, da sind sich die Frauen sicher. Und das vor allen Leuten. Wie peinlich!

Ängstlich sehen sie, wie er sich langsam nähert. Wird er schimpfen? Sie bloßstellen?

Doch sein Gesicht ist nicht ärgerlich. Höchstens ein bisschen, als er auf seine Jünger sieht, die so eifrig dabei sind, die Kinder zu verscheuchen. Freundlich winkt er den Frauen zu. »Lasst die Kinder herkommen«, sagt er.

Und als würden sie ihn schon lange kennen, laufen die Kinder auf ihn zu. Sehen ihn zutraulich und neugierig an.

Otto-Karl stellt sich die Kinder seiner Schwester vor, wie sie freudig auf ihn, ihren Onkel, zustürzen. Ja, genauso zutraulich werden die Kinder zu Jesus gelaufen sein.

Und Jesus nimmt sie auf. Er drückt sie an sich, segnet sie.

Dann wendet er sich an die Erwachsenen. »Seht euch die Kinder hier an«, sagt er. »So wie Kinder müsst ihr werden, wenn ihr Gottes Reich richtig empfangen wollt.«

Otto-Karl schmunzelt, während Mike die verschiedenen Aspekte dieser biblischen Geschichte beleuchtet. Kinder sind naiv. Kinder sind dankbar. Kinder sind unvoreingenommen. Und so weiter.

Lustig ist es, als im Anschluss an die Predigt die ganze Gemeinde ein Bewegungslied singt. Mit dem Arm hoch hinauf und tief hinunter – so groß ist Gottes Liebe!

Danach sinkt Otto-Karl japsend auf seinen Stuhl. Ganz schön anstrengend, kindlich zu sein!

Der Gottesdienst dauert heute etwas länger als sonst. Mike kündigt noch einiges ab, der Chor singt ein feierliches Lied, es gibt eine Taufe.

Der Kindergottesdienst ist bereits zu Ende, das kann man deutlich hören. Hinter der Tür zum Gottesdienstraum vernimmt man Stimmchen und Füßegetrappel. Otto-Karl sieht, wie Frau Bergmann schräg vor ihm missbilligend die Augenbrauen hochzieht.

Otto-Karl beugt sich etwas vor. »Lasset die Kinder zu mir kommen«, raunt er.

Frau Bergmann kneift die Lippen zusammen.

Er lehnt sich wieder zurück. Wie gut, dass die Dame bereits verheiratet ist!

Später sitzt er beim Kirchenkaffee. Vergebens hält er nach Peter Ausschau. Der ist doch einer der regelmäßigsten Kirchgänger!

Suchend sieht Otto-Karl sich um. Die alte Frau Hedderich ist ebenfalls nicht da. Mit ihr unterhält er sich sonst gerne. Stattdessen erblickt ihn Wilhelm. »Es hätte etwas geschehen müssen«, erklärt er und sieht dabei tatsächlich etwas betrübt aus.

»Warum?«, fragt Otto-Karl höflich. »Wegen der Kinder?« Wilhelm nickt. »Ja, wegen der Kinder. Auf diese Art und Weise kann man mit Kindern nicht umgehen. Auf keinen Fall.«

Otto-Karl ist beunruhigt. Was machen die im Kindergottesdienst denn mit den Kindern? In Erwartung einer Erklärung sieht er Wilhelm an.

Der schlägt mit der Faust auf den Tisch. »Aber wir werden es in Angriff nehmen. Wir müssen etwas tun und wir tun auch schon etwas. Mit der richtigen Mischung aus Engagement und Konzentration wird es uns gelingen.«

Jauchzend stürmt eine Horde Kindergottesdienstkinder den Gemeindesaal. Zwei von ihnen haben Schüsseln mit kleinen Brötchen dabei, die sie mit vor Eifer geröteten Wangen vor sich hertragen und auf den Tisch stellen.

»Wir haben Brötchen gebacken«, erzählt Berta. »Und ihr dürft alle etwas probieren davon.«

Erwartungsvoll sehen die Kinder auf die Erwachsenen, die um den Tisch sitzen. Fröhlich sehen sie aus, gar nicht so, als sei etwas Skandalöses im Kindergottesdienst vorgefallen.

Otto-Karl nimmt sich eines der kleinen Brötchen. Es ist noch warm, schmeckt süß und saftig.

»Und? Schmeckt es dir?« Eine ganze Schar Kinderaugen sehen ihn gespannt an.

»Hm, lecker!« Otto-Karl reibt sich demonstrativ den Bauch.

Die Kinder freuen sich, kein Zweifel. Da nimmt er sich noch ein Brötchen. »Was habt ihr heute für ein Thema gehabt?«, erkundigt er sich. »Ich meine, hängt es mit einem bestimmten Thema zusammen, dass ihr gebacken habt? Oder macht ihr das immer?« Er lacht über seinen eigenen Witz.

Kai schüttelt den Kopf. »Nein, das machen wir nicht immer. Wir bewahren deshalb einen Teil der Kekse auch für das nächste Mal auf, sagt Mama. Das spart Geld.« Er sieht Otto-Karl ernsthaft an.

Seine große Schwester Berta stößt ihn in die Seite, was Otto-Karl nicht entgeht. Sie scheint manchmal die Erzieherrolle gegenüber ihren jüngeren Geschwistern einzunehmen. Otto-Karl erinnert sich daran, wie seine ältere Schwester das früher bei ihm auch getan hat.

Er blinzelt Kai zu, während er sich an Berta wendet. »Kleine Brüder sind manchmal schwierig zu beaufsichtigen, nicht wahr?« Er lacht. »Das hat meine große Schwester zumindest immer gesagt.«

Zu Hause sieht Otto-Karl sich die Stelle in der Bibel noch einmal an. »Wenn ihr nicht werdet wie die Kinder …« Natürlich ist er selber weit davon entfernt, wie ein Kind zu werden.

Ihm fehlt das kindliche Vertrauen, ja. Aber hat er denn Grund zu vertrauen? Wird seine größte Bitte denn nicht einfach überhört? Außerdem fehlt ihm die Dankbarkeit. Er ist ein alter Nörgler. Wenn man an die vielen Menschen denkt, denen es schlechter geht als ihm: die Kranken, die Armen, die Hungrigen, die Einsamen …

Otto-Karl ruft die Eltern an und spricht eine Weile mit der Mutter. Er ist nur einigermaßen getröstet, als er auflegt.

Er ruft die Schwester an, aber die steht gerade mitten im Trubel, kaum ist ihre Stimme zu verstehen bei dem ganzen Hintergrundlärm.

Dann räumt Otto-Karl eine Weile lang auf, putzt das Fenster, sieht die immer noch hefterlosen Chornoten herumliegen und betrachtet sie frustriert. Im Moment will überhaupt nichts funktionieren, wenn er es so betrachtet. Keine Wassermühle, keine Chornoten, keine Frau. Keine Methode funktioniert, ob nun sicher oder unsicher. Nichts bekommt er zustande. Rein gar nichts.

Außer beten. Beten sollte eigentlich immer helfen. Otto-Karl bricht seine ruhelose Wanderung ab und setzt sich. »Herr, Gott, Vater«, fleht er. »Bitte, zeige mir doch deinen Willen! Wenn du eine Frau für mich vorgesehen hast, dann zeige sie mir! Zeige sie mir, damit ich sie endlich finde!«

44

Tage vergehen. Otto-Karl geht zur Arbeit, sieht die junge Auszubildende nicht einmal mehr von der Seite an. Sein gesamtes Interesse an dem Mädchen ist verflogen, als wäre es nie da gewesen.

Er geht in die Gemeinde. In den Chor. Das Singen macht ihm Spaß. Wozu natürlich auch die Tatsache beiträgt, dass er als Tenor regelrecht hofiert wird. Man reicht ihm Hustenbonbons, richtet sich bei der Festlegung außerplanmäßiger Chortermine nach seinem Terminplan. Die Mitsänger sind nett, zumindest kommt Otto-Karl mit den meisten gut aus.

An einem Dienstagabend allerdings muss er schreckerfüllt feststellen, dass er der einzige anwesende Tenor ist. So sicher fühlt er sich nun auch noch nicht, dass er seine Stimme ganz allein halten könnte! Deshalb macht er überhaupt nicht erst den Mund auf. Erst als Herr Mewes ihn streng ansieht und kritisch anmerkt, er habe keinen Ton vom Tenor gehört, da beginnt Otto-Karl mit zitternder Stimme zu singen. Allerdings so schräg, dass es ihm selber ganz peinlich ist.

Da hat Herr Mewes ein Einsehen. Er bittet die alte Frau Brill aus dem Alt, den Tenor zu unterstützen.

Schwerfällig kommt Frau Brill zu Otto-Karl nach hinten. Sie ist tatsächlich von der Statur her so gebaut, dass man ihr das Tenorsingen zutraut. Eine Maschine, denkt Otto-Karl im Stillen. Aber er sagt es nicht.

Denn erstens wäre es nicht nett. Und zweitens kommt ihm plötzlich ein verrückter Gedanke: Was wäre, wenn Gott

Frau Brill für ihn vorgesehen hätte? Wo sie ihm jetzt doch schon als Singgefährtin und Hilfe an die Seite gestellt wird.

Und sie ist tatsächlich eine Hilfe! Mit sonorer, tiefer Stimme unterstützt sie Otto-Karl, lässt sich durch nichts beirren, auch nicht durch das verzweifelte Wedeln des Dirigenten. Und Otto-Karl braucht nur mitzusingen.

Er sieht Frau Brill, so unauffällig es geht, von der Seite an. Sie ist sicherlich nett. Wenn auch energisch. Ein wenig zu energisch für seinen Geschmack. Sie glaubt an Gott. Das ist immerhin unheimlich wichtig. Zwar ist sie deutlich älter als Otto-Karl, aber das muss ja nicht unbedingt ein Hinderungsgrund sein. Wenn Gott Frau Brill als Frau für Otto-Karl vorgesehen hat, dann darf er nicht undankbar sein, nur weil ein paar Jahre zwischen ihnen liegen. Nein, das Recht hat er nicht. Tag und Nacht betet er um eine Frau, und wenn ihm endlich eine über den Weg geschickt wird, sollte er über ein paar Jahre Altersunterschied meckern?

Allerdings gibt es ein nicht ganz unwesentliches Problem, um nicht zu sagen einen riesengroßen Hinderungsgrund: Otto-Karl empfindet nicht das Geringste für Frau Brill. Aber darf das ein Grund sein? Darf das ein Grund sein, wenn Gott zwei zusammenführen will? War Isaak in Rebecca verliebt?

Die Stimme des Chorleiters reißt Otto-Karl aus seinen Gedanken. Er merkt, dass er kalten Schweiß auf der Stirn hat.

An diesem Abend sitzt Otto-Karl noch lange wach vor seinem Rechner. Er sucht aus der Bibel alle möglichen Stellen heraus, die mit Ehe zu tun haben. Mit Hilfe eines Bibelprogramms am Computer. Als Suchbegriff gibt er »Ehe« ein, gibt »Frau« ein, gibt »Weib« ein. Da kommen eine ganze Menge Stellen zusammen.

Allerdings sind die Suchergebnisse nicht dazu angetan, Otto-Karls Verwirrung zu verringern.

Zu »Ehe« findet er als erste Stelle: »Ehe der Herr Sodom und Gomorra verderbte ...« Ob ihm das wirklich weiterhelfen kann?

Da ist der folgende Treffer schon besser: »Ehe denn die Berge wurden und die Erde und die Welt geschaffen wurden, bist du, Gott, von Ewigkeit zu Ewigkeit!« Ein guter Vers. Den sollte man sich merken. Wenn er auch höchstens am Rande mit Otto-Karls Frage zu tun hat.

Oder hat er vielleicht gerade besonders viel mit seinem Problem zu tun? »Ehe denn die Berge wurden ...« – war Gott schon da. Er hat alles geschaffen, alles geplant. Er kann Otto-Karl auch eine Frau geben. Oder eben nicht.

Weiter. Was gibt die Bibel zu »Weib« her? Ist das Stichwort vielleicht ergiebiger?

»Darum wird ein Mann seinen Vater und seine Mutter verlassen und seinem Weibe anhangen ...« So weit, so schön. Vater und Mutter hat Otto-Karl schon lange verlassen. Das Weib sucht er noch.

»Wo ist dein Weib Sara?« Passt nicht wirklich zu seiner ganz persönlichen Situation.

»Haus und Güter vererben die Eltern, aber ein vernünftiges Weib kommt vom Herrn.« Klar. Deshalb betet Otto-Karl ja schon die ganze Zeit.

Und weiter. Die Briefe des Paulus. Der scheint die Meinung zu vertreten, dass es die optimale Lösung sei, Single zu bleiben. Was Otto-Karl in Anbetracht der Perspektive, die sich ihm mit Frau Brill bietet, spontan nachvollziehen kann.

Dann sagt derselbe Paulus, dass der Mann das Haupt der

Frau sei. Was sich Otto-Karl gerade bei der bestimmenden Frau Brill nur schwer vorstellen kann. Andererseits solle der Mann der Frau dienen, ihr wohltun. Das müsste zu schaffen sein. Wenn sie sich denn benimmt. Obwohl es bestimmt leichter ist, wenn man die Frau liebt.

Otto-Karl stellt sich vor, wie er Frau Brill einen Strauß roter Rosen schenkt. Zum Valentinstag zum Beispiel. Hm. Schwierig.

Mittlerweile ist er völlig verwirrt.

»Bitte, Gott«, betet er. »Gib mir ein Zeichen. Ob ich wirklich Frau Brill …« Er bringt das Satzende schier nicht über die Lippen. »Oder ob ich gar nicht heiraten soll. Ich will wirklich deinen Willen tun. Wenn ich ihn nur kennen würde.«

Aber es geschieht kein Zeichen und auch kein Wunder.

Otto-Karl merkt, wie entsetzlich müde er ist. Zu allem Überfluss bekommt er auch noch Magenkrämpfe. Er kocht sich einen Kamillentee, trinkt und geht zu Bett.

Doch der Schlaf flieht ihn. Wie Fieberträume rumort es in seinem Geist. Als er schließlich wegdämmert, sieht er sich in seiner Wohnung eingesperrt. Die Wohnungstür hat innen keine Klinke. Und vor der Tür hört er die Stimme von Frau Brill. Tief und energisch.

45

In den nächsten Tagen geschieht weiterhin nichts. Jedenfalls nichts, was Otto-Karl irgendwie weiterhelfen würde.

Er betet, aber er wird nicht erhört. Zu wenig Glauben hat er ohnehin. Und ansonsten …

Hatte Peter nicht noch eine Empfehlung? »Bitte um ein Zeichen!«, ja, das sagte er.

Nun, nichts einfacher als das. Otto-Karl kniet nieder und bittet Gott um ein Zeichen. Ein Zeichen, das ihm zeige, was Gott mit ihm vorhat und was er tun soll.

Dann trinkt er seinen Kaffee. Und es geschieht nichts.

Er wartet. Zum Beispiel auf einen Telefonanruf seiner Schwester, die ihn zu einer Feier einladen würde, auf welcher er die Frau seines Lebens kennen lernen würde. Zum Beispiel. Doch das Telefon klingelt nicht.

Er beschließt, den Mülleimer hinunterzubringen. Seufzend verlässt er seine Wohnung. Im Treppenhaus begegnet ihm Frau Schnabel. Wir erinnern uns: die ältere Witwe, die direkt unter Otto-Karl wohnt.

Otto-Karl starrt Frau Schnabel an. Sie hat eine gefärbte Dauerwelle. Die Erinnerung an die unwirkliche Begegnung mit ihr vor einiger Zeit trifft ihn wie eine Flutwelle.

Er starrt sie immer noch an. »Guten Morgen«, sagt er mit belegter Stimme.

Sie mustert ihn mit hochgezogenen Augenbrauen. »Das sagten Sie bereits«, bemerkt sie spitz. »Haben Sie getrunken?«

»Wie bitte? Wie meinen Sie das?«, stottert Otto-Karl. Die Situation droht ihm zu entgleiten.

»Ich trinke fast nie«, bringt er schließlich heraus.

»Ihr Glück«, bemerkt sie, wendet sich um und geht.

Er starrt ihr hinterher. Wie konnte jemand mit dieser grantigen Frau sein Leben verbringen?

»Frau Schnabel«, ruft er leise hinter ihr her, doch da hat sich bereits die Tür hinter ihr geschlossen.

Lange kann Otto-Karl nicht einschlafen. Was, ja, was will Gott eigentlich von ihm?

46

Am nächsten Morgen fühlt sich Otto-Karl zerschlagen und immer noch deprimiert. Er beschränkt das Frühstück auf eine Tasse Kaffee und macht sich auf in die Firma.

Dort herrscht Krisenstimmung, weil einige Mitarbeiter ausgefallen sind und man außerdem entdeckt hat, dass sich in einer wichtigen Berechnung ein noch nicht identifizierter Fehler eingeschlichen hat.

Otto-Karl wird beauftragt, den Fehler einzugrenzen. Zu dem Zweck gibt ihm sein Vorgesetzter in einem Kurzvortrag die bereits vorhandenen Informationen weiter.

Otto-Karl hört nur mit halbem Ohr zu, ist in Gedanken schon dabei, den Fehler zu suchen. Immerhin wird ihn das von seinen privaten Problemen ablenken. Eine effektive, wenn auch nicht nachhaltige Art der Selbsttherapie – und obendrein noch bezahlt von seinem Arbeitgeber. Wie tröstlich.

Den Vormittag verbringt er also damit, systematisch nach dem Fehler zu suchen. Er trinkt eine Tasse Kaffee nach der anderen, zieht sich am Automaten eine Tüte Gummibären, isst Gummibären und trinkt Kaffee und ist nach der Mittagspause tatsächlich so weit, den Bereich, in dem der Fehler aufgetreten sein muss, deutlich eingegrenzt zu haben.

Zufrieden mit sich, ruft er seinen Vorgesetzten an, marschiert dann in dessen Büro hinüber und berichtet, was er herausgefunden hat.

So konzentriert ist er bei seinem Vortrag, dass er das befremdete Gesicht seines Vorgesetzten erst nach einer ganzen Weile bemerkt.

Otto-Karl stockt. »Und deshalb ... und daher ...« Er verstummt.

Der Vorgesetzte sieht ihn an. »Haben Sie mir heute Morgen eigentlich überhaupt nicht zugehört?«, fragt er mit dieser etwas zu sanften Stimme, die Böses verheißt.

»Doch, sicherlich, ich denke zumindest ...«, stottert Otto-Karl. Er sinkt in sich zusammen.

Wenig später sitzt er wieder an seinem Platz. Alles umsonst gewesen. Den ganzen Vormittag in die falsche Richtung gearbeitet. Hätte er am Morgen doch besser zugehört, hätte ihm das viel Arbeit und eine herbe Enttäuschung erspart und nicht zuletzt seinen peinlichen Auftritt vor dem Abteilungsleiter.

Plötzlich wandern seine Gedanken zu einem ganz anderen Thema.

Hat er eigentlich Gott jemals wirklich zugehört? Hat er nicht vielmehr seine eigenen Gedanken gehegt und gepflegt, die ganze Zeit über? Er hatte es sich doch so fest vorgenommen, auf Gott zu hören!

An diesem Abend bittet er Gott wieder einmal um Verzeihung. Um Verzeihung dafür, dass er sich so auf seine eigenen Gedanken verlassen hat, statt auf Gott zu hören. Muss man eigentlich immer so viele Fehler machen? Und immer wieder dieselben? Ihm ist nur zu klar, dass er Gottes Geduld immer wieder über Gebühr strapaziert.

»Bitte, Gott«, betet er. »Zeige du mir doch den Weg, wie ich zu meiner Frau fürs Leben komme.«

Er liegt auf den Knien. Er fleht. Er versucht, Gottes leise Stimme zu hören.

Er denkt über seinen Tag in der Firma nach. Den Irrweg, den er bei der Fehlersuche am Vormittag eingeschlagen hat, ist er in bester Absicht gegangen. Trotzdem hat er ihn in eine Sackgasse geführt. Und in eine Blamage dazu. Hätte er vorher mit offenen Ohren und unvoreingenommen die Informationen seines Vorgesetzten an sich herangelassen, wäre das wohl nicht passiert. Am Nachmittag hat er dann übrigens recht zügig den gesuchten Fehler gefunden. Morgen wird er ihn beheben.

Sollte ihm das nicht eine Lehre sein in Sachen Hören auf Gott, Glauben, Partnersuche? Vielleicht ist das heutige Erlebnis ja das Zeichen gewesen, um das er Gott gestern gebeten hat. Vielleicht wird morgen alles gut.

Halb getröstet geht er zu Bett.

47

Am nächsten Morgen bittet er Gott noch einmal ganz intensiv darum, ihm endlich die »eine« und »Richtige« zu zeigen.

Dann macht er sich auf den Weg. Prüfend sieht er die Straßenbahnfahrerin an. Die sieht eigentlich ganz sympathisch aus. Allerdings trägt sie einen Ehering. Und schon Endstation für Otto-Karl.

Da setzt sich jemand neben ihn. Otto-Karl blickt unauffällig zur Seite. Ist »sie« es …?

Sie entpuppt sich als älterer Herr.

Überhaupt sind verdächtig wenige Frauen mit dieser Bahn unterwegs.

Aber vielleicht soll er sie gar nicht in natura sehen? Sein Blick fällt auf das Titelblatt eines Magazins, das ein Fahrgast gerade aufmerksam studiert.

Hübsch und strahlend lächelt ihn dort eine Schauspielerin an.

Sollte …? Aber nein, das ist ja Unsinn! Er schimpft leise mit sich selbst.

Anscheinend nicht leise genug, denn sein Sitznachbar blickt ihn etwas skeptisch an. Otto-Karl murmelt etwas, was erklärend und zugleich entschuldigend klingen soll.

Jetzt schauen auch andere Fahrgäste interessiert-belustigt in seine Richtung.

Otto-Karl fühlt sich zunehmend unwohl – nicht nur in seiner Haut, sondern auch in der Straßenbahn.

Kurz entschlossen steht er beim nächsten Halt abrupt auf,

quetscht sich an dem kopfschüttelnden älteren Herrn vorbei und verlässt fluchtartig das Nahverkehrsbeförderungsmittel. Dutzende von Augenpaaren blicken befremdet hinter ihm her.

Da es draußen heftig regnet und er noch zwei Stationen bis zu seiner Firma laufen muss, kommt er reichlich durchnässt im Büro an. Er entledigt sich seiner triefenden Jacke, trocknet Haare und Gesicht mit Papiertaschentüchern und lässt den Rest, wie er ist.

Zerschlagen setzt er sich an seinen Schreibtisch. Startet den Computer. Leise surrend fährt der Rechner hoch. Er weiß nichts von dem verkorksten Morgen seines Herrn. Eine Maschine müsste man sein!

Otto-Karl legt seinen inneren Schalter um von privat auf Job und beginnt zu arbeiten.

Erst auf dem Heimweg kommt er sozusagen wieder zu sich. Als Mensch. Der heutige Morgen erscheint vor seinem geistigen Auge. Die Sache in der Straßenbahn, das war eine irre Veranstaltung, so viel ist ihm klar.

Aber ansonsten bringt ihn sein Grübeln nicht weiter. Hat er nicht jeden Gedanken schon einmal gedacht? Dreht er sich da nicht im Kreis? Wo ist ein Ausweg?

Als er daheim ankommt, blinkt und piepst der Anrufbeantworter fordernd und drängend.

Otto-Karl hört die Nachrichten ab: Die Chorprobe fällt aus.

Enttäuschung macht sich bei ihm breit. Der Chor ist im Moment sein einziger Lichtblick in der Woche.

Nächste Nachricht: Berta schreibt in Kürze eine Englischarbeit und hat nach eigener Aussage überhaupt nichts begriffen.

Die Arme, der muss man natürlich helfen! Aber ob man um diese Uhrzeit bei Schillings anrufen kann? Und ob es überhaupt sinnvoll ist, zu abendlicher Stunde mit dem Mädchen Englisch zu üben?

Dann Herbert aus der Bibelgruppe mit der kurzen Information, dass die Gruppe in dieser Woche stattfindet.

Das soll wohl ein mehr oder weniger dezenter Hinweis sein. Herbert kann nicht wissen, dass Otto-Karl sich vor Kurzem fest vorgenommen hat, wieder regelmäßig zu kommen, und auch schon damit begonnen hat.

Letzte Nachricht: Mike mit der Erinnerung, dass Otto-Karl diesen Sonntag wieder für den Küsterdienst gebraucht werde. Und die Frage, ob er zufällig auch am Samstag einspringen könne; da werde nämlich eine Hochzeit gefeiert.

Nun ja, mit Otto-Karl kann man es ja machen. Er hat ja keine Familie. Obwohl es eigentlich nicht fair ist, das ständig auszunutzen. Schließlich hätte er auch gerne eine Familie. Und dass er nun gerade für und bei einer Hochzeit »küstern« soll, kommt ihm wie bittere Ironie vor.

Es ist eben alles zum Heulen!

Bleibt die Sache mit Berta und ihrer Englischarbeit. Eine Weile sitzt Otto-Karl unschlüssig vor dem Telefon. Nimmt den Hörer in die Hand, legt ihn wieder hin. Stellt fest, dass der Akku des Hörers bald leer ist, stellt ihn zum Aufladen auf die Ladestation. Nimmt sein Handy, hält es unschlüssig in der Hand. Wählt, bricht den Wählvorgang ab. Was soll er denn bloß sagen?

»Entschuldigen Sie bitte den späten Anruf«?

Nein, gefällt ihm nicht.

»Entschuldigen Sie bitte, Ihre Tochter hat bei mir auf Band gesprochen«?

Das hört sich an, als hätte das Mädchen einen Fehler gemacht damit.

Oder einfach nur: »Entschuldigen Sie bitte«?

Zu nichtssagend, unklar.

Überhaupt sollte man sich doch eigentlich mit seinem Namen melden. Obwohl man sich bei einem so späten Anruf auf jeden Fall zusätzlich entschuldigen muss.

Er überlegt und überlegt. Er steht auf, schlendert zum Computertisch, ergreift das Mühlrad der Modellwassermühle und ein Stück Schleifpapier, legt dann beides wieder beiseite.

Da klingelt das Telefon. Sein Festnetzanschluss. Otto-Karl nimmt den Hörer ab und meldet sich in seiner Verwirrung mit »Entschuldigen Sie bitte«.

Am anderen Ende der Leitung herrscht verblüfftes Schweigen, dann kichert eine Mädchenstimme: »Bist du das, Otto-Karl?«

Immer noch verwirrt, stammelt er: »Ja, das bin ich. Ich meine: Otto-Karl Meurer. Ich wollte mich eigentlich mit meinem Namen melden. Entschuldigung.«

»Ist egal«, erklärt die Mädchenstimme großzügig. Und nun erst merkt er, dass es sich bei seiner Gesprächspartnerin um Berta handelt.

»Hör mal: Ich schreibe am Montag eine Englischarbeit. Und ich habe nichts verstanden. Voll überhaupt nichts.«

»Voll überhaupt nichts«, wiederholt er. So geht es ihm zurzeit auch.

»Ja, echt. Und da wollte ich fragen, ob du noch mal mit mir üben kannst. Die Mama sagt, du könntest ja zu uns kommen. Vielleicht am Samstag. Oder Sonntag. Aber fragen muss ich dich selber. Ich glaube, die Mama traut sich nicht.«

Das Mädchen kichert schon wieder.

Er schweigt verwundert. Warum sollte es Frau Schilling nicht wagen, bei ihm anzurufen?

»Kannst du nicht?«, fragt das Mädchen etwas mutlos.

»Doch, doch«, versichert Otto-Karl. »Ich musste nur gerade nachdenken. Am Samstagvormittag haben wir eine Trauung in der Kirche, und da muss ich Küsterdienst machen. Weil Bernd seinen Fuß immer noch nicht benutzen kann. Und am Sonntag ist natürlich Gottesdienst. Aber an den Nachmittagen habe ich jeweils Zeit.«

»Ich frage mal Mama.«

Nach einer Weile meldet sich das Mädchen wieder. »Du sollst am Samstag kommen. Du kannst ja direkt nach der Trauung kommen und dann bei uns zu Mittag essen, meint Mama. Okay?«

Er nickt. Dann fällt ihm ein, dass Berta ihn ja nicht sehen kann, und so schiebt er ein »Okay« nach.

48

An besagtem Samstagmorgen ist Otto-Karl von einer unerklärlichen Unruhe erfasst. Kaum bringt er es zuwege, seinen Kaffee zu kochen. Dann wäscht er sich, stellt dabei fest, dass er vergessen hat, sich die Zähne zu putzen, beginnt sich zu rasieren, stellt fest, dass er immer noch nicht die Zähne geputzt hat, unterbricht die Rasur und ergreift die Zahnbürste, als er durch das geöffnete Fenster das Auto des Zeitungsboten anhalten und wieder weiterfahren hört. Die Zeitung verschwindet in letzter Zeit immer wieder einmal aus unerklärlichen Gründen. Also läuft er aus der Wohnung nach unten und begegnet vor der Haustür seiner Mitmieterin Frau Schnabel, die ihn verwundert anblickt.

Er blickt an sich hinunter. An ihm ist doch nichts Unnormales …? Da merkt er, dass er seine Zahnbürste noch in der Hand hält.

»Sie sollten sich vielleicht zu Ende rasieren«, bemerkt Frau Schnabel spitz.

Verwirrt bedankt er sich, dreht sich um und geht hoch zu seiner Wohnung. Dort stellt er fest, dass er seine Zeitung gar nicht geholt hat. Also erneut nach unten, mittlerweile mit dem Haustürschlüssel in der einen und der Zahnbürste in der anderen Hand. Mit großen Schritten, um noch rechtzeitig für die Rettung seiner Zeitung zu kommen.

Tatsächlich liegt das Printmedium noch auf den Bodenfliesen, etwas auseinandergerutscht, aber immerhin vorhanden.

Er nimmt den Haustürschlüssel zur Zahnbürste in die

linke Hand, versucht mit der rechten, die Zeitung wieder in ihren ursprünglichen kompakten Zustand zu versetzen. Mit einer Hand ist das recht schwierig. Er hilft mit der Linken nach, beschmiert dabei die Zeitung mit Zahnpasta, schimpft leise vor sich hin, steckt die Zahnbürste in den Mund, sammelt nun endlich die Zeitung auf und wendet sich um, um wieder zu seiner Wohnung hochzugehen.

Vor ihm steht Frau Schnabel.

Die Hände in die Seiten gestemmt, steht sie da und mustert ihn von oben bis unten.

Ihm fällt beinahe die Zahnbürste aus dem Mund. »Ich, ich … wollte nur …«, stammelt Otto-Karl etwas undeutlich.

»Sie wollten sich noch zu Ende rasieren, bevor Sie sich unter Leute wagen«, erklärt Frau Schnabel von oben herab und tritt schließlich nach einigen unendlichen Sekunden einen Schritt zur Seite, um ihn durchzulassen.

Otto-Karl will etwas sagen, erklären, zu seiner Entschuldigung vorbringen, doch die Worte kommen ihm nicht. Und so schleicht er schweigend an Frau Schnabel vorbei, die Treppe hoch. Ihren Blick meint er wie einen giftigen Pfeil in seinem Rücken zu spüren.

Nachdem er den desolaten Tagesbeginn mühsam gemeistert hat, trifft Otto-Karl beim Gemeindehaus ein, inzwischen beidseitig rasiert und ohne Zahnbürste. Dort wirft er einen prüfenden Blick auf den Schaukasten. Noch ist er aktuell, aber bald sollte Neues her. Er wird überlegen müssen.

Als Nächstes wandert sein Blick zu den Blumenkübeln. Und hellt sich sichtlich auf. Tatsächlich! Was auch immer Frau Schilling mit ihnen angestellt hat: Es hat gewirkt. In fröhlichen Farben leuchten ihm die Blüten entgegen. Hervorragend.

Er wendet sich der Kirche zu und tritt mit schnellen Schritten ein. Innen sondiert er die Lage. Der Blumenschmuck ist fertig arrangiert. Zum Glück. Diese weißen Sträußchen an den Kirchenbänken, das hätte er nie hinbekommen. Seine Sträußchen hätten ausgesehen wie kleine struppige Besen!

Die Gaben sind ungleich verteilt, sinniert Otto-Karl. Sehr ungleich.

Er schreibt die Liednummern an die Tafeln und legt die Gesangbücher bereit. Auf dem Altar zündet er die Kerzen an und schlägt die Bibel an der passenden Stelle auf.

Etwas abgehetzt erscheint Mike, um Otto-Karl noch eine Änderung bei den Liedern mitzuteilen. Also wischt Otto-Karl die ungültige Nummer aus und schreibt die neue an.

Eine ihm gänzlich unbekannte Dame erscheint; wie sich herausstellt, die Organistin. Vielleicht eine Bekannte des Hochzeitspaares.

Otto-Karl merkt sofort auf. Wie sie daherstolziert, auf hochhackigen Schuhen, mit aufgetürmter Hochfrisur, kommt sie ihm sehr selbstbewusst vor.

Als sie sich suchend in der Kirche umsieht, fällt ihm ein, dass er ja Küsterdienst hat. Er beeilt sich, der Dame zu Hilfe zu kommen. »Brauchen Sie noch irgendetwas?«

Die Dame sieht ihn von oben herab an – schon allein wegen ihrer durch die Aufmachung nicht unerheblich verlängerten Körpergröße. »Sind Sie der Küster?«

Otto-Karl stammelt irgendwas Unbestimmtes. Denn soll er der Dame jetzt ausführlich erklären, dass er nur aushilft und eigentlich gar kein Küster ist und sich deshalb auch nicht richtig auskennt und überhaupt?

»Wo ist der Schlüssel zur Orgel?«, erkundigt sich die Dame ohne jeden verbindlichen Ton.

Otto-Karl wundert sich. Der Schlüssel zur Orgel? Hm. Komisch. Hat die Orgel einen Schlüssel?

Die Dame sieht ihn an wie eine strenge Lehrerin.

»Also, der Schlüssel …«, stottert er. »Was für ein Schlüssel noch mal? Ach so, ja natürlich, der zur Orgel! Dass ich nicht gleich darauf gekommen bin!« Er lacht albern und könnte sich im selben Augenblick dafür ohrfeigen. Sich so dämlich anzustellen!

Er macht ein paar Schritte auf die Orgel zu, weicht im letzten Moment einer ihm entgegenkommenden, vermutlich etwa fünfjährigen Brautjungfer aus, stolpert eine Stufe hinunter und kann sich gerade noch an einer Stuhllehne festhalten. Der Stuhl indes hält seinem Schwung nicht stand und fällt um, Otto-Karl mit sich reißend.

Der findet sich am Boden wieder, hat sich wohl den Kopf angeschlagen, jedenfalls dreht sich alles um ihn. Er sieht die Gestalt der Orgelspielerin über sich. Eine schlimme Erinnerung kommt in ihm hoch: die junge Auszubildende in seiner Firma, die ihn so auslachte. Und aus ihm schleierhaften Gründen schießt es ihm plötzlich wie ein Albtraum durch den Kopf: »Wenn sie sich jetzt nach meinem Befinden erkundigt, dann ist sie die Frau, die Gott für mich vorgesehen hat.«

Im Liegen starrt er die fremde Frau an und Panik macht sich in ihm breit. Was, wenn sie es wirklich tut – sich nach seinem Befinden erkundigt?

Es mögen nur wenige Sekunden sein, wie er so daliegt, aber sie kommen ihm unendlich lang vor. Da endlich zeigt die Frau eine Reaktion. Sie lacht. Eine Mischung aus hysterisch und schadenfroh. Schallend lacht sie über ihn, wie er vor ihr am Boden liegt, und vermutlich auch über seinen zirkusreifen Sturz. Nichts von Anteilnahme oder so.

»Halleluja«, murmelt er. Was die schrille Heiterkeit der hochhackigen Turmfrisur noch verstärkt.

Er rappelt sich langsam auf, und als er wieder festen Boden unter beiden Füßen hat, stellt er mit Erleichterung fest, dass er wohl nur ein paar blaue Flecken davongetragen hat. Währenddessen redet die Orgelspielerin auf den Pastor ein. Otto-Karl kann nicht genau verstehen, was sie sagt, meint aber, unter den aufgeschnappten Satzfetzen auch den Ausdruck »geistig minderbemittelte Hilfskräfte« zu hören.

Unschwer zu erraten, wer damit gemeint ist.

Aber irgendwie – er weiß sich das nicht zu erklären – kann ihn das jetzt nicht aus der Fassung bringen. Auch nicht die gleich darauf entdeckte Tatsache, dass in der Orgel tatsächlich ein Schlüssel steckt, einfach und ganz offensichtlich steckt, den sowohl die Organistin vorhin als auch Otto-Karl anscheinend schon seit Jahren übersehen haben.

Zeit zum großen Überlegen ist jetzt ohnehin nicht. Otto-Karl drückt Peter, der etwas verspätet kommt, noch rasch ein Gesangbuch in die Hand. Dann beginnt die Trauung.

Die beiden Menschen, die hier und heute heiraten, die glauben wahrscheinlich, den Partner fürs Leben gefunden zu haben, geht es Otto-Karl durch den Kopf. Ob sich das bewahrheiten wird? Er betet für die zwei.

Er betet auch für sich. Aber doch anders als bisher. Er betet nicht mehr so absolut und unbedingt und drängend um eine Frau. »Gott«, betet er, »ich weiß nicht, ob du irgendwo eine Frau für mich vorgesehen hast. Wenn ja, dann lass mich sie bitte finden. Oder lass sie mich finden. Ach, dass wir uns überhaupt finden. Wenn aber nicht, wenn du also keine Frau für mich vorgesehen hast, dann lass diesen Wunsch kleiner in mir werden. Lass ihn kleiner werden, bis er ganz verschwindet. Amen.«

Der Pastor spricht den Segen. Das Brautpaar küsst sich.

Otto-Karl schluckt.

Nach der Trauung spricht Peter Otto-Karl an. »Ich habe noch einmal darüber nachgedacht«, beginnt er. »Über dein Problem, meine ich. Du verstehst schon: Gottes Willen zu erfahren. Und dabei ist mir Folgendes gekommen: Der Herr füllt seine reine Weisheit nicht in unreine Gefäße. Verstehst du? Du musst dich erst heiligen, bevor du Gottes Willen erfährst. Das ist eine wirklich sichere Methode!«

49

Nach dem Traugottesdienst und nachdem er natürlich auch noch aufgeräumt hat, macht sich Otto-Karl auf den Weg zu Familie Schilling. Er hat immer noch den Anzug an. Soll er nicht noch rasch nach Hause und sich umziehen? Er lässt es dann aber bleiben. Er ist zeitlich ohnehin schon knapp dran und er möchte die Schillings doch nicht warten lassen.

Die scheinen ihn jedoch bereits erwartet zu haben. Kaum steht er nämlich vor der Tür des Mehrfamilienhauses, umständlich damit beschäftigt, den Blumenstrauß auszuwickeln, den er unterwegs in aller Eile noch erstanden hat, da summt bereits der Türöffner. Und während er die Treppe hinaufsteigt, hört er oben schon quietschende Kinderstimmen: »Otto-Karl! Otto-Karl!«

Und da stehen, nein hopsen die beiden Kleinen im Flur auf und ab vor lauter Begeisterung über sein Kommen! Er ist ganz gerührt.

Dann steht er endlich vor der Wohnungstür. Berta empfängt ihn mit einem breiten Grinsen. »Sind die Blumen für mich?«, erkundigt sie sich mit gespielter Unwissenheit.

»Nein, für deine Mutter«, stellt er richtig. »Du bekommst erst Blumen, wenn du eine Eins in Englisch schreibst.«

»Ich werde mir Mühe geben«, lacht Berta.

Nun aber eilt Frau Schilling ebenfalls aus der Wohnung. Anscheinend will sie nur die Kinder hereinscheuchen, aber als Otto-Karl ihr die Blumen überreicht, muss sie doch erst einmal den Strauß bewundern. »Das ist aber nett von Ihnen!«, ruft sie aus. »Wenngleich eher wir Anlass zum Danken haben, wo Sie doch unserer Berta schon wieder Nachhilfeunterricht geben!«

Lange braucht Otto-Karl an diesem Abend, um wieder Ordnung in seine Gedanken zubringen. Er hat einen wunderbaren Nachmittag verbracht, mit Trubel und Chaos und den Kindern und Frau Schilling. Er hat mit Berta Englisch gelernt, mit Frau Schilling Kaffee getrunken, mit den Kindern einen Bauernhof aus Bausteinen gebaut. Mit dem Bauen sind sie nicht ganz fertig geworden und er hat den Kindern versprechen müssen, auf jeden Fall noch einmal zu kommen, damit sie den Bauernhof vollenden können.

Und nun sitzt er in seiner Dachbude und seufzt. Dabei sollte er doch vielmehr dankbar sein für diesen Nachmittag! Ja, das ist er auch, kein Zweifel. Aber der Besuch bei Schillings hat ihm wieder einmal schmerzlich vor Augen geführt, was er alles missen muss.

Eine Familie müsste man haben! Eine liebe Ehefrau, mit der man Kaffee trinken kann und mehr, über alles reden, den Stress und die Sorgen und die Freuden teilen.

Eine Horde goldiger Kinder, die wahrhaftig keine Engelchen zu sein brauchen, mit denen man Bauernhöfe bauen kann und Englisch lernen und, und, und.

Auf andere Weise eindrucksvoll war die erste Tageshälfte. Sein Segelflug heute Morgen, den er jetzt in Gedanken noch einmal vollführt. Ja, ein Hilfsküster lebt gefährlich.

Übrigens hat er die Geschichte mit dem Orgelschlüssel und dem Sturz sechs Mal erzählen müssen heute Nachmittag. Und jedes Mal wollten sich die Kleinen von Neuem kaputtlachen darüber. Wie er nach dem Schlüssel suchen wollte, wie er hängen geblieben, hingefallen ist.

Frau Schilling aber zeigte sich ganz besorgt. »Haben Sie

sich wirklich nichts getan?«, fragte sie. Und erst als Otto-Karl ihr versichert hatte, dass er wirklich keine bleibenden Schäden davongetragen habe, durfte er weitererzählen. Und das tat er. Nur seine Gedanken über Ehe und Frauen im Allgemeinen und im Besonderen, die hat er natürlich nicht erzählt.

Nun aber kommen diese Gedanken wieder. Ja, so ist es. Wahrscheinlich muss er einfach dankbar sein für das, was Gott ihm gegeben hat und was er ihm noch geben will. Ganz gleich, was es nun ist.

Aber leicht ist das nicht, nein. Nicht immer. Halb froh, halb betrübt geht er zu Bett.

Und dort fällt ihm auf einmal wieder ein, was Peter nach dem Traugottesdienst gesagt hat: Gott füllt seine reine Weisheit nicht in unreine Gefäße; man muss sich erst heiligen. Er hat Peters Worte schon fast vergessen. Nun ist er wieder hellwach.

Wie um alles in der Welt heiligt man sich? Unruhig wälzt sich Otto-Karl im Bett.

Die Musik hat er schon ausprobiert, die CD, die Peter ihm damals geliehen hat. Das war aber nicht zielführend.

Durch Bibellesen? Durch Fasten? Durch gute Werke? Soll er vielleicht wieder einmal Geld spenden?

Er hat doch schon einiges durchprobiert – ohne durchschlagenden Erfolg!

Er dreht sich auf die andere Seite und seufzt. Also gut, er wird es noch mal probieren.

50

Einige Tage später hat Otto-Karl bereits einiges von dem getan, was er sich vorgenommen hat. Er kann mit sich zufrieden sein!

Er hat eine größere Summe Geld gespendet, verteilt auf mehrere Projekte, Institutionen, Werke – eine größere Summe zumindest für seine finanziellen Verhältnisse. Er hat seine Bibellektüre intensiviert. Er hat beim Essen die Bremse gezogen, auf Schokolade verzichtet. Vollständig zu fasten, wagt er nicht mehr. Damit ihm nicht noch mal so flau wird wie damals im Büro.

Er fühlt sich gut, und das zu Recht. Der erhoffte Nebeneffekt in punkto Partnerschaft will sich allerdings nicht einstellen.

Was soll er denn noch tun? Wo ist die Methode, die er noch anwenden könnte? Ratlos wandert er durch seine Wohnung, abends nach der Arbeit.

Sein Blick fällt auf die Wassermühlenteile. Aber er hat jetzt keine Lust, sich mit Modellbau zu beschäftigen. Lieber würde er jetzt an seinem Leben bauen und an einer Zukunft zu zweit!

Er setzt sich an den Schreibtisch und fährt den Computer hoch.

Aha. Eine Mail. Von Peter. Hastig öffnet Otto-Karl sie.

»Lieber Otto-Karl«, steht da, »ich habe einen Bibelspruch für dich empfangen: Römer 12,12: ›Seid beharrlich im Gebet.‹ Das wollte ich dir nicht vorenthalten. Mit brüderlichen Grüßen – Peter.«

Otto-Karl starrt auf den Bildschirm. Ist das etwa die sichere Methode? Beten bis zum Umfallen – oder bis etwas geschieht?

Er kann indessen nicht leugnen, dass sich nicht zum ersten Mal tief in ihm ganz leise eine skeptische Stimme meldet, was all die angeblich sicheren Methoden betrifft.

Oder hat Gott ihm den Spruch geschickt, weil er zurzeit nicht genug betet?

Wie dem auch sein: Otto-Karl bittet Gott um Verzeihung. In den letzten Tagen war es mit seinem persönlichen Gebetsleben tatsächlich nicht weit her. Es ist so schlimm mit ihm! Nichts schafft er, nichts! Fasten kann er nicht. Sich heiligen kann er nicht. Noch nicht einmal beten kann er genug. Es ist zum Verzweifeln!

51

Am nächsten Morgen steht Otto-Karl früh auf, obwohl Sonntag ist. Er ist kein ausgeprägter Langschläfer, nein. Aber sonntags bleibt er normalerweise ganz gerne noch eine Weile gemütlich im Bett liegen in dem Bewusstsein, sich diesen Luxus an seinem freien Tag gönnen zu können. Dann lässt er seine Gedanken schweifen, grübelt über dieses und jenes, denkt, dankt, ist zufrieden oder wehmütig, je nach Stimmungslage.

Heute jedoch ist ihm nicht danach. Er steht auf, spült erst einmal ab. Irgendwie passt das Spülen zu seiner momentanen Verfassung. Fast grimmig schrubbt er den Schmutz von dem Geschirr, das zum Teil bereits seit mehreren Tagen der Reinigung harrt.

Junggesellenordnung. Oder besser: Unordnung. Ja, die herrscht ohne Zweifel hier bei ihm. Die könnte er natürlich nicht behalten, wenn er mal heiraten würde. Was er ja auf der Stelle täte, wenn er zu dem Zweck endlich die geeignete Frau fände.

Womit er wieder beim Thema ist. Warum nur, warum schickt Gott sie ihm nicht endlich über den Weg? Es wäre doch wohl ein Einfaches für den, der alles in der Hand hat und lenkt. Aber nein!

Reichlich unlustig schleicht Otto-Karl an diesem Sonntag in den Gottesdienst. Die Predigt ist heute auch nicht das reine Vergnügen. Es geht um die Freude am Herrn. »Die Freude am Herrn ist eure Stärke.« Otto-Karl kennt den Vers. Die Freude kennt er momentan nicht.

Beim Pastor sieht es wohl gerade auch nicht besser aus, denn mit seltsam freudloser Miene spult Mike seine Predigt ab. Zwischendrin baut er unbeholfen einen Witz ein, bei dem Otto-Karl Mühe hat, Anfang und Ende zu erkennen. Und die Pointe versteht er auch nicht. Aber das scheint nicht nur ihm so zu gehen, denn es bleibt verdächtig still in den Reihen, nicht mal ein höflich bemühtes Lachen ist zu vernehmen. Am Schluss verkündet der Pastor gleichsam zusammenfassend, dass alle Gläubigen von einer tiefen Freude erfüllt seien. Im anschließenden Gebet bittet er, dass die Gemeindeglieder in der Lage sein mögen, diese große Freude an die – nicht von solcher Freude erfüllten – Nichtchristen weiterzugeben.

Unbehaglich rutscht Otto-Karl auf seinem Sitz hin und her. Inhalt und Form passen hier einfach nicht zusammen. Ein Blinder würde das merken.

Und während Mike noch bei den Abkündigungen ist, hat Otto-Karl auf einmal eine Vision. Nun, vielleicht ist es auch keine Vision, sondern eher ein Tagtraum, und ein beängstigender dazu. Jedenfalls stellt er sich vor, wie es wäre, wenn er vorher noch nie in dieser Kirche gewesen wäre. Er stellt sich vor, er sei einfach neugierig, zu erfahren, wie es so ist, mit Gott zu leben. Und er sei ganz zufällig in diese Kirche geraten.

Er sitzt also hier im Gottesdienst. Etwas unsicher, weil alles unbekannt und ungewohnt für ihn, den Neuen, ist. Um ihn herum sitzen die normalen Gottesdienstbesucher, die regelmäßig kommen. Durchschnittsalter vielleicht 60 Jahre. Alle eher unauffällig gekleidet, um es freundlich zu formulieren. Sie sitzen mit todernsten Mienen da und starren schweigend nach vorne.

Sie kommen erst in Bewegung, wenn sie zum Aufstehen aufgefordert werden oder zum Singen oder zum Mitbeten. Dann erheben sie sich umständlich und starren weiter nach vorn. Oder sie singen. Oder sie sprechen mit, immer noch mit todernsten Mienen, in einem Tempo, das einer Gutenachtgeschichte alle Ehre machen würde.

Dann erscheint der Pastor, spricht von der größten Freude, die einem Menschen widerfahren kann, und tut dies in der Manier eines Trauerpredigers.

Otto-Karl, wie gesagt, stellt sich das Ganze nur vor. Aber es ist ihm reichlich unbehaglich zumute dabei.

Erleichtert atmet er auf, als der Gottesdienst endlich vorbei ist. Jetzt will er nur noch eines: nach Hause und seine Ruhe haben!

Gerade will er die Kirche verlassen, da kommt ihm Kai entgegen. Der Kleine winkt Otto-Karl begeistert zu. »Kommst du? Wir haben einen Platz für dich frei gehalten!«

Was bleibt Otto-Karl da anderes übrig, als doch noch zum Kirchenkaffee zu bleiben? Er setzt sich auf den frei gehaltenen Platz zwischen die Kinder. Frau Schilling gießt ihm Kaffee ein.

Grübelnd sitzt er da und rührt gedankenverloren in seiner Tasse. Erst als der Kleine ihn ganz empört fragt: »Hörst du mir überhaupt zu?«, bemerkt er, dass ihm die Kinder ja wieder erzählen. Aus dem Kindergottesdienst anscheinend.

Da reißt er sich zusammen. Er trinkt einen Schluck Kaffee, stellt fest, dass der noch schwarz ist, schüttelt sich, fügt Zucker und Sahne hinzu. Dann lauscht er den Kindern. Lässt sich die Bibelgeschichte erzählen, bewundert Bilder. Und als Frau Schilling sagt, er könne so toll mit Kindern umgehen, da wird er richtig verlegen.

Nach dem Kirchenkaffee fängt Peter Otto-Karl ab. »Ich habe noch einmal darüber nachgedacht«, beginnt er wichtig. »Über dein Problem. Hör mir zu: Es gibt da eine absolut sichere Methode!«

»Aha«, macht Otto-Karl und wundert sich im Stillen, dass sich sein Interesse so in Grenzen hält. »Und zwar welche?«

Auf die Frage scheint Peter gewartet zu haben. Er beginnt: »Also, pass auf: Jesus selber hat sich immer wieder in die Stille zurückgezogen. Um Kraft zu schöpfen, aber auch um zu beten. Denk nur an Matthäus 14. Du brauchst Stille. Das ist es, was du brauchst. Die Stille zu suchen ist eine sichere Methode. Das solltest du auch praktizieren.«

Otto-Karl nickt abwesend. Stille – die hat er eigentlich mehr als genug. Und zwar ungewollt.

Auf dem Nachhauseweg hat er erst mal Gedankenpause. Seine zerrütteten Nerven brauchen dringend Ruhe.

In seiner Wohnung fallen ihm Peters Worte wieder ein: »Du brauchst Stille.« – »Was ich brauche«, denkt er, »ist was ganz anderes …«

Und was er braucht, um endlich wieder Zug in sein Gebetsleben zu bringen, ist Unterstützung. Ein Tritt an die richtige Stelle. Eine Gebetsgruppe vielleicht.

Hat da nicht letztens so etwas Ähnliches im Gemeindebrief gestanden? Er beginnt, nach der aktuellen Ausgabe zu suchen. Lag sie nicht auf dem Tisch? Oder doch beim Telefon?

Es braucht eine ganze Weile, bis er den Gemeindebrief entdeckt. Auf dem Fußboden, wohin das dünne Heft wohl unbemerkt gerutscht ist – und auch unbemerkt liegen geblieben ist zwischen all den Papier- und Bücherstapeln, die sich dort befinden.

»Was ich brauche, ist Hilfe beim Aufräumen«, denkt Otto-Karl mit schlechtem Gewissen und sucht dann den Hinweis auf den Gebetskreis. Da: Montagabend. Das passt gut. Da kann er direkt morgen hingehen.

Obwohl er eigentlich genau jetzt jemanden brauchen würde. Aber wer sollte das sein? Die meisten, die er kennt, haben Familie. Ob sich einer von denen wohl freuen würde, wenn Otto-Karl am Sonntagnachmittag bei ihm hereinschneien würde, um mit ihm zu beten? Jeder ist doch mit seinem Partner beschäftigt und mit seinen Kindern, wenn er welche hat.

Otto-Karls Mutter hat sich auch immer mit den Kindern beschäftigt. Ob oder wann sie einmal Zeit für sich selbst hatte, weiß er gar nicht. Vielleicht hatte sie auch gar keine.

Selbst jetzt würde sie alles stehen und liegen lassen, wenn er sie brauchen würde.

Er erstarrt in der Bewegung. Die Mutter! Natürlich! Er wird die Eltern besuchen!

Wenig später ist er bereits unterwegs. Auf der Autobahn ist gut was los. Zwei Stunden darauf klopft er ans Zimmer der Eltern.

Die Eltern sind überrascht, als Otto-Karl den Raum betritt. Er ist froh, dass sie da sind. Wo sollten sie auch sein?

Die Mutter streckt ihm die Arme entgegen, der Vater steht auf und schmunzelt auf seine ganz eigene Art.

»Wir haben gerade für dich gebetet«, sagt die Mutter leise, während sie ihren Sohn umarmt.

Da weiß er, dass er hier an der richtigen Stelle ist.

Spät kommt Otto-Karl an diesem Sonntag ins Bett. Lange hat er bei den Eltern gesessen, ihnen erzählt von seinem großen Kummer.

Der Vater hat ihm manchmal die Hand gedrückt, ansonsten geschwiegen, ab und zu einen neuen löslichen Kaffee aufgegossen. Und zwar so oft, dass Otto-Karl beschlossen hat, den Eltern bei nächster passender Gelegenheit einen Kaffeeautomaten zu schenken. So einen kleinen, einfachen, der leicht zu bedienen ist und nicht viel Platz braucht. Damit die Eltern nicht mehr dieses Gebräu trinken müssen – und er selber auch nicht, wenn er zu Besuch kommt.

Die Mutter hat ihm zugehört und ab und zu Fragen gestellt. Ihm die Hand gestreichelt und ihm versprochen, für ihn zu beten.

Es tat richtig gut, dass die Eltern zuhörten, gar nicht meckerten, nichts in Frage stellten, sondern einfach nur da waren.

So ist Gott, schießt es Otto-Karl durch den Kopf. So ist wohl Gott. Er nimmt uns an, so wie wir gerade zu ihm kommen. Mit unseren ganzen Problemen. Er belehrt uns nicht an der falschen Stelle. Er nimmt uns einfach an.

Das Bild von dem Vater aus dem Gleichnis fällt ihm ein. Dessen Sohn nach seinen ganzen Eskapaden nach Hause zurückkehrt. Mit schlechtem Gewissen und voller Sehnsucht und Elend. Und der Vater läuft ihm entgegen, wartet gar nicht erst die gestammelte Entschuldigung ab, sondern umarmt ihn. Nimmt ihn an.

Welch ein Vaterherz!

52

Den nächsten Tag über ist Otto-Karl etwas müde, aber spürt in sich dieses kleine Stück Geborgenheit, das so guttut, das einen durch den Tag tragen kann.

In der Bahn auf dem Weg zur Arbeit summt er vor sich hin. Auf der Arbeit macht er ab und zu kleine Witzchen, bis Kollege Bert etwas entnervt bemerkt, Otto-Karl sei aber gut drauf im Moment. Da verstummt er. Aber selbst der gereizte Bert kann seine Laune nicht verderben.

Abends geht Otto-Karl dann wie geplant ins Gemeindehaus. Ein ganz klein bisschen unsicher ist er, das kann er nicht leugnen. Ein Gebetskreis – ob das eine Art geschlossene Veranstaltung ist? Otto-Karl ist ja noch nie dabei gewesen.

Unschlüssig steht er eine Weile vor dem Gemeindehaus. Mit einem Mal öffnet sich die Tür. Elli sieht heraus, die Frau des Pastors. »Was machst du denn hier, Otto-Karl?«, fragt sie. »Hast du dich im Termin vertan?«

»Ich dachte … also, ich wollte … ich hatte gelesen …« Er schweigt verwirrt.

»Was hast du gelesen?«

»Dass heute Gebetskreis ist.«

Elli lacht freundlich. »Ja, der findet hier statt. Und gleich fängt er an. Wolltest du zu uns stoßen? Das ist aber schön!«

Erleichtert tritt er hinter Elli in den Gemeindesaal. Auf dem Boden stehen ein paar Kerzen und verbreiten ihr warmes Licht. Im Kreis um die Kerzen und ein Kreuz herum sitzen acht Gemeindeglieder.

Peter ist da und Tobias, Wilhelms Sohn. Frau Schilling und Annegret. Bernd mit seinem Gipsbein.

»Seht einmal her!«, sagt Elli fröhlich. »Wir bekommen Zuwachs!«

Alle schauen ihn freundlich an. Otto-Karl nimmt sich einen Stuhl und stellt ihn zwischen Elli und Frau Schilling. Wie schön, hier direkt Freunde zu treffen!

»Wir sind gerade dabei, Gebetsanliegen zu sammeln«, erläutert Elli ihm. »Bis jetzt haben wir schon die Bitte um Gesundheit für Christinas Kinder, klare Sicht für Tobias, was seine Beziehung angeht, den Frieden in der Welt und die Missionare in Südwestafrika.« Sie sieht sich um.

Zögernd meldet sich Annegret. »Ich möchte Gott besonders die Sorge um meinen Sohn anvertrauen. Er hat schon wieder getrunken.« Ihre Stimme klingt belegt.

Peters sonore Stimme meldet sich zu Wort. »Mir liegen die Verantwortlichen dieser Kirche besonders am Herzen.«

Bernds Wunsch ist es, dass er nicht mehr so ungeduldig zu seiner Frau ist.

Beklommen stellt Otto-Karl fest, wie privat manche Bitten sind. Wenn er selber gefragt wird … was soll er dann sagen? Kann er es wirklich wagen, hier mit seinen innersten Sorgen und Wünschen herauszurücken?

»Herr, hilf mir«, betet er still.

Eine Weile wird noch zusammengetragen. Und dann kommt, was er befürchtet hat. Elli wendet sich ihm zu. »Hast du auch ein Anliegen, von dem du dir wünschst, dass wir dafür beten?«

Er verkrampft bereits bei Ellis erstem Wort. Plötzlich sieht er seine Mutter vor sich, klein und gebrechlich, wie sie geworden ist.

»Dass Gott bei meinen Eltern ist«, sagt er leise.

Elli nickt. »Nun wollen wir beten«, sagt sie.

Nach einer Dreiviertelstunde verlässt Otto-Karl die Gebetsrunde mit einer Art Hochgefühl. Er hat sich aufgehoben gefühlt, angenommen im Kreis der Glaubensgeschwister. Es war eine gute und vertrauensvolle Atmosphäre. Und wenn ihn nicht eine merkwürdige Scheu davon abgehalten hätte, dann hätte er glatt seinen Herzenswunsch als Gebetsanliegen hier vorgebracht.

Ein Gefühl von Wärme erfüllt ihn. Gewiss hat Gott ihr gemeinsames Gebet gehört. Heißt es nicht, wo zwei oder drei versammelt seien, sei Jesus schon mitten unter ihnen? Otto-Karl hat beinahe das Gefühl, über die Straße zu schweben.

Als ihm plötzlich jemand von hinten auf die Schulter klopft, hat er schnell wieder Bodenkontakt und einen gehörigen Schreck dazu. »Halt mal an!«, hört er Tobias hinter sich keuchen.

Otto-Karl dreht sich um. Da steht Tobias dicht vor ihm, außer Atem. »Hast du einen Moment Zeit?«

Otto-Karl nickt. Warum sollte er keine Zeit haben? Er sieht Tobias an. Der wirkt bedrückt – wie schon vorhin beim Gebetstreffen. Was um alles in der Welt mag er von Otto-Karl wollen? Ob es etwa um den Infokasten geht? Dass Otto-Karl ihn nicht gut genug gestalte? Nun ja, vielleicht sollte er sich wieder einmal darum kümmern …

»Ich wird demnächst mal wieder nach ihm schauen«, verspricht er.

»Nach wem?«, fragt Tobias verwundert. Und dann: »Ach, du meinst sie.«

»Wieso sie?«

Irgendwie reden sie aneinander vorbei, schwant Otto-Karl recht rasch. Er atmet einmal tief durch, um sich besser konzentrieren zu können.

»Ich glaube, wir sprechen nicht über dasselbe Thema«, meint Otto-Karl vorsichtig.

Jetzt hat es auch Tobias gemerkt. »Ich brauche Hilfe.«

»Um was geht es?«

»Um Miranda.« Tobias sieht aus, als spreche er über eine Beerdigung.

Otto-Karl ist das Thema unangenehm. Tobias hat locker bekommen, was Otto-Karl sich vergeblich ersehnt. Mehr als einmal ist er deswegen fast ein bisschen neidisch auf Tobias gewesen.

»Das heißt: um Miranda und mich«, ergänzt Tobias.

Das hat Otto-Karl sich inzwischen auch schon zusammengereimt. »Was ist denn los?«, fragt er so mitfühlend wie möglich.

»Ich weiß es nicht«, seufzt Tobias. »Ich weiß es einfach nicht. Wir passen wohl einfach nicht zusammen.«

Otto-Karl weiß nicht, was er dazu sagen soll. Zu Beziehungsproblemen! Fast will er sagen, die hätte er gerne. Wo er doch von Frauen und Freundschaft so viel praktische Ahnung hat wie ein Nichtschwimmer vom Wasser. Also wartet er einfach ab.

Und Tobias steht vor ihm und redet. Über Missverständnisse. Über Kommunikationsprobleme. Über verschiedene Erwartungen an das Leben zu zweit. Darüber, dass Frauen es erst schön finden, wenn man für sie organisiert, sich dann aber auf einmal gegängelt fühlen. Darüber, dass Frauen immer und überall Komplimente haben wollen. Dass man es Frauen letztlich nie recht machen kann. »Was soll ich denn machen?«, fragt Tobias und sieht Otto-Karl hilflos an.

»Wie soll ich das denn wissen?«, will Otto-Karl sagen, tut es aber nicht. Dazu ist die Sache zu ernst. Tobias erwartet doch, dass Otto-Karl ihm helfen kann, sonst hätte er sich nicht an ihn gewandt. Dass der eine Methode weiß, eine möglichst sichere Methode, mit der seine Beziehung gerettet werden kann.

Aber da ist Otto-Karl der Letzte, der helfen könnte. Eine solche Methode vermag er nun wirklich nicht zu liefern. Wo seine eigenen Erfahrungen mit sicheren Methoden doch mehr als niederschmetternd sind. Die gibt es nicht im Leben und kann es nicht geben, das dämmert ihm langsam.

»Du solltest dir vielleicht selber erst einmal über deine Gefühle klar werden«, meint Otto-Karl schließlich zögernd. »Vielleicht darüber beten. In dich hineinhorchen. Und dann, ja, dann wirst du wohl mit ihr darüber reden müssen.«

»Mit ihr? Darüber reden? Das kann ich nicht.«

Vielleicht liegt genau da das Problem, denkt Otto-Karl. Aber er sagt es nicht. Stattdessen hört er weiter zu. Auch wenn er sich überfordert und machtlos fühlt in der Angelegenheit. Doch Tobias scheint froh zu sein, dass jemand einfach nur zuhört. Irgendwann bedankt er sich für Otto-Karls Hilfe und Verständnis und verabschiedet sich.

Otto-Karl sieht noch lange hinter ihm her, bevor er endlich auch den Weg nach Hause findet.

53

In den nächsten Tagen hat Otto-Karl einen emotionalen Durchhänger, fühlt sich deprimiert. Irgendwie will überhaupt nichts klappen, wenn er es recht bedenkt.

Ja, er hat diese Gebetsgruppe gefunden, aber …

Ja, es geht ihm gesundheitlich gut, aber …

Irgendwann ruft seine Schwester an, um zu fragen, ob er nochmals ihre Kinder hüten könne.

Er sagt zu. Der Gedanke, mit den Kindern zu spielen, freut ihn. Und im Übrigen tut er seiner Schwester gern einmal einen Gefallen. »Endlich mal eine sichere Methode mit eingebauter Garantie«, denkt er selbstironisch. Nämlich eine sichere Methode, Schwester und Schwager einen netten Abend zu verschaffen.

Übrigens will er sich heute nach der Büroarbeit endlich mal wieder der lange vernachlässigten Wassermühle widmen. Hat er nicht beim letzten Mal diesen Trick angewendet? Mittels Spray alle Einzelteile in einem einzigen Arbeitsgang grundiert? Ja, das war eines seiner seltenen Erfolgserlebnisse in den vergangenen Monaten. Jetzt kann er endlich vernünftig weitermachen mit der Mühle und beim Zusammenbau des Modells einen großen Schritt vorankommen. Hofft er.

Er nimmt eines der grundierten Teile hoch. Genauer gesagt, er will es hochnehmen. Doch das ist unmöglich. Die zierlichen Teile sind zu einem einzigen großen Gewirr zusammengeklebt.

Komisch. Vorsichtig versucht Otto-Karl, eines der kleinen

Teile von den anderen zu lösen, doch es klebt zu fest. Er zieht etwas stärker, versucht es schließlich mit leichtem Biegen. Dabei bricht er gleich mehrere der empfindlichen Teile entzwei.

So ein …! Wie konnte das nur passieren? Wie konnte er nur so dumm sein? Natürlich hat der Lack die Teile alle zusammengeklebt, darauf hätte er auch vorher kommen können! Durch seine eigene Dummheit und Ungeduld hat er das ganze Modell verdorben!

Einen kleinen Moment lang hat Otto-Karl den Impuls, den verklebten Teilewust zu nehmen, auf den Fußboden zu werfen und darauf herumzutrampeln. Wie ein kleiner, wütender Junge. Ein Junge, dem im Moment fast alles schiefgeht und der jetzt an diesem unschuldigen Objekt seine ganze Wut und Verzweiflung auslassen will.

Stattdessen atmet er tief durch und legt die Teile zurück. Erst einmal nachdenken, bevor man etwas tut, was man hinterher vielleicht bereut.

Nein, er wirft die Mühle nicht in den Restmüll. Lieber würde er seine negativen Gefühle in den Eimer schmeißen. Ja, wenn das so einfach wäre!

Er bleibt auch an den folgenden Tagen deprimiert. Trotzdem versucht er, sich nützlich zu machen.

Er hilft auf dem Gemeindefest der befreundeten Gemeinde aus, übrigens zusammen mit Frau Schilling. Die ganze Zeit über sieht er sich nach unverheirateten Frauen um, die Gott ihm vielleicht genau auf diesem Gemeindefest zeigen möchte. Doch vergebens.

Er kutschiert Gemeindeglieder durch die Gegend. Er stellt Stühle. Er fegt den Gemeinderaum. Und noch lieber würde er das zusammen mit der Frau fürs Leben tun, wenn sie denn schon da wäre. Ist sie aber nicht. Und da soll man nicht deprimiert sein?

Wenigstens der Chor ist – wie schon so oft – ein Lichtblick. Im Chor wird fröhlich gesungen. Herr Paul, Otto-Karls Tenor-Nachbar, freut sich ganz offensichtlich, dass sein Stimmengenosse kommt. »Ich habe letztens darüber nachgedacht, was das für ein erbärmliches Leben war, bevor du mich hier verstärkt hast«, bemerkt er grinsend. Und dann bietet er Otto-Karl einen Hustenbonbon an.

Nach der Chorprobe stellt Otto-Karl wie immer noch die Stühle um für den nächsten Tag. Diesmal hilft nicht nur wie sonst Wilhelm mit, sondern auch Frau Schilling. Nett von ihr, wo doch die Kinder auf sie warten. Ein paarmal begegnen sie sich beim Stühletragen, dann lächelt Frau Schilling verlegen. Und Otto-Karl lächelt noch verlegener – er hat den Eindruck: dümmlich – zurück und spürt, wie ihm dabei das Blut in den Kopf schießt. Superpeinlich!

Endlich bricht Frau Schilling das Schweigen. »Entschuldigen Sie bitte«, stottert sie, »ich bin vermutlich reichlich unverschämt … und sagen Sie mir doch, wenn es nicht geht, Sie haben ja sicher auch anderes zu tun …«

Verwundert sieht er sie an. Er stellt doch immer die Stühle zurecht! Was ist denn daran Besonderes?

Frau Schilling schweigt mit unglücklicher Miene.

»Mir macht das nichts aus«, meint er begütigend. »Ich tue das gerne. Wirklich«, fügt er noch hinzu, als er ihren ungläubigen Gesichtsausdruck sieht.

»Das ist sehr nett von Ihnen«, sagt sie schließlich. »Wann könnten Sie denn noch mal kommen? Vielleicht am nächsten Samstag?«

Mit reichlicher Verspätung begreift er endlich und gerade

noch rechtzeitig, dass wieder einmal seine Kompetenz als Englisch-Nachhilfelehrer gefragt ist. »Äh … ja … nächsten Samstag … das würde gehen«, bringt er nach einigem Überlegen heraus. Hoffentlich merkt Frau Schilling nicht, wie schwer von Begriff er gerade war!

»Um vier Uhr?« Sie will gleich Nägel mit Köpfen machen.

»In Ordnung. Um vier.«

Als Otto-Karl, inzwischen nicht mehr ganz so deprimiert, nach Hause kommt, blinkt und piepst ihm wieder einmal der Anrufbeantworter entgegen. Wer mag das schon wieder sein?

Peter ist es, der vermeldet, Otto-Karl möge ihn bitte schön unbedingt zurückrufen, auch wenn es spät am Abend werde.

Was mag Peter so spät noch wollen?

Nun, wenn es denn sein muss … Otto-Karl ruft also zurück.

Peter ist auch sofort am Apparat. Fragt nach, wo Otto-Karl, da er doch morgen arbeiten müsse, sich so spät abends noch herumtreibe.

»Im Chor«, erwidert Otto-Karl.

»Ach ja, Bruder, ich vergaß, dass du in letzter Zeit auf diese Art und Weise unsere Kirchenmusik zu unterstützen pflegst.« Peter macht eine kleine Pause. »Und ich sage dir, dass du damit auf dem richtigen Weg bist.«

»Ja?« Eigentlich hat Otto-Karl das nie bezweifelt.

»Ich habe darüber nachgedacht und für dich eine Gebetszeit eingerichtet. Du brauchst mir nicht zu danken, Bruder, wir als geistliche Geschwister sind verpflichtet, füreinander einzustehen.«

Otto-Karl schweigt. Was soll er dazu auch sagen?

»Und so habe ich herausgefunden, was für dich in Bezug

auf deine Fragen, Zweifel und Nöte die sichere Methode ist.«

»Und zwar?«

»Arbeite am Reich Gottes.«

»Wie bitte?«

»Arbeite am Reich Gottes. Wir alle sind Arbeiter im Weinberg des Herrn, und nur wer sich einsetzt, wird seinen Lohn empfangen.«

»Ich gestalte im Moment die Infotafel«, bemerkt Otto-Karl, wenn auch nicht ohne einen Anflug von schlechtem Gewissen. Seine letzte Aktualisierung des Gemeinde-Schaukastens ist schon ein paar Wochen her.

»Sicher, sicher, das weiß ich ja. Aber als ich heute Abend hier so saß und nachdachte über dich, da kam es mir: Du solltest als Arbeiter im Weinberg noch mehr wirken. Dann wird dir großer Lohn werden.« Und nach einer kleinen Pause: »Übrigens hätte ich auch schon eine passende Aufgabe für dich.«

Es stellt sich heraus, dass Peter die Aufgabe übernommen hat, im nächsten offenen Feiergottesdienst eine Kurzansprache zu halten. Der findet schon an diesem Samstag statt. Und nun ist Peter siedend heiß eingefallen, dass er ja überhaupt nicht da ist an dem Wochenende, weil er eingeladen ist, schon seit Monaten, und so kam ihm also der Gedanke, dass vielleicht Otto-Karl …

»Nein, das kann ich nicht«, sagt der.

»Ach, lieber Freund«, Peter gibt sich nicht so schnell geschlagen, »du kannst mich doch jetzt nicht im Stich lassen. Wo soll ich denn sonst so kurzfristig jemanden finden, der für mich die Ansprache übernimmt?«

»Frag Wilhelm«, schlägt Otto-Karl vor. »Wilhelm macht manchmal so etwas. Oder Elli.«

»Die sind beide für die Betreuung der Kinder eingeteilt«, widerspricht Peter.

»Frag sie, ob nicht einer von beiden die Ansprache halten will. Dann übernehme ich mit dem anderen die Kinderbetreuung«, bietet Otto-Karl taktisch geschickt an.

Peter ist nicht erbaut, das kann man durch das Telefon förmlich spüren. Er macht einen letzten fragwürdigen Versuch, an Otto-Karls geistliche Verantwortung zu appellieren. Vergeblich. Otto-Karl bleibt stur. Allein die Vorstellung, vor Publikum sprechen zu müssen, erzeugt bei ihm das blanke Grauen.

Leicht verstimmt beendet Peter das Telefongespräch. Otto-Karl geht erleichtert schlafen.

Drei Tage später erhält Otto-Karl direkt nach der Arbeit einen Anruf von Elli: Er wolle doch mit ihr zusammen die Kinderbetreuung während des Samstagsgottesdienstes machen und ob man sich nicht einmal zur Vorbereitung zusammensetzen könne.

Er braucht einen Moment, bis er versteht, wovon Elli eigentlich spricht. Dann kommt es ihm wieder: das denkwürdige Telefonat mit Peter und die Arbeit im Weinberg und seine hartnäckige Weigerung zu kurzpredigen.

»Wann sollen wir uns treffen?«, fragt er.

»Wie wäre es mit heute Abend?«, schlägt Elli vor. Was ohnehin der letztmögliche Termin ist. Denn morgen ist Samstag.

Okay, Otto-Karl trabt also zum Gemeindehaus und trifft dort auf Elli, die ihm erst einmal einen Kaffee kocht und dann auf seine kreativen Ideen wartet. Und da er keine hat, stellt sie ihn schließlich dazu an, aus dem Keller Tonpapier und -karton, Stifte, Kleber und Ähnliches zu holen, Stühle und Tische zu stellen und den Boden zu fegen. Das Übliche eben.

54

Samstagmorgen. Endlich Wochenende. Die vergangene Woche war auch wirklich anstrengend. In der Firma vor allem. Aber heute kann Otto-Karl endlich mal wieder ausschlafen. Er schaltet den klingelnden Wecker aus, dreht sich auf die andere Seite, in dem schönen Bewusstsein, dass Samstag ist.

Sich jetzt noch eine Runde Schlaf gönnen: Das hat er sich verdient – und nötig hat er's auch.

Irgendwann wird er wach. Er hat einen komischen Traum gehabt. Peter erschien ihm im Traum. Und hat eine Kiepe auf dem Rücken, wie sie die Traubenpflücker bei der Weinlese tragen – oder vielleicht auch nur früher trugen.

Peter steht da und winkt und ruft Otto-Karl etwas zu. Aber der geht gerade spazieren und singt ein Liedchen vor sich hin. Während des Spaziergangs wird er traurig und immer trauriger. Da bemerkt er endlich Peter, der mit dieser Kiepe auf dem Rücken etwas abseits des Weges steht und winkt. Otto-Karl schaut zu ihm hin und hat das Gefühl, Peter wolle ihm etwas Wichtiges sagen, etwas ganz Wichtiges. Aber er kann ihn nicht verstehen, sosehr er sich auch anstrengt. Aber irgendein Geklingel, ein lautes, schrilles Geklingel übertönt Peters Worte.

Es ist das Telefon, das wird Otto-Karl im Aufwachen klar.

Er wälzt sich aus dem Bett, ergreift den Hörer. Berta Schilling ist am Apparat, fragt, ob es dabei bleibe, dass er heute Nachmittag mit ihr Englisch üben wolle.

Ja, erklärt er, dabei bleibe es natürlich. Und da sagt

Berta, sie würden jetzt in die Kirche gehen und ob er auch komme.

Er lacht und sagt, er mache mit Elli die Kinderbetreuung.

»Fein«, sagt Berta. »Dann sehen wir uns ja gleich.«

Während er auflegt, fällt sein Blick auf die Uhr. Und plötzlich weiß er, was Berta mit »gleich« gemeint hat.

Er reißt sich den Schlafanzug vom Leib, putzt im Rekordtempo die Zähne, zieht sich in aller Eile Kleidungsstücke über, die ihn in einen vorzeigbaren Zustand versetzen, hat noch nicht einmal Zeit, einen Kaffee zu trinken, und ist schon unterwegs Richtung Kirche.

Die ersten Besucher sind schon da. Wilhelms Sohn Tobias macht den Küsterdienst. Er lächelt Otto-Karl etwas gequält an, als der an ihm vorüberhetzen will. »Es ist aus«, murmelt er.

Otto-Karl versucht, mitfühlend zu gucken, eilt dann aber weiter. Er war vor einer halben Stunde mit Elli verabredet!

Elli ist bereits von ein paar Kindern umringt, als er eintrifft. »Verschlafen?«, lacht Elli, als sie ihn sieht.

»Sieht man das?«, fragt er verlegen.

Elli lacht noch mehr. »Ja!«

Auch die Kinder lachen.

»Du musst dich noch kämmen!«, ruft ein Kleiner mit Igelfrisur.

Otto-Karl wird rot. Natürlich! Er hat sich vorhin weder gekämmt noch rasiert. Er murmelt eine Entschuldigung, dann sieht er Elli an. »Soll ich lieber wieder gehen?«

»Quatsch!«, lacht Elli. »Du gehst ganz kurz ins Pfarrhaus hinüber. Ich gebe dir den Schlüssel. Dort kämmst du dich und knöpfst das Hemd richtig zu. Und ein schöner Dreitagebart ist etwas, was andere Männer sich wünschen würden … Ich gieße dir hier inzwischen einen Kaffee auf.«

Aufatmend nimmt er den Schlüssel entgegen und verschwindet in Richtung Pfarrhaus. Ein lauschiges Plätzchen ist das, zwischen Bäumen gelegen und von einer Mauer umgeben. Hier ist jetzt zum Glück keiner. Elli ist mit ihren Kindern im Gemeindehaus, Mike bestimmt schon in der Kirche.

Otto-Karl ist fast bei der Haustür, da hört er hinter sich Schritte.

Nicht, dass ihn jetzt auch noch jemand sieht! Er gibt Gas. In seinem momentanen Zustand will er niemandem begegnen.

So sehr beeilt er sich, dass er das Spielzeug übersieht, das vermutlich eines der Pfarrerskinder vor der Tür hat liegen lassen, und beinahe stolpert.

Keine drei Minuten später macht er sich schon auf den Rückweg. Auf halber Strecke begegnet ihm Frau Schilling.

Er grinst verlegen. »Ich wollte nur noch kurz ins Pfarrhaus hinüber.«

Frau Schilling lächelt. »Dann bis heute Nachmittag.«

»Bis dann!«

Die Kinderbetreuung läuft wider Erwarten gut. Elli lässt die Kinder irgendwelche Bastelarbeiten machen. Sie schnippeln, kleben und pinseln selig vor sich hin. Er muss nur am Tisch dazwischensitzen und für dieses Kind schneiden, für jenes vorzeichnen, ein drittes beim Kleben unterstützen und viel, viel loben.

Elli kocht Otto-Karl einen Kaffee und für sich auch. Dann stellt sie Kekse auf den Tisch: »Damit du nicht umkippst.«

Begeistert greifen auch die Kinder zu.

Viel zu schnell ist der Gottesdienst zu Ende. Die Erwachsenen strömen in den Kinderbetreuungsraum, um ihre Kleinen abzuholen.

»Schon?«, fragt ein Blondschopf. »Es war so lustig!«

Während die Kinder vorsichtig ihre kostbaren, noch feuchten Kunstwerke nach Hause tragen, räumt Otto-Karl mit Elli Bastelsachen weg, fegt Papierschnipsel und Moosgummiteile zusammen und wischt Acrylfarbe von den Tischen.

Otto-Karl hat vor, sich nach dem Aufräumen direkt auf den Weg nach Hause zu machen. Vor der Englischnachhilfe will er sich noch ein bisschen sammeln.

Doch es kommt wieder einmal anders. Kann es eigentlich niemals so gehen, wie man es geplant und sich vorgenommen hat?

Jedenfalls fängt Mike ihn ab, bevor er seine Junggesellenbude ansteuern kann. Der Pastor hält Otto-Karl zunächst einen Kurzvortrag darüber, was Kirche gemäß Paulus sei und dass jedes Glied am Leib der Gemeinde seine Aufgabe habe und dass alle Dienste und Ämter gleich wichtig seien.

Otto-Karl kennt die Bibelstelle und er fragt sich, ob er wieder einmal mit dem Putzen der Sanitäranlagen dran sei. Meistens folgt auf diese Bibelstelle nämlich eine entsprechende Bitte, so seine Erfahrung.

Doch diesmal hat er sich geirrt. Es folgt zwar eine Bitte, das war klar, aber eine gänzlich andere, als Otto-Karl es erwartet hätte.

»Könntest du nicht auf unserem Missionseinsatz für Peter einspringen?«, fragt Mike. »Peter ist plötzlich verhindert und er deutete mir gegenüber an, dass du eventuell dazu bereit wärst.« Erwartungsvoll sieht er Otto-Karl an.

Dem wird auf einmal ganz anders. Mission. Sicher, Jesus hat den sogenannten Missionsbefehl gegeben. Und Otto-Karl verschweigt seinen Glauben nicht. Er hat sowohl auf der Arbeit als auch sonst bereits häufiger über seinen Glauben gesprochen. Aber sich auf den Marktplatz stellen und predigen, das würde ihm echt widerstreben. Allein der Gedanke daran verursacht bei ihm heftige Magen- und Kreislaufprobleme.

So steht er einfach nur schweigend da, mit kaltem Schweiß auf der Stirn und einem flauen Gefühl im Bauch, und starrt Mike an, bis ihm bewusst wird, dass der eine Antwort von ihm erwartet. »Äh ... um was handelt es sich denn genau?«, würgt er schließlich hervor.

»Ich wusste, dass du uns nicht im Stich lassen würdest!«, ruft Mike sichtlich erleichtert aus. »Morgen Nachmittag auf dem städtischen Herbstfest werden wir einen Stand mit Getränken aufbauen. Und dort soll auch das Gespräch gesucht werden, um die Gute Nachricht weiterzugeben. Punkt 14 Uhr treffen wir uns am Park-and-ride-Parkplatz. Ich bin so froh, dass du kommen wirst!«

Otto-Karl sagt nichts. Er wagt nicht, Nein zu sagen. Wie enttäuscht wäre Mike, wenn er wüsste, dass Otto-Karl es entsetzlich findet, auf der Veranstaltung das Gespräch zu suchen! Und wie enttäuscht erst, wenn Otto-Karl absagen würde!

Der nickt gequält und schleicht nach Hause. Dort lässt er sich in den Sessel fallen und brütet dumpf vor sich hin. Erholung sieht anders aus. Irgendwann fällt ihm die versprochene Nachhilfestunde für Berta ein und er macht sich lethargisch auf den Weg.

Es ist gemütlich bei Schillings. So gemütlich, dass er eine

Weile seinen Kummer vergisst, seinen allgemeinen Dauerkummer und seinen ganz aktuellen mit der geplanten Missionsveranstaltung.

Während er Berta englische Grammatik erklärt und ihr dann verschiedene Übungsaufgaben zu lösen gibt, spielen Lina und Kai leise im Nachbarzimmer. Frau Schilling stellt Waffeln mit Schokolade bereit. »Die mögen Sie doch gerne, oder?«, fragt sie lächelnd.

Ja, Otto-Karl fühlt sich wohl. Bis beim anschließenden Kaffeetrinken Kai erzählt, dass er morgen auf dem Herbstfest mit der Kindergartengruppe auftreten werde. »Kommst du gucken?«, fragt er Otto-Karl.

Der würde liebend gerne zuschauen kommen. Aber er kann nicht. Genauer: Er darf nicht. Er wird zwar auf dem Fest sein, aber er muss Leute missionieren. Ihm wird schon wieder ganz übel.

»Geht es Ihnen nicht gut?«, fragt Frau Schilling besorgt.

Und da kann er nicht anders: Er erzählt ihr von seinem Problem. Von dem Einsatz, vor dem ihm graut. Eigentlich wollte er sie ja nicht damit belasten, aber jetzt redet er sich seinen Kummer von der Seele.

»Du musst beten«, rät Kai, der aufmerksam zugehört hat. »Du musst beten, dann hilft Gott dir schon.«

Otto-Karl nickt. Der Kleine hat ja recht. Und doch ist alles ein wenig komplizierter, als der Junge es sich vorstellt. Denkt Otto-Karl so für sich. Sagt es aber natürlich nicht.

Irgendwann ist auch der schöne Nachmittag bei Schillings zu Ende. So was könnte er öfter brauchen, kommt ihm auf dem Heimweg in den Sinn.

Abends im Bett denkt er noch einmal über Kais kindliche Worte nach. Ein wenig schämt er sich, dass er so kingläubig geworden ist. Dass das Kind ihn daran erinnern muss, zu beten! Dabei hat er sich doch fest vorgenommen, im Weinberg Gottes zu arbeiten. Im Gebet beharrlich zu sein und Vertrauen zu haben. Einfach alles richtig zu machen. Aber wie das eben so ist mit guten Vorsätzen …

55

Vor lauter Magenschmerzen schwänzt Otto-Karl am Sonn-
tagvormittag den Gottesdienst. Er nimmt sich ganz fest vor,
stattdessen intensiv zu beten, und läuft doch nur nervös in
seiner Dachbude herum.

Sieht beim Herumrennen wieder die Teile der Wassermühle an, die zu einem unschönen Klumpen zusammengeklebt sind. Kämpft erneut gegen den Impuls, sie in den
Mülleimer werfen, und lässt es dann doch bleiben.

Irgendwie ein treffendes Bild für sein Leben, dieser ver-
korkste Modellbau. Otto-Karl fühlt sich mit einem Mal so
mutlos. Was bleibt einem als Mensch? Man ist ausgeliefert,
hilflos ausgeliefert. Man kann beten, aber man wird nicht
erhört. Man kann sich bemühen, sich abstrampeln, aber
man bewirkt nichts. Nichts.

Was bleibt, ist eine stumme Verzweiflung, in der man versucht, sich über Wasser zu halten, und eine Methode nach
der anderen ausprobiert. Um sich wenigstens zu bemühen
und um sich nicht vorwerfen zu müssen, etwas unversucht
gelassen zu haben.

Zum Beispiel heute Nachmittag. Da wird er missionieren
gehen. Um es wenigstens probiert zu haben. Und natürlich,
weil er es versprochen hat.

Vorher wird er beten. Erstens um sein Daueranliegen; und
zweitens um einen fruchtbaren Missionseinsatz und dass er
das irgendwie hinkriegt; und drittens, dass er irgendwie um
diesen Einsatz herumkommt. Dass das irgendwie schizo-
phren ist und sich widerspricht, stört ihn in seiner augen-

blicklichen Geistesverfassung schon nicht mehr. Außerdem werden seine Gebete wie immer sowieso nicht erhört werden …

Um halb zwei trottet Otto-Karl los, um rechtzeitig in der Stadt zu sein. Mike wartet schon am Treffpunkt, ebenso Elli und die Kinder. Außerdem Wilhelm, Annegret und Tobias. Und ein weiteres Ehepaar. Alles Leute aus der Gemeinde. Alles Menschen, die gut reden können, die gut auf andere Menschen zugehen können. Und dann er, Otto-Karl. Der vor Fremden den Mund kaum aufbekommt. Dem so oft die Worte fehlen. Der im Grunde schüchtern ist und viel lieber beobachtet. Otto-Karl also zwischen all den Missionskanonen.

Angeregt sind die anderen im Gespräch miteinander. Otto-Karl steht und schweigt.

Es wird ein Gebetskreis gemacht; Mike bittet Gott, ihnen viele gute Gespräche zu schenken und dass Menschen durch die Aktion das ewige Heil finden.

Otto-Karl sagt dazu sein ehrliches Amen und hofft doch, dass es bei ihm selber zu keinem einzigen Gespräch kommt. Er kann aber nicht verhindern, dass er sich für diese unfrommen Gedanken schämt.

Als Mike die Truppe in Marsch setzt, schnappt Otto-Karl sich die größte Kiste zum Tragen, um seine innere Feigheit vor dem Feind wenigstens teilweise wiedergutzumachen.

Kurz darauf steht Otto-Karl an dem Gemeindestand. Mike gibt die Verteilschriften an die anderen Mitstreiter aus, Elli sortiert irgendwelche Getränke und Kisten, die Übrigen nehmen die Blätter und zum Teil auch Luftballons und schwirren aus. Jeder weiß anscheinend, was er zu tun hat. Nur Otto-Karl nicht.

Der steht einfach nur so herum, möchte sich unauffällig drücken, ja am liebsten ganz verdrücken. Bis Mike auch ihm einen Stoß Faltblätter zum Verteilen in die Hand drückt. Jetzt gibt es kein Entrinnen mehr. Das Missionsfeld wartet. Leichenblass bewegt Otto-Karl sich im Zeitlupentempo auf die vorbeilaufenden Menschen zu.

»'tschuldigung«, krächzt er – vorhin hatte er doch noch keine raue Stimme! – und will einem älteren Herrn ein Faltblatt reichen, doch der ignoriert ihn und hetzt weiter. Otto-Karl sieht starr hinter ihm her.

»Entschuldigung«, tönt da eine wohlbekannte Stimme direkt neben ihm.

Er dreht sich um. Das Blut schießt ihm in den Kopf, als er so dicht vor sich Frau Schilling stehen sieht.

Sie lächelt ihn etwas verlegen an. »Entschuldigung«, wiederholt sie.

»Ah … ist schon gut«, stammelt er. Immerhin ist er nicht mehr heiser.

»Ich wollte Ihnen einen Handel anbieten«, sagt Frau Schilling. »Sie beaufsichtigen für eine Weile meine Kinder und ich übernehme Ihren Posten hier am Stand.«

Er sieht sie entgeistert an. Das kann doch wohl nicht ihr Ernst sein! Niemand, absolut niemand kann doch wohl so verrückt sein, freiwillig hier missionieren zu gehen!

Aber sie macht gar nicht den Eindruck, als müsse sie sich besonders überwinden zu diesem Einsatz, fällt ihm auf.

»Wie … meinen Sie das?«, bringt er mühsam heraus.

Sie lacht freundlich: »Wir tauschen einfach! In Ordnung?« Sie weist auf ihre drei Kinder, die in einiger Entfernung mit sehnsüchtigen Augen vor einem Karussell stehen. »Ich gehe hier an den Stand, und Sie ziehen mit den Kindern über das

Fest. Aber denken Sie daran, dass Kai um drei Uhr beim Kindergartenstand sein muss!« Sie nimmt Otto-Karl die Verteilblätter aus der Hand und geht.

Der dreht sich erleichtert um. Dahinten stehen die Kinder und blicken ihm erwartungsvoll entgegen. Mit schnellen Schritten läuft er auf sie zu. »Hallo«, ruft er. »Ich darf auf euch aufpassen!«

»Hat Mutti doch schon gesagt«, bemerkt Berta.

Er ist ganz kurz irritiert. »Und? Was wollt ihr jetzt machen?«

Es wird ein wunderbarer Nachmittag! Otto-Karl streunt mit den Kindern über den Markt und macht sich einen Spaß daraus, den Kindern eine Freude nach der anderen zu bereiten. Sie probieren jedes einzelne Karussell aus, lassen sich schminken und dann fotografieren, später auf einem Polizeimotorrad ablichten, werfen Bälle auf Büchsen und bemalen Gipshunde. Berta ihren braun gefleckt, Lina ihren ganz schwarz und Kai seinen grün-blau gestreift. Mit ganz ernster Miene sitzt er da und pinselt.

Otto-Karl schaut sich mit Lina und Berta die Vorführung des Kindergartens an. Die Erzieherin schaut ihn skeptisch an, als er Kai bringt. Beim Abholen lächelt sie superfreundlich. »Wie schön, Sie auch einmal kennenzulernen«, bemerkt sie zu Otto-Karls Verwunderung.

»Wie meinte die das?«, fragt Otto-Karl später.

»Ich habe ihr gesagt, du bist mein Papa«, flüstert Kai ihm zu. »Damit es nicht so peinlich ist.«

Oh weh. Otto-Karl findet es eher auf diese Art peinlich. Er macht, dass er wegkommt vom Kindergartenstand. Aber die Sache lässt ihn nicht los. Soll er noch mal zurück und das Missverständnis aufzuklären? Er ist unschlüssig. Erst als sie schließlich alle wieder Richtung Missionstrupp ziehen, macht er einen kurzen Abstecher zum Kindergartenstand, trifft aber die besagte Erzieherin nicht mehr an. So was Dummes! Aber er kann ja schlecht die anderen Mitarbeiter des Kindergartens ansprechen: »Schöne Grüße an Ihre Kollegin und ich bin nicht, was sie meint …!«

Als er abends nach Hause kommt, ist er glücklich. Wie viel Spaß er mit den Kindern gehabt hat! Sie wollen ab jetzt nur noch mit ihm auf Straßenfeste gehen. Haben sie jedenfalls ihrer Mutter erklärt, und die schien gar nichts dagegen zu haben.

Und dann ist da noch etwas: Gott hat tatsächlich sein Gebet erhört. Sein Gebet, das er so ungläubig und ohne Hoffnung gesprochen hat …

Na ja, die Verwechslung am Kindergartenstand, die geht zwar auf Kais Konto, aber das wird Otto-Karl noch mit Frau Schilling klären müssen.

Dass sie aus christlicher Nächstenliebe seinen Missionsjob übernommen hat, war übrigens ganz stark. Andererseits: Vielleicht hat sie auch nur gesehen, wie unfähig er sich dabei angestellt hat, und wollte Schaden vom Reich Gottes abwenden … Also für ihn eine zwiespältige Sache, wenn man es sich richtig überlegt.

Da ist es wieder: unfähig. Ein Grundzug seines Wesens. Unfähig zu allem. Außer vielleicht zum Kloputzen im Gemeindehaus. Und zum Fußbodenaufwischen. Obwohl sich auch da schon mal jemand beschwert hat, als er einen schwarzen Streifen nicht wegbekommen hat.

Kein Wunder, dass bei ihm die sichere Methode mit der Arbeit im Weinberg des Herrn nicht funktioniert!

Ja, wenn Otto-Karl den Versagerblues anstimmt, ist er nur

noch schwer zu bremsen. Immer mehr fällt ihm jetzt ein, was schiefläuft in seinem Leben.

Er kriegt ja nicht mal sein simples Wassermühlenmodell zusammengebaut.

Als er schließlich zu Bett geht, ist das wundervolle Glück des Nachmittags völlig verdunkelt und die altvertraute Deprimiertheit grinst ihn wieder an.

56

Eine neue Woche beginnt und Otto-Karls innerer Zustand knüpft nahtlos an den Sonntagsausklang an.

Er zweifelt an sich. Fundamental. Was soll er in dieser Welt überhaupt? Er nimmt doch nur Platz weg. Zum Beispiel einen Arbeitsplatz. Dass seine Firma ihm überhaupt ein Gehalt zahlt, wo er doch ohnehin nichts zustande bringt …

Irgendjemand muss Otto-Karl jetzt bremsen, sonst nimmt das kein gutes Ende, das merkt er.

Dieser Irgendjemand heißt Berta, die in der Folgewoche bei ihm anruft und jubelnd mitteilt, dass sie eine Eins in Englisch geschrieben hat.

Das ist für ihn der erste Schritt raus aus dem Dunkel. Er freut sich ehrlich mit Frau Schillings Tochter und erinnert sich sogar an sein Versprechen: ihr einen Blumentopf zu schenken. Noch am selben Tag kauft er einen. Er wird Berta damit am Sonntag überraschen, das nimmt er sich vor.

Der Sonntag kommt. Otto-Karl schläft schlecht in der Nacht. Er hat einen grässlichen Albtraum, in dem er zitternd als Schüler vor Gott als dem Oberlehrer steht. Gott prüft ihn, fragt ihn lauter Dinge ab, die er nicht weiß. Otto-Karl stammelt und stottert, während Gott immer strenger guckt und schließlich erbost mit dem langen Lineal auf das Lehrerpult knallt. »Setzen! Sechs! Du hast nicht bestanden! Für jemanden wie dich gibt es keine Frau!«

Schweißgebadet wacht er auf.

Er sammelt seine Gedanken, versucht, Ordnung in seinen

Kopf zu bringen. Natürlich, das weiß er, ist Gott kein Oberlehrer. Hat er nicht sogar seinen eigenen Sohn geopfert für die Menschen? Nein, Gott ist nicht wie in seinem Nachtgesicht.

Und doch. Und doch fühlt sich Otto-Karl so klein, so unvermögend, so nutzlos an diesem Sonntagmorgen.

Eine Weile überlegt er, einfach im Bett liegen zu bleiben und den Gottesdienst zu schwänzen. Das wäre natürlich das Einfachste, aber es wäre auch das nächste Versagen. Und im Übrigen hat er einen Blumentopf auf dem Küchentisch stehen, den er Berta überreichen will.

Also wälzt er sich aus dem Bett, trinkt seinen überlebensnotwendigen Kaffee, ohne was dazu zu essen – noch nicht einmal ein gesundes Frühstück bekommt er zuwege! –, und macht sich auf den Weg in die Kirche. Wenn nur nachher keine schlechte Predigt kommt, mit Vorhaltungen, Zeigefinger und »Streng dich mehr an«! Das würde ihm den Rest geben, da ist sich Otto-Karl sicher.

Wie meistens geht es ihm schon besser, als er die Kirche überhaupt nur betritt. Elli strahlt ihn so freundlich an, Frau Hedderich drückt ihm die Hand und selbst Bernd ist mit seinen Krücken zum Gottesdienst erschienen.

Etwas unruhig sieht sich Otto-Karl um, bis er Frau Schilling mit ihren Kindern entdeckt. Mit noch nicht ganz wiederhergestelltem Lächeln tritt er auf Berta zu und überreicht ihr mit einem kleinen Diener den Blumentopf. »Mit herzlichen Glückwünschen zur Eins in Englisch!«

Berta freut sich mächtig, das sieht er ihr an. Und da geht es ihm gleich noch ein bisschen besser.

Mike predigt heute gut. Über den Psalm 139. »Ich danke dir dafür, Gott, dass ich wunderbar gemacht bin.«

Na ja, denkt Otto-Karl, wer wunderbar gemacht ist, für den ist es natürlich leicht, dankbar zu sein.

Aber Mike weist daraufhin, dass der Psalm von David ist. Und der hatte bekanntermaßen wirklich seine Fehler.

Das stimmt, Otto-Karl nickt innerlich. Die vielen Frauen. Sein unmögliches Verhalten gegenüber Urija, dem Hethiter. Und überhaupt.

Ja, sagt Mike. Aber trotzdem war es richtig von David, diesen Psalm zu dichten. Denn jeder, auch der mit den größten Fehlern, ist wunderbar gemacht.

Mike hat auch gleich ein Beispiel bereit. Eine Mutter. Eine Mutter liebt ihr Kind, findet es wunderbar. Und wenn das Kind lügt und Schimpfwörter sagt oder mit dem Essen matscht, dann stört sie das zwar, aber sie findet ihr Kind immer noch wunderbar. Und sie liebt es immer noch über alles.

So ist Gott. Er liebt uns, weil wir seine Kinder sind. Er findet uns wunderbar. Einfach so, ohne Gegenleistung. So ist das.

Otto-Karl taut immer mehr auf. So ist das? So ist das!

Beim Kirchenkaffee bleibt er heute gerne. Er hält nach den Schilling-Kindern Ausschau. Die kommen auch sofort auf ihn zu. Berta trägt ihre Blume vorsichtig vor sich her.

»Mama hat Kekse dabei«, flüstert Kai ihm verschwörerisch zu.

Der kann inzwischen sogar wieder lachen. »Das ist gut. Ich habe nämlich heute nicht gefrühstückt.«

»Das ist ungesund«, bemerkt Berta tadelnd.

Otto-Karl nickt. »Aber Gott mag mich trotzdem.«

Ernsthaft nickt Lina. »Ja. Gott mag uns trotz unseres ganzen Unfugs.« Sie überlegt eine Weile. »Und Mama auch.«

Er begreift im ersten Moment nicht, was das Kind meint. Was macht Frau Schilling für Unfug? »Wie meinst du das?«, fragt er nach.

»Mama mag uns auch trotz unseres ganzen Unfugs«, wiederholt Lina laut und deutlich, als habe Otto-Karl Probleme mit den Ohren.

Vom anderen Ende des Tisches lacht Frau Schilling herüber. »Das stimmt nur halb. Ich habe euch lieb. Punkt. Der Unfug kommt erst dann.«

Otto-Karl muss an die Predigt denken. Gott liebt ihn. Punkt. All die Fehler, die kommen erst dann. Eigentlich schön. Wunderschön. Wunderbar. Otto-Karls Gedanken schweifen …

Bis sie mit einem Mal von Kais empörter Stimme unterbrochen werden: »Hörst du mir überhaupt zu?«

Nachdenklich geht Otto-Karl mittags nach Hause. Wie meistens findet er, dass der Kirchenkaffee viel zu schnell beendet ist. Aber es ist ja klar, dass all die Familienmütter und -väter dringend nach Hause wollen. Die sitzen ja auch nicht allein in einem Dachgeschossappartement herum.

Der empörte Kleine fällt ihm ein: »Hörst du mir überhaupt zu?«

Wie leicht hört man nicht zu, wenn ein Mensch einem etwas erzählt! Und wie leicht hört man auch Gott nicht zu, was das angeht.

Diese ganze Geschichte. Diese ganze Suche nach einer Frau fürs Leben. Diese ganze Unruhe, die in Otto-Karls Leben gekommen ist in letzter Zeit. Ob das nicht vielleicht daran liegt, dass er einfach nicht zuhört? Der Misserfolg, aber auch seine eigene Unzufriedenheit und Deprimiertheit? Angefangen hat doch alles mit diesem Gottesdienst vor

Monaten, in dem man seine Herzenswünsche formulieren sollte. Hätte er damals doch nur seine Zunge gehütet!

Obwohl, wenn er ehrlich ist, dieser Wunsch schon länger in ihm geschlummert haben muss. Sonst wäre er dann nicht so spontan herausgekommen. Und überhaupt scheint es ihm im Rückblick, dass er eigentlich sein Leben lang, von der Nähe Gottes einmal abgesehen, nichts mehr gesucht hat als eine eigene Familie. Und eine Frau. Die gehört ja dazu. Oder umgekehrt.

Aber das mit dem Zuhören beziehungsweise dass er nicht zuhören kann – das müsste sich doch bessern lassen.

Man müsste sich richtig Ruhe zum Beten nehmen. Richtig konzentriert. Das muss man doch schaffen. Selbst er!

Ob er sich einfach einmal hinknien soll?

Er kniet nieder. Tatsächlich sieht das Zimmer aus dieser Perspektive irgendwie vollkommen anders aus. Man sieht erst so, wie viel Staub zum Beispiel unter der Heizung liegt.

Und sieh mal einer an, da also sind die Briefmarken hingekommen, die er letztens gekauft und danach nicht wiedergefunden hat!

Er legt sich flach auf den Teppich und angelt nach den Briefmarken. Mit einem Mal muss er niesen. Vielleicht sollte man doch zunächst einmal Staub saugen.

Gesagt, getan. Er schiebt sogar die Möbel beiseite, um möglichst überall saugen zu können.

Dabei fällt ihm auf, wie verstaubt die Wandsockel sind. Also wischt er auch noch Staub. Bei der Gelegenheit mistet er noch seine Blumenbank aus und putzt die beiden Fenster. Dann spült er das ganze Geschirr ab. Er entkalkt die Kaffeemaschine. Er putzt die Schuhe.

Am Abend ist er richtig zufrieden mit sich. Er sieht sich in seiner kleinen Wohnung um. Endlich mal aufgeräumt! Im Grunde hat er es ganz gemütlich hier.

Erst als er später im Bett liegt, fällt ihm ein, dass er ja eigentlich beten wollte. Ganz konzentriert.

Resigniert schläft er ein.

Mitten in der Nacht wacht er auf. Er hat wieder entsetzlich geträumt, von Kindern, denen er nicht richtig zuhört, von Frauen, die schreiend vor ihm weglaufen, und von einem Gott in Gestalt eines Polizisten, der kopfschüttelnd sagt: »Sie machen zu viele Fehler, Herr Meurer. So ist eine Gebetserhörung leider unmöglich.«

Er liegt wach und ist verstört. So verharrt er eine ganze Weile, ohne sich zu rühren. Das Zeitgefühl hat er ganz verloren. »Hilf mir, Gott!« Fast tonlos kommt die Bitte schließlich über seine Lippen. Nur: »Hilf mir, Gott!«

Da sieht er plötzlich vor sich den kleinen Kai. Natürlich ist Kai nicht im Zimmer, das ist ihm schon klar, aber er sieht ihn so vor sich, wie er vor ihm gestanden hat am gestrigen Tag nach dem Gottesdienst. Als er gesagt hat: »Hörst du mir überhaupt zu?«

Aber diesmal sagt er etwas anderes. Ganz deutlich meint Otto-Karl zu hören, wie Kai nun sagt: »Gott liebt Otto-Karl. Punkt.«

Dann sieht er ihn nicht mehr. Vielleicht hat er nur geträumt. Ganz bestimmt hat er nur geträumt. Und dennoch. Dennoch ist es ihm, als habe er soeben den größten Zuspruch seines Lebens erfahren. Ob Gott ihm diesen Traum geschickt hat? Ob tatsächlich Gott seinem armen, verwirrten Kind dieses Traumbild geschickt hat?

Otto-Karl liegt im Bett, die Tränen strömen ihm und er

fühlt sich unendlich geliebt. »Danke, Vater«, flüstert er. »Danke.«

57

An diesem Montag hält Otto-Karl keine Ausschau nach Frauen. Nicht nach solchen fürs Leben und erst recht nicht nach anderen.

Schon bei der Fahrt zur Firma denkt er: »Gott liebt Otto-Karl. Punkt.«

Als sich ein Mann mit eindeutiger Alkoholausdünstung neben ihn setzt, steht Otto-Karl nicht auf und geht. Denn: »Gott liebt auch diesen Mann. Punkt.«

Und mit dem Kollegen, der aus Versehen die Arbeit des gesamten Freitags gelöscht hat, ist er ungewöhnlich nachsichtig. »Gott liebt auch diesen Mitarbeiter. Punkt.«

Übrigens stellt sich im Nachhinein der Schaden als kleiner heraus als gedacht, denn es hat am Freitagmittag eine außerplanmäßige Sicherung gegeben, die nun überall aufgespielt wird.

Otto-Karl kann schon bald weiterarbeiten. Gott liebt ihn. Punkt.

Eigentlich komisch, dass einem diese Megatatsache so oft entfällt. Er muss an die vergangenen Woche, Monate, ach sein ganzes bisheriges Leben denken, wo er sich so oft wertlos gefühlt hat.

Aber jetzt, genau in diesem Moment ist er sich der göttlichen Liebe so sicher, dass er sich richtig bremsen muss, um nicht bei der Arbeit ein kleines, fröhliches Liedchen anzustimmen: »Auf Gott allein will hoffen ich…«

Abends geht Otto-Karl in die Gebetsgruppe. Hier fühlt er sich mittlerweile richtig zugehörig. Und als die anderen ihre Gebetsanliegen vorbringen, betet er inbrünstig mit. Nur seinen eigenen, seinen sehnsüchtigsten Herzenswunsch, den bringt er nicht heraus. Der ist nicht für öffentliches Beten geeignet. Lieber betet er für die Gesundheit seiner Eltern und die Lösung der Erziehungsprobleme seiner Schwester. Denn ist es nicht ein Schatz und ein Segen, dass er seine Familie hat?

Und er betet mit den anderen mit. Für die Lösung von deren Problemen. Um Kraft und Stärke. Und um Frieden, äußeren wie inneren.

Zu Hause liest Otto-Karl viel in der Bibel. Dabei kommt ihm seine Spruchsammlung zum Thema »Ehe« irgendwann wieder in die Finger. »Ehe denn die Berge wurden und die Erde und die Welt geschaffen wurden, bist du, Gott, von Ewigkeit zu Ewigkeit!«

Plötzlich erkennt er, wie viel der Vers, in dem es gar nicht um Ehe geht, mit seinem Problem zu tun hat. »Ehe denn die Berge wurden …« Gott war schon immer. Gott wird immer sein. Er ist der Ewige und der Einzige, von Ewigkeit zu Ewigkeit. Und da will er, Otto-Karl, Gott vorschreiben, was der zu tun habe?

Gott wird selber besser wissen, was er vorhat und was gut ist. Natürlich darf, ja soll man beten. Die ganzen Gleichnisse, von der bittenden Witwe und so weiter, die stehen ja nicht umsonst in der Bibel. Aber nicht so fordernd. Sollte das Gebet nicht eher ein Sich-Annähern sein, ein Gottes-Willen-tun-Wollen?

Der Gott, der jeden einzelnen Menschen so sehr liebt, der Otto-Karl so sehr liebt, viel mehr, als ein Mensch, selbst eine Mutter es vermag – derselbe Gott wird gewiss Otto-Karls Bestes wollen. Sollte man ihm sich nicht anvertrauen? Gänzlich?

Ja, genau das will Otto-Karl und er kniet nieder zum Gebet und er fühlt sich so geborgen.

Wie schön wäre es, diese Erfahrung jetzt teilen zu können mit einem lieben Menschen! Der Gedanke fährt ihm blitzartig durch den Kopf. Und leider gleich der nächste: Was, wenn Gott überhaupt nicht will, dass Otto-Karl eine Gefährtin findet? Er gar keine Frau für ihn eingeplant hat?

Otto-Karl schluckt. Doch er trifft eine Entscheidung: Er will nicht zum x-ten Mal das Hamsterrad seiner Gefühle zum Laufen bringen, nicht die Gedankenspirale in Gang setzen, die unweigerlich abwärtsführt. Nein, das will er hier und heute nicht, das hat er bereits zu oft gemacht und nie hat es ihn weitergebracht.

Aber ein bisschen schwer ums Herz wird es ihm schon.

Beim Aufstehen fällt sein Blick auf das unfertige Wassermühlenmodell. Die traurig verklebt-verklumpten Kleinteile.

Wie leicht kann man alles verderben! Es war echt keine tolle Idee, die Teile alle zusammen mit Lackfarbe einzusprühen. Eine garantiert unsichere Methode.

Kann es überhaupt sichere Methoden geben im Leben? Otto-Karl bezweifelt das mittlerweile. Was für den einen richtig ist, mag für den anderen abgrundfalsch sein. Und was in der einen Lage hilfreich ist, kann in der anderen zerstörerisch wirken.

Was aber macht er nun mit der Wassermühle? Es gibt nicht viele Möglichkeiten: Entweder nimmt er den verhunzten Bausatz und überantwortet ihn dem Hausmüll. Oder er lässt die Ruine als Mahnmal in seiner Dachbude stehen, damit sie ihn daran erinnere, dass schnelle Methoden nicht unbedingt die besten sind. Oder er nimmt sich jetzt ein scharfes Messer und schneidet in mühevoller Kleinarbeit die Einzelteile auseinander.

Bei dem Gedanken an Letzteres vergeht ihm jede Lust. Wie viel Zeit und Mühe hat er schon in diese Mühle investiert? Genug ist genug. Ab in die Tonne mit dem Zeug!

Entschlossen holt er den Mülleimer und stellt ihn neben den Tisch. Das halb fertige Modell ist fast ein bisschen zu sperrig, um es mit Schwung in den Eimer zu befördern. Er muss es wohl zerbrechen, am besten drauftreten, damit es gut hineinpasst.

Er stellt die Mühle auf den Boden und hebt den Fuß. Im letzten Moment zögert er. Es wäre doch schade drum. Eigentlich ist sie bis jetzt ganz schön. Es könnte vielleicht noch etwas draus werden. Immerhin steckt schon eine Menge Liebe und Geduld darin.

Er stellt das Objekt wieder auf den Tisch und den Mülleimer wieder an seinen Platz und holt stattdessen ein scharfes Küchenmesser. Und langsam, ganz vorsichtig beginnt er die zusammengekleisterten Teile auseinanderzuschneiden. Nach einer Stunde ist es schon ein ansehnliches Häufchen von geretteten Teilen. Die Mühe scheint sich zu lohnen.

Macht sich nicht auch Gott Mühe mit uns Menschen? Otto-Karl findet, dass die Mühlen-Rettungsaktion ein gutes Gleichnis ist. Gott tut es herzlich leid um seine Menschen. Für sie hat er schließlich sogar seinen eigenen Sohn gegeben. Damit sie nicht endgültig im Müll landen.

Otto-Karl wird zusehends fröhlicher. Ein kleines Liedchen kommt über seine Lippen: »Auf Gott allein will hoffen ich.« Irgendwie passt der Kanon jetzt. Was auch geschehen mag: Gott hat einen Blick voller Liebe auf ihn, Otto-Karl.

»Auf Gott allein will hoffen ich.« Ja, so ist es.

58

Die nächsten Tage sind merkwürdig. Otto-Karls Gefühlslage schwankt zwischen wiederkehrender Verzweiflung und einem kleinen Glück, welches in ihm blubbert.

In einem Moment sitzt er stumm da, im nächsten Moment singt er. Über allem aber fühlt er sich irgendwie gehalten. Ja, gehalten, das ist wohl der richtige Ausdruck.

Wenn er in der Firma arbeitet, zu Hause mit neuem Elan an seiner Wassermühle bastelt, Fertiggerichte heiß macht und isst, Geschirr abwäscht, in die Gemeinde geht – er fühlt sich von Gott gehalten und getragen.

Otto-Karl betet viel in dieser Zeit. Damit er nicht so leicht abgelenkt wird, überlistet er sich selber und geht spazieren. Durch den Park. Beim Spazierengehen kann er hervorragend beten. Die Vögel zwitschern, die Luft ist frisch. Er geht langsamen Schritts. Spürt sich selber dabei. Wie er mit Gott spricht und vor Gott schweigt. Versunken darin, nimmt er seine Umgebung kaum wahr. Glückliche Momente sind das.

Einmal bekommt Otto-Karl eine Bibelstelle. Sagt man das nicht so? Sie sitzt ganz plötzlich in seinem Kopf. Wie eine Antwort, ein Zuspruch, der einfach da ist. »Lass dir an meiner Gnade genügen«, sagt es zu Otto-Karl. Und der ist sich sicher, dass Gott es ist, der zu ihm spricht.

»Lass dir an meiner Gnade genügen!« Ja, Gott ist gnädig, auch so einem alten Meckerer und Sünder gegenüber wie Otto-Karl.

War das nicht Paulus, dem dieser Zuspruch ursprünglich gegolten hat? Der um irgendetwas gebetet hatte. Mehr Gesundheit, mehr Kraft, so in der Richtung. Und dann kam: »Lass dir an meiner Gnade genügen!« Eine klare Abfuhr in gewissem Sinne.

Aber Otto-Karl fühlt sich im Moment weder schlecht noch enttäuscht. Er fühlt sich einfach geborgen. Vielleicht ist es Paulus ja genauso ergangen.

Ein paar zurückgezogene Wochen für Otto-Karl sind es, die folgen. Obwohl er ganz normal zur Arbeit geht. Er besucht weiterhin die Chorproben und scherzt mit Herrn Paul und Frau Brill, die neuerdings seine Tenor-Nachbarin und übrigens sehr nett ist. Was nicht heißt, dass er sie gleich heiraten muss.

Er geht in den Bibelkreis und interessiert sich besonders für das Thema Gebetserhörungen. Brot und Stein. Eine sichere Methode? Vielleicht.

Er geht in den Gebetskreis. Mehr und mehr fühlt er sich dort aufgehoben und zu Hause. Einmal beginnt Bernd mitten im gemeinsamen Gebet zu weinen. Auf behutsame Fragen jedoch schweigt er nur. Und Otto-Karl hat das Gefühl, dass er selber nicht der Einzige ist, der Kummer und Anliegen hat, die man selbst in diesem vertrauten Kreise nicht gerne nennt.

»Wollen wir nicht jeder in der Stille noch weitere Anliegen vor Gott bringen?«, schlägt er vor. »Und dann gemeinsam darum bitten, dass Gott auch unsere stillen Gebete hört?«

Elli sieht ihn zuerst verwundert an. Dann nickt sie zustimmend. Und so nimmt mit Otto-Karls Vorschlag ein neues Element Einzug in den Gebetskreis.

Bernd bedankt sich hinterher bei ihm. »Das kam nicht von dir«, sagt er. »Das kam von oben.«

Und Otto-Karl weiß, was er meint.

Natürlich geht er auch weiterhin in den Gottesdienst. Er lässt sich im Kirchenkaffee von den Kleinen berichten, was sie im Kindergottesdienst gemacht und gehört haben.

Ansonsten geht er – siehe oben – viel spazieren. Betend. Und langsam kommt er innerlich zu Ruhe und Festigkeit.

Irgendwann fällt ihm ein, dass der Schaukasten wieder einmal aktualisiert und erneuert werden muss.

Zwar ist Bernd, der Küster, wieder zurück im Dienst, aber noch nicht voll einsatzfähig. Und irgendwie sind sich alle möglichen maßgeblichen Personen in der Gemeinde einig, dass Otto-Karl den Infokasten so hervorragend gestalte, dass er das ruhig noch eine Weile weiter machen könne. Der nimmt es nach anfänglicher Verwunderung gelassen. Es gibt Schlimmeres als die Schaukastengestaltung! Er wird sich weiter treu darum kümmern.

Er geht also ins Gemeindebüro und holt sich die neuen Termine. Ein Bibelspruch für die Woche ist auch dabei, aus Psalm 16: »Mir ist ein schöner Anteil zugefallen. Was du mir zugemessen hast, gefällt mir gut.«

Otto-Karl liest den Vers und nickt. Ja, das stimmt. Eigentlich hat er es doch gut. Und im Moment, gerade auch im Gegensatz zu den vergangenen Wochen, fühlt er sich Gott so nah. Von ihm getragen und gehalten und geführt und das alles. Wirklich – Gott so nah!

Er spricht still ein kleines Dankgebet, während er den Schaukasten leer räumt, das Poster mit dem neuen Bibelspruch aufhängt und den Zettel mit den aktuellen Terminen befestigt.

Gleich wird er wieder in den Park gehen.

Am Wochenende besucht Otto-Karl seine Eltern. Er fühlt den Blick der Mutter besorgt und liebevoll auf sich ruhen.

»Wie geht es dir?«, fragt sie.

Otto-Karl muss fast gegen seinen Willen lächeln. »Gut«, meint er. »Ich bin viel an der frischen Luft.« Und dann erzählt er der Mutter von seinen Gebetsspaziergängen.

»Ach, lasst uns doch auch rausgehen bei dem schönen Wetter«, meint die Mutter.

Und so schieben sie die Mutter durch die herbstlichen Straßen, immer abwechselnd, an den flachen Stellen der Vater, an den steileren Otto-Karl, bis sie den nahen Stadtrand erreichen und in den Wald kommen.

»Hier ist es schön!«, ruft die Mutter aus und sie besieht sich die bunten Herbstbäume, als habe sie solche noch nie gesehen.

Otto-Karl legt ihr die Decke neu über die Beine und fährt sie weiter und sie genießt die Spazierfahrt wie ein staunendes, dankbares Kind.

Ein paar Tage später erwähnt Otto-Karl seiner Schwester gegenüber seine neue Beschäftigung.

»Du bist schon immer seltsam gewesen«, stellt Kläre fest und sie meint es vermutlich nicht unfreundlich. »Seltsam und ein Einzelgänger. Du bastelst Ewigkeiten an deinen Modellen herum, jetzt gehst du mutterseelenallein spazieren. Mach dir nichts draus! So bist du eben.«

Ja, so ist er eben, zumindest im Moment. Und so macht er weiter seine Spaziergänge. Denn diese Wege durch den Park will er mittlerweile nicht mehr missen. Der Friede, der ihn durchströmt. Wahrhaftig, er kann die Mönche verstehen, die sich Kreuzgänge gebaut haben. Auf denen man meditierend beten kann und doch an der frischen Luft ist. Allerdings ist auch die Überdachung nicht zu verachten, wenn es zum Beispiel gerade regnet.

Trotzdem lässt Otto-Karl sich durch die Herbstnässe nicht schrecken. Am ersten Regentag geht er mit Schirm, aber das bringt ihm nicht so viel. Mit Regenschirm kann er nicht richtig beten.

Am nächsten Tag geht er, obwohl es immer noch regnet, einfach ohne Schirm. Er geht und betet, wird klatschnass und muss sich zu Hause komplett umziehen. Diese Umständlichkeit nimmt er gern in Kauf. Zumal so eine Regendusche ungemein erfrischt.

Na ja, als nach ein paar Tagen die Sonne wieder die Oberhand gewinnt und er im Trockenen hinauskann, beklagt er sich nicht wirklich …

59

Es ist ein Samstag. Die Luft ist noch gut und rein von den Regentagen, die Pfützen glänzen breit auf den Wegen.

Otto-Karl geht seinen üblichen Weg durch den Park. Anscheinend nutzen nicht wenige Menschen die Gelegenheit, den Park mal wieder im Trockenen aufzusuchen, denn Otto-Karl muss ein paarmal rücksichtslosen Radfahrern ausweichen. Einmal rennt ein Kind, das mit seinen Freunden Nachlaufen spielt, einfach in Otto-Karl hinein. Ein anderes Mal erschreckt ihn ein Hund, der ganz plötzlich vor ihm steht und an seinen Händen schnuppert. Das zugehörige Herrchen versichert ihm beiläufig, der Hund tue bestimmt nichts. Fehlt bloß noch das obligatorische »Der will nur spielen!«, denkt Otto-Karl und ist froh, als das Tier samt seinem Halter um die nächste Ecke entschwunden ist.

Nach einer Weile biegt Otto-Karl von seinem üblichen Weg ab und lenkt seine Schritte Richtung Spielplatz. Es ist eine ganz spontane Entscheidung, vielleicht weil er heute auf »seinem« Weg ohnehin nicht zur Ruhe kommt.

Wenn er allerdings gedacht hat, nun begegne er weniger Menschen ... Jedenfalls toben ganze Horden von Kindern auf den Geräten herum, vermutlich ebenso froh wie der Hund vorhin, wieder an die frische Luft zu können.

Eine einzelne Gestalt steht am Rand des Spielplatzes und beobachtet die Kinder. Eine Frau ist es. Otto-Karl schlendert langsam weiter, bis er neben ihr angekommen ist.

»Hallo!«, sagt er. Seine Stimme klingt rau.

Die junge Frau dreht sich schnell um. »Oh! Hallo!« Eine Weile sehen sie sich an. Schweigend.

Otto-Karl sucht nach einem Gesprächsthema. Einem Satzfetzen, einer Bemerkung, die dieses Schweigen bricht, auflockert.

»Ich bin hier so vorbeigekommen«, bemerkt er schließlich und ärgert sich gleich darauf über die läppische Bemerkung.

»Ja?«, meint sie.

Er seufzt.

Eine ganze Weile stehen sie so nebeneinander, beobachten die drei Kinder, die auf dem Klettergerüst herumturnen. Berta, die Große, ist schon lange ganz oben an der Spitze. Die beiden Kleinen versuchen, hinter ihr herzukommen, aber keines von beiden hat eine realistische Chance. Sie sind einfach noch zu kurz, die beiden, als dass sie richtig gut von einem Seil zum anderen gelangen könnten.

Eine Weile überlegt Otto-Karl, ihnen zu helfen. Dann fällt ihm ein Ausspruch seiner Mutter ein, man solle Kinder nur so hoch klettern lassen, wie sie allein klettern könnten. Dann hätten sie immerhin die Fähigkeit, heil wieder herunterzukommen.

Etwas frustriert beobachtet Otto-Karl die beiden jüngeren Kinder, voller Mitgefühl, dass sie sich so abmühen, ohne einen Erfolg zu erzielen.

Da geschieht etwas Unerwartetes: Die beiden Kleinen sprechen sich ab. Sie hocken nebeneinander und diskutieren lebhaft. Dann klettern sie wieder. Aber diesmal klettert Lina vor, während Kai ihr von unten nachhilft.

Danach zieht Lina von oben, während Kai klettert.

Fasziniert beobachtet Otto-Karl die Kinder. »Es wird vieles leichter, wenn man es gemeinsam anpackt«, denkt er.

Und im selben Moment, wo er es denkt, merkt er, dass er laut gedacht hat.

Er will seinen ausgesprochenen Gedanken zurückrufen, so wie als Kind, wenn man im Spiel sagen konnte: »Zurück, gilt nicht!«, und dann von vorne anfangen durfte mit seinem Spiel.

Aber Frau Schilling antwortet schon. Es ist kein Spiel, es ist echt. Christina heißt sie übrigens, fällt Otto-Karl gerade jetzt ein. Christina Schilling. Klingt eigentlich gut.

Frau Schilling nimmt seinen Gedanken auf und führt ihn weiter. »Ja«, sagt sie leise. »Aber manche Menschen finden eben keinen, der das Leben mit ihnen gemeinsam anpacken will!«

»Oh«, meint Otto-Karl und er wundert sich über seinen Mut, »ich wüsste da eine Methode.«

60

Ein knappes Jahr später findet die Trauung statt. Otto-Karl läuft schon wieder im Anzug herum, obwohl er heute keinen Küsterdienst hat. Heute nicht.

Nein, er läuft im Anzug herum und sucht den Orgelschlüssel, da Wilhelm die Küstervertretung macht und nicht weiß, wo der Schlüssel sich befindet. Und Herr Mewes, der Chorleiter, lässt es sich nicht nehmen, bei der Trauung seines besten Tenors die Orgel zu spielen. Nur dass er dafür eben den Schlüssel braucht.

»Mimimimimi!«, singt der Chor im Gemeindesaal, wo jeder einzelne Tisch festlich gedeckt ist. »Mimimimimi!« Und dabei machen die Chorsänger alle ein Gesicht wie eine Katze. Zumindest versuchen sie es.

Christina steht etwas verloren im Flur in ihrem langen Brautkleid. Sie lächelt Otto-Karl nervös zu.

»Otto-Karl! Du musst mir helfen!«, quietscht es aus dem Gemeindesaal.

Mit einem entschuldigenden Lächeln entschwindet der Bräutigam zu seinem zukünftigen Stiefsohn Kai.

Der hat anscheinend Probleme mit seiner Krawatte. Tatsächlich, er hat darauf bestanden, eine Krawatte umzubinden wie Otto-Karl. Nun ist sie ihm zu eng, er versucht, sie zu lockern, und zieht sie dabei noch fester zu.

Otto-Karl lockert grinsend den Sitz des männlichen Dekostricks. »Krawatten fasst man am besten gar nicht an, während man sie trägt«, erklärt er.

Mit einem Seitenblick erfasst er, dass wenigstens die beiden Brautjungfern noch ordnungsgemäß bekleidet sind. Sie sehen aber auch zu goldig aus mit ihren weiten Trägerröcken, wie sie stolz ihre Blumenkörbchen halten. Die kleine Lina fröhlich umherspringend, dass man befürchten muss, sie werde ihre Blüten schon vor der Trauung verstreut haben, und die große Berta mit diesem Ausdruck von Lässigkeit, der ihrem Alter eigen ist, aber ihre Aufregung nur schwer überspielt.

Mario und Lukas, Rosa und Mechthild, Otto-Karls Neffen und Nichten, sind ebenfalls feierlich herausgeputzt. Allerdings gießt sich die kleine Mechthild eine halbe Stunde vor der Trauung ein Glas Apfelsaft über die Rüschenbluse, was eine klebrige Angelegenheit ist und einen Weinkrampf des Mädchens zur Folge hat. Der endet erst, als sich Pastorsgattin Elli erbarmt und Wechselwäsche für Mechthild holt: Jeans und Sweatshirt ihres eigenen jüngsten Sprösslings.

Ellis Nachwuchs ist es übrigens auch, der Lukas, Mechthild und Rosa einlädt, die Kletterbäume im Pfarrgarten auszuprobieren. Und da ihre Mutter Kläre gerade einen guten Platz in der Kirche für den Rollstuhl mit Otto-Karls Mutter organisiert, nutzen die Kinder diese einmalige Gelegenheit. Immerhin ist Mechthild bereits passend angezogen für die Kletterei …

Wenig später ist von Kläres vier Kindern nur noch der große Mario, der sich gerade mit Berta und Lina unterhält, in punkto Sauberkeit und Unversehrtheit so gekleidet, dass man es einer Hochzeit angemessen nennen würde. Immerhin ist das Outfit ihrer Eltern noch tadellos und im Übrigen ist es wahrhaftig nicht das Wichtigste an einer Hochzeit, wie die Nichten und Neffen des Bräutigams gekleidet sind.

Viel wichtiger ist, dass seine Mutter vorne sitzen kann,

nachdem Peter und Wilhelm zwei Stühle aus der Reihe entfernt und so Platz für den Rollstuhl geschaffen haben. Und da sitzt sie nun und lächelt unter Tränen. Aber es sind Tränen der Freude. Ein ums andere Mal umarmt sie ihre künftige Schwiegertochter, und als Lina sich neben sie setzt und ganz verwundert fragt, ob sie jetzt eigentlich ihre Oma sei, da nickt Otto-Karls Mutter nachdrücklich mit dem Kopf und erklärt gerührt, was für ein Segen es sei, nicht nur eine Schwiegertochter, sondern gleich noch drei Enkel mit geschenkt zu bekommen.

Mehrere Reihen in der Kirche sind besetzt mit älteren Herrschaften. Dieselben Leute, die Otto-Karl mittlerweile so ans Herz gewachsen sind und deren monatlich stattfindenden Altennachmittag er treu unterstützt. Frau Grünbaum spricht eifrig auf Herrn Behr ein, der angestrengt lauscht. Wahrscheinlich funktioniert sein Hörgerät schon wieder nicht.

Während der Trauung selber ist Otto-Karl so aufgeregt, dass er beinahe zu früh Ja sagt.

Mike hält eine starke Predigt. Am Schluss muss er aber vor den versammelten Besuchern des Traugottesdienstes noch eines loswerden: dass ihm das Brautpaar nicht verraten hat, warum es gerade diesen Hochzeitsspruch ausgewählt hat: »Ehe denn die Berge wurden und die Erde und die Welt geschaffen wurden, bist du, Gott, von Ewigkeit zu Ewigkeit!«

Schließlich darf Otto-Karl doch noch Ja sagen. Die Braut schluchzt unversehens los. Die Brautjungfern sehen einander betroffen an. Der Knirps mit der Krawatte muss plötzlich auf die Toilette.

Und vor dem Auftritt des Chores schleicht spontan und

ungeplant der Chorleiter nach vorne, um den Bräutigam zu bitten, doch Herrn Paul im Tenor zu unterstützen, damit es einfach voller klinge …

Nach dem Gottesdienst gibt es Kirchenkaffee im Gemeindesaal, darauf hat das Brautpaar bestanden. Aber es gibt diesmal nicht nur Kekse, sondern jede Menge Kuchen und Torten zum Kaffee.

»Meinst du, sie werden glücklich werden?«, fragt die alte Frau Hedderich leise mit Blick auf das strahlende Brautpaar.

Bedeutungsschwer beugt sich Peter nach vorne. »Das kann ich dir sagen. Wenn du die Bibel nach gelingenden Ehen durchforstest, dann stellst du fest, dass es da eine ganz sichere Methode gibt …«